나치 의사
멩겔레의 실종

나치 의사
멩겔레의 실종

올리비에 게즈 장편소설　윤정임 옮김

LA DISPARITION DE JOSEF MENGELE
by OLIVIER GUEZ

이 책은 실로 꿰매어 제본하는 정통적인 사철 방식으로 만들어졌습니다.
사철 방식으로 제본된 책은 오랫동안 보관해도 손상되지 않습니다.

아다 스피치키노와 주디타 스피치키노를 기억하며,

디 세니와 로산나 칼로에게 감사한다

순박한 사람에게 그토록 나쁜 짓을 하고
그의 고통을 바라보며 웃음을 터뜨리던 너
무사하리라 생각지 마라,
시인이 기억하고 있을 것이니.
— 체스와프 미워시

제1부
파샤*

행복은 흔들리는 것 안에 있을 뿐이고,

흔들리는 것은 오직 죄일 뿐이다.

미덕은…… 결코 행복에 이를 수 없다.

—사드

1

〈노스킹〉호가 혼탁한 강물을 가로질렀다. 갑판에 나온 승객들이 새벽부터 수평선을 예의 주시하는 가운데, 이제 조선소의 기중기들과 항구의 창고들이 그려 내는 붉은 선이 안개를 뚫고 모습을 드러내고, 독일인들은 군가를 부르기 시작하고, 이탈리아인들은 성호를 긋고, 유대인들은 기도를 하고, 이슬비 속에서도 연인들은 포옹을 했다. 대형 여객선은 3주간의 항해 끝에 부에노스아이레스에 닿았다. 헬무트 그레고어는 상갑판 난간에 홀로 기대어 서서 계획을 되짚어 보았다.

그는 비밀경찰이 모터보트를 타고 자신을 찾아와 번거로운 세관 절차를 피할 수 있게 해주리라 기대했다.

제노바에서 배를 타면서 그레고어는 자신을 과학자로, 성공한 유전학자로 소개하고 편의를 봐달라고 쿠르트에게 간청하며 돈을 주겠다 했지만(그레고어는 돈이 많았다) 국외 탈출을 도와주는 그 중개인은 미소를 지으며 교묘하게 답을 피했다. 그런 종류의 통행권은 고위층 권력자들이나 구체제의 고관들용으로 친위대 대위에게는 구해 주기 힘들단다. 그럼에도 중개인은 부에노스아이레스에 전보를 쳐주겠다고 했고 그레고어는 그를 의지하게 된 것이다.

쿠르트는 마르크화로 돈을 챙겼으나 모터보트는 결코 나타나지 않았다. 그레고어는 아르헨티나 세관의 거대한 홀에서 다른 이민자들과 함께 참고 기다렸다. 그는 크고 작은 두 개의 가방을 움켜쥐고 추방된 유럽인들, 우아하거나 단정치 못한 차림으로 길게 늘어선 낯선 사람들, 항해 내내 자신이 거리를 두었던 사람들을 경멸하듯 위아래로 훑어보았다. 그레고어는 바다와 별을 바라보거나 선실에서 독일 시를 읽는 쪽을 더 좋아했다. 그는 지난 4년간의 삶을 돌아보며 시간을 보냈다. 1945년 1월, 재난 상태의 폴란드를 떠나온 이래 소련 붉은 군대의 손아귀에서 벗어나기 위해 독일 국방군 속으로 숨어들었다. 미군 포로수용소에서 몇 주 동안 억류당했고, 프리츠 울만 명의의 가짜 서류를 소지한 덕에 석방되었으며, 꽃이 만발한 바이에른의 농가에 숨어 있었다. 고향 귄츠부르크에서 멀지 않은 곳이었다. 그레고어는 프리츠 홀만으로 행세하며 3년간 건초를 베고 감자를 골라냈다. 그러고 나서 두 달 전 부활절에 도망쳤다. 밀수업자들이 애용하는 숲속 길을 따라 돌로미티산맥을 횡단하여 이탈리아령인 티롤 남부에 도착해 헬무트 그레고어가 되었고, 마지막으로 제노바에서 날강도 쿠르트가 이탈리아 당국과 아르헨티나 이민국에 손을 써서 월경 절차를 용이하게 해주었다.

2

도망자는 세관원에게 국제 적십자사의 여행 서류와 상륙 허가증 그리고 입국 비자를 내밀었다. 헬무트 그레고어, 신장 174센티미터, 녹갈색 눈, 1911년 8월 6일 티롤 남부의 테르메노 혹은 독일어로 트라민에서 출생, 이탈리아 국적의 독일 시민, 가톨릭 신자, 직업은 정비사,

부에노스아이레스의 주소는 아레날레스가(街) 2460번지, 플로리다 지구, 게라르트 말브랑크 씨의 집.

세관원은 그의 가방들을 검사했다. 조심스럽게 개켜놓은 옷들, 청초한 금발 여인의 사진, 책들과 몇 장의 오페라 음반. 그런데 작은 가방의 내용물을 본 세관원은 이마를 찡그렸다. 피하 주사기, 짧은 메모와 함께 인체 해부도가 그려진 공책, 혈액 샘플, 세포 표본. 정비사에게는 어울리지 않는 물건들이다. 세관원은 항구의 의사를 불렀다.

그레고어는 움찔했다. 어쩌면 자신을 궁지로 몰아넣을 수도 있는 작은 가방을 간직하기 위해 무모해 보이는 위험을 감수했다. 이는 평생에 걸친 귀중한 연구 결과로, 자신이 근무하던 폴란드를 황급히 떠나면서 배에 싣고 온 것이다. 만일 이것을 소지한 채로 소련군에게 체포되었더라면 재판 없이 바로 처형당했을 것이다. 독일이 패주하던 1945년 봄, 그는 서쪽으로 가던 길에 이 가방을 어느 동정심 많은 여자 간호사에게 맡겼다가 나중에 독일 동부의 소비에트 점령지에서 되찾았다. 미군 포로수용소에서 석방되고 3주간 돌아다닌 끝에 간호사가 위험을 무릅쓰고 발송한 가방을 찾을 수 있었다. 그

후 가방을 어린 시절의 친구이자 사업가 아버지의 심복인 한스 제들마이어에게 전달했다. 두 사람은 그레고어가 3년간 숨어 지냈던 농가 주변의 숲에서 정기적으로 만났다. 그레고어는 그 작은 가방 없이는 유럽을 떠나지 않았을 것이다. 제들마이어는 그레고어가 이탈리아로 떠나기 직전에 두툼한 현금 다발과 함께 가방을 전해 주었다. 그런데 지금, 손톱이 더러운 저 멍청이가 이모든 수고를 낭패로 몰아가는 중이다. 한편, 항구의 의사는 표본들과 촘촘한 고딕체 글씨의 메모들을 살펴보았다. 하지만 아무것도 이해하지 못한 채 스페인어와 독일어로 질문을 했고, 정비사는 취미로 생물학을 공부하고 있다고 둘러댔다. 두 남자는 서로를 노려보고, 빨리 점심을 먹고 싶은 의사는 세관원에게 그를 통과시켜도 된다는 신호를 보냈다.

1949년 6월 22일 그날, 헬무트 그레고어는 아르헨티나에서 은신처를 얻어 냈다.

3

제노바에서 쿠르트는 어떤 독일인 의사가 항구에서 기다리고 있다가 그레고어를 말브랑크 씨 집으로 데려다줄 거라고 장담했다. 하지만 이 중개인의 말은 또다시 거짓으로 드러났다.

그레고어는 빗속을 서성거렸다. 연락원은 아마 교통 혼잡으로 꼼짝을 못 하나 보다. 그는 부두를 바라보며 하역 인부들의 분주한 움직임, 재회한 가족들이 웃으며 사라지는 모습, 화물 적재 구역에 쌓인 양모 봇짐들과 산적한 가죽 더미들을 유심히 살폈다. 독일인 의사는 어디에도 보이지 않았다. 그레고어는 손목시계를 들여다보았고, 냉동선의 기적 소리는 신음처럼 울려 퍼졌다. 초조해진 그레고어는 말브랑크의 집으로 곧장 가버릴까 궁리하다 기다리기로 마음먹는다. 그쪽이 더 사려 깊은 처신이리라. 잠시 후 그는 부두에 남아 있는 노스킹호의 마지막 승객 중 하나가 되었다.

노새처럼 짐을 잔뜩 짊어진 두 명의 칼라브리아[1] 사람들이 그에게 택시를 함께 타자고 제안했다. 남미 땅

---

1 이탈리아 남서부, 지중해에 면한 지역.

에 첫발을 내디딘 날 그레고어는 자신이 이 더러운 남자들을 따라가고 있다는 사실에 놀라워한다. 하지만 혼자 남아 있고 싶지 않은 데다 어차피 갈 데도 없다.

4

팔레르모 호텔에서 세면대도 화장실도 없는 방을 함께 쓰게 된 남자들은 그레고어를 무시했다. 티롤 남부 사람이라 해놓고 이탈리아 말을 한 마디도 못 하기 때문이다. 그레고어는 자신의 선택을 저주하지만 감정을 억누르고 마늘을 곁들인 소시지 몇 조각을 받아 먹고 기진맥진하여 잠들어 버렸다. 두 남자의 탐욕스러운 손길을 막기 위해 벽과 자기 몸 사이에 가방을 끼워 넣은 채로.

다음 날 아침부터 그는 계획한 대로 움직이기 시작했다. 말브랑크의 집에 전화를 걸었지만 아무도 받지 않았다. 그는 택시를 잡아타고 역으로 가서 작은 가방을 물품 보관소에 맡기고 플로리다 지구의 조용한 거리로 향했다. 그레고어는 신식민지 양식의 널찍한 빌라의 초인종을 눌렀다. 한 시간 후에 돌아와 다시 초인종을 누르고, 피난처 삼아 들어간 카페에서 세 번 연속 전화를 해보았다. 하지만 헛수고였다.

제노바를 떠나기 전에 쿠르트는 부에노스아이레스의 두 번째 접선자를 알려 주었다. 프리드리히 슐로트만이라는 독일 사업가로 잘나가는 섬유 회사의 소유주였다. 슐로트만은 1947년에 공군의 비행기 조립공과 기술자들이 스칸디나비아를 거쳐 다른 나라로 귀화하는 일에 돈을 대주었다. 「힘 있는 사람이야. 일자리와 새 친구들을 얻을 수 있도록 도와줄 걸세.」 쿠르트는 그렇게 말했다.

세달라나의 사옥에 도착한 그레고어는 슐로트만과의 면회를 요청하지만 슐로트만은 한 주일 내내 휴가 중이라고 했다. 그레고어의 강력한 요구에 비서는 그를 인사부 책임자에게 데려다주었는데, 더블 슈트를 입은 이 독일계 아르헨티나인의 태도에 그레고어는 대뜸 기분이 상하고 말았다. 머리에 포마드를 바른 이 젊은이는 관리직을 기대한 그레고어에게 〈매우 명예로운〉 노동직을 제안한 것이다. 날마다 파타고니아에서 도착하는 양모를 솔질하는 일인데, 배에서 방금 내린 사람들이 통상 하는 일이란다. 그레고어는 얼굴을 찌푸렸다.

당장이라도 이 발바리 같은 놈의 멱살을 움켜쥐고 말 것 같다. 좋은 가문의 아들이자 인류학과 의학이라는 두 분야의 박사 학위 소지자인 자신에게 인디오와 이방인들 사이에 끼어 유독 약품의 악취를 맡으며 부에노스아이레스 교외에서 하루 열 시간씩 양털을 문질러 대라는 말인가? 그레고어는 사무실 문을 거칠게 닫고 나오면서 유럽에 돌아가면 쿠르트를 작살내리라 결심하며 저주를 퍼부었다.

5

그레고어는 오렌지 음료를 홀짝거리며 생각을 정리했다. 일자리를 찾고, 스페인어 단어를 하루에 백 개씩 외우고, 나치의 정보기관인 해외 방첩청의 볼리바르 작전 요원이었던 말브랑크를 찾아낼 것. 더 안락한 호텔로 옮길 수도 있지만, 지금은 두 명의 칼라브리아 사람들과 함께 머물면서 꾹 참을 것. 그는 이탈리아 남부 방언은 하나도 이해하지 못했지만, 그들이 에티오피아에서 복무했던 파시스트 퇴역 군인이라는 것은 알 수 있었다. 군인들은 배신하지 않을 것이다. 그러니 당장은 바짝 엎드려 소중한 신조를 지키는 편이 낫다. 미래는 불확실하다. 그레고어는 무모한 사람이 아니었다.

　아베야네다, 라보카, 몬세라트, 콩그레소……. 지도를 펼쳐 놓고 부에노스아이레스 지형을 익혀 보려 하지만, 바둑판 모양의 지도 앞에서 자신이 하찮은 벼룩처럼 쪼그라드는 느낌이 들었다. 불과 얼마 전만 해도 나라 전체를 공포에 떨게 하던 나였는데. 그레고어는 다른 지도를 떠올렸다. 막사, 가스실, 소각장, 철도, 인종 기술자로서 가장 화려한 날들을 보냈으며 불태운 시체와 머리칼의 역한 냄새가 진동하는 금지된 도시, 감시탑과 가시철조망으로 둘러싸인 곳. 그는 오토바이, 자전거, 자동차를 타고 얼굴 없는 그림자들 사이를 휘젓고 다녔다. 지칠 줄 모르는 댄디 식인귀. 장갑과 부츠, 눈부신 군복, 비스듬히 눌러쓴 군모. 그와 시선을 마주치거나 말을 건네는 일은 금지되었다. 같은 친위대의 동료들조차 그를 두려워했다. 유럽 전역에서 데려온 유대인들을 골라내던 경사로에서 동료들은 술에 취해 있었지만 그는 맨정신으로 미소를 지으며 오페라 「토스카」의 몇 소절을 흥얼거렸다. 인간적인 감정에 절대 휘둘리지 말 것. 연민은 곧 나약함이다. 전능한 자는 가느다란 막대를 움직여 희생자들의 운명을 결정한다. 왼쪽은 바로 죽일 사람들로 가스실행. 오른쪽은 천천히 죽일, 즉 강제 노역장이나 실험실로 보낼 사람들. 세계에서 가장 큰 실험실에, 그는 매일 도착하는 수하물에서 〈적합한 인간 재료〉(난쟁이, 거인, 불구자, 쌍둥이)를 골라 주었다. 주사, 측정, 채혈, 절단, 살인, 해부. 여기야말로 그의 맘대로 할 수 있는 모르모트용 동물원이다. 쌍둥이의 비밀을 파악하고 초인을 생산하고 독일인을 가장 생산성 있게 만들어, 언젠가 동쪽 영토를 슬라브족의 손아귀에서 빼앗아 농병(農兵)들로 가득 채워 아리아 인종을 수호할 것이다. 인종의 순수함을 지키는 수호자이며 신인류를 만들어 내는 연금술사로서. 전쟁이 끝나면 대학 교수가 될 테고 찬란한 미래와 승리한 독일 제국의 찬사가 그를 기다리고 있으리라.

땅에 흐르는 피, 광적인 야망, 그의 최고위직 상관이던 하인리히 힘러[2]의 위대한 계획.

<hr>

2 Heinrich Himmler(1900~1945). 친위대와 게슈타포를 지휘하며 유대인 대학살을 주도한 최고 책임자로 연합군에게 주요 전범으로 체포되자 자살하였다.

아우슈비츠, 1943년 5월부터 1945년 1월까지.
그레고어는 죽음의 천사, 요제프 멩겔레 박사이다.

6

안개, 거센 비, 남반구의 겨울에 부에노스아이레스는
마비되고 침대에 누운 그레고어는 의기소침했다. 게다
가 감기에 걸렸다. 환풍구에서 빠져나온 바퀴벌레의 움
직임을 주시하며 이불 속에서 몸서리를 쳤다. 1944년
가을 이래 이렇게 초주검 상태였던 적은 없었다. 당시
소련의 붉은 군대는 중부 유럽에 교두보를 마련했다.
그는 독일이 패전하리란 사실을 알았고, 더는 잠을 이
루지 못하고 신경 쇠약에 걸렸다. 아내 이레네가 기운
을 회복시켜 주었다. 여름에 아우슈비츠에 도착해 몇
달 전에 태어난 아들 롤프의 사진들을 보여 주었고 그
들은 목가적인 환경에서 몇 주를 보냈다. 헝가리 유대
인 44만 명이 도착해 업무량이 늘어났는데도 불구하고
그들은 두 번째 신혼 기분을 만끽했다. 가스실은 전력
(全力) 가동 체제로 돌아갔다. 이레네와 요제프는 솔라

강에서 헤엄을 쳤다. 나치 친위대는 살아 있는 남자들과 여자들과 아이들을 구덩이 속에서 불태웠다. 부부는 블루베리를 주웠고 이레네는 이 열매로 잼을 만들었다. 소각장에서는 화염이 솟구쳐 오르곤 했다. 이레네는 요제프의 입술을 빨았고 요제프는 이레네를 안았다. 두 달 남짓 사이에 헝가리 유대인 32만 명이 몰살당했다.

가을 초엽 요제프가 무너질 징조를 보였을 때, 이레네는 그의 곁에 머물러 있었다. 가정부였던 예호바의 증언에 따르면 그들은 욕조와 부엌이 구비된 새 막사에 살림을 차렸다.

그레고어는 침대 옆 탁자에 놓인 이레네의 초상을 바라보았다. 그들이 1936년에 라이프치히에서 만났을 때 찍은 사진이다. 그는 대학 병원에서 근무하고 있었고 피렌체에서 예술사를 공부하던 이레네는 라이프치히에 잠시 머물던 중이었다. 그는 첫눈에 반했다. 열아홉 살 아가씨는 금발에 날씬한 몸매로 그의 이상형인, 크라나흐 그림 속의 비너스를 연상시켰다.

그레고어는 기침을 하며 이레네를 떠올렸다. 여름 원피스를 입고 뮌헨의 영국식 정원에서 자신의 팔에 기대어 있던 이레네, 전쟁 직전에 치른 결혼식 날 라이히 고

속도로를 달리던 오펠 자동차 안에서 행복해하던 이레네. 사진 속 아내의 얇은 입술을 처음으로 물끄러미 바라보면서 그레고어는 분노했다. 그녀는 어린 아들을 데리고 자신과 함께 대서양 너머 아르헨티나로 도망가서 새 삶을 꾸려 가자는 요청을 거절했던 것이다. 멩겔레는 미국이 만든 전범 목록에 올랐고 그의 이름은 여러 재판에서 언급되었다.

사실상 이레네는 그를 치워 버렸다. 바이에른 지방 은신처 주변의 숲과 여인숙에서 만난 그녀는 해가 갈수록 점점 거리를 두는 느낌이 들었다. 제들마이어, 그레고어의 아버지, 그리고 두 형제인 카를과 알로이스는 검은 옷을 휘감은 이레네가 다른 남자들로 마음을 달래고 있다고 전해 주었다. 이레네는 〈그레고어의 행적을 감추기 위해〉 미국 헌병에게 그가 전사했다고 말했다. 「나쁜 년.」 그레고어는 팔레르모 호텔의 지붕 밑 객실에서 한탄했다. 전선에서 돌아온 동료들은 아내들에게 영웅처럼 환대받았다. 그런데 그의 아내는 프라이부르크의 구두 장수와 사랑에 빠져 자신을 어딘지도 모를 곳으로 쫓아내 버렸다.

7

위층의 샤워장에서, 허리춤에 수건을 묶은 그레고어는 자신의 매끄러운 복부, 털이 나지 않은 상반신, 보드라운 피부를 감탄하며 바라보았다. 그는 항상 피부를 애지중지했다. 형제들과 이레네는 계집애 같은 그의 자부심, 피부에 수분을 보충하며 만족스레 시간을 보내는 행태를 조롱했지만 그레고어는 자신의 생명을 구해 주었던 매끈한 피부에 대한 애착에 진심으로 감사했다. 1938년 나치 친위대에 들어갈 때 겨드랑이 밑이나 가슴에 등록 번호 문신을 새기라는 강요가 있었으나 거부했다. 그래서 전후 그레고어를 체포한 미군은 그를 일반 사병으로 착각하고 몇 주 후에 풀어 주었던 것이다.

그레고어는 거울로 다가가 활처럼 구부러진 눈썹과 살짝 튀어나온 이마, 코, 교활해 보이는 입, 얼굴 정면과 측면을 자세히 들여다보고, 두 눈을 장난스럽게, 그러다가 갑자기 엄격하고 초조하게 굴려 보았다. 아리안 종족의 이 기술자는 수수께끼 같은 자기 성(姓)이 어디서 유래했는지 오래전부터 궁금해했다. 멩겔레라는 성은 크리스마스 케이크나 솜털이 덮인 땅콩을 연상시켰다. 또 얼굴빛과 머리카락은 왜 이렇게 거무스레한 걸까. 귄츠부르크에 살던 시절에 학교 친구들은 그를 집시 베포라고 불렀다. 부에노스아이레스에서 덥수룩한 수염을 길러 외모를 위장한 그는 스페인 귀족이나 이탈리아인 혹은 아르헨티나인과 흡사하다. 그레고어는 향수를 뿌리면서 미소 짓다가 위 앞니 사이의 틈을 발견한다. 나치가 패망하고 자신은 도망자로 살고 있음에도 불구하고, 그리고 말브랑크와는 여전히 연락이 안 되지만, 이제 감기로 인한 열도 떨어졌고 성기도 팽팽하게 발기했다. 세월과 전쟁을 비껴가지 못한 서른여덟 살 남자치고는 여전히 매력적이다. 그레고어는 「개집 살인 사건」[3]에 나오는 윌리엄 파월처럼 머리를 뒤로 빗어 넘기고, 옷을 입고 외출했다. 하늘은 맑고 라플라타의 강바람은 다시 불어오고 있다.

며칠 전부터 그는 부에노스아이레스를 답파하고 있었다. 〈7월 9일〉이라는 이름의 대로[4]와 오벨리스크 기념탑, 코리엔테스의 카바레와 서점들, 바롤로 궁전의

---

3 S. S. 밴 다인이 1933년 발표한 동명 소설을 같은 해에 영화화한 작품.
4 부에노스아이레스에 있는 대로로, 아르헨티나 독립 기념일을 의미한다.

높은 탑, 5월가(街)의 아르누보풍 카페들, 기름 묻은 휴지들로 뒤덮인 팔레르모 공원의 잔디, 시내의 북적거리는 간선도로들, 플로리다가의 과자 가게와 화려한 상점들. 전날에는 대통령궁인 카사 로사다 앞에서 열리는 정예병들의 오리걸음 교대식을, 군인들에 대한 구경꾼들의 환호와 존경을 관찰했다. 안정된 체제인 군대는 어디에서나 그렇듯이 아르헨티나에도 존재한다. 오로지 독일인들만이 집단적 죄의식에 빠져 자신들의 전통을 파괴하는 일에 전력을 기울이고 있다고, 그는 팔레르모 지구로 돌아가는 지하철 안에서 중얼거렸다.

여기저기에서 볼 수 있는 예쁜 여자와 꽃, 어슬렁거리는 개, 플라타너스와 고무나무, 시가 연기와 고기 굽는 냄새, 많은 손님들로 유럽보다 더 북적이는 가게. 흰 바탕에 빨간 선이 있는 리버 플레이트 팀의 유니폼을 입은 축구 선수 알프레도 디 스테파노의 사진, 가수 카를로스 가르델과 아구스틴 마갈디의 초상화가 성모상, 연예 잡지 『신토니아』의 1면 기사와 함께 신문 가판대를 장식하고 있었다.

그레고어는 전차를 타고, 보행자와 자동차의 물결에 합류했다. 이 수도는 건설된 이래로 탈주병과 협잡꾼들에게 열려 있었다. 그는 누구와도 이야기하지 않았다. 붉은 수염의 유대인들, 20세기 초 제정 러시아에서 유대인 박해를 피해 달아났던 러시아인의 자손들을 알아보고는 가는 길을 바꾸었다. 그는 지도를 들여다보며 비야 크레스포 지구와 온세 광장에 붉은색으로 테두리를 쳤다. 유대인들이 자신들의 공장을 옮겨다 놓은 곳이었다. 그는 자신의 정체를 밝혀낼지도 모를 아우슈비츠의 망령과 마주칠까 봐 두려웠다.

그레고어에게 이곳은 별로 낯선 느낌이 들지 않는다. 벼락 성장세를 타고 있는 아르헨티나는 남미에서 가장 발달한 국가이다. 전쟁이 끝나고 황폐해진 유럽은 지금 아르헨티나에서 식료품을 사들이고 있다. 부에노스아이레스에는 영화관과 공연장이 넘쳐 났다. 지붕들은 잿빛이고, 학생들은 검소한 교복 차림으로 오갔다. 제국 시대의 독일처럼 이곳 사람들은 민족의 영도자인 한 쌍의 부부에게, 오페레타 복장을 한 곰 같은 남자와 보석으로 치장한 참새 같은 여자에게 헌신하고 있다. 구세주와 억눌린 여자, 후안 페론과 에비타 페론의 얼굴은 수도의 모든 벽에 자랑스럽게 붙어 있었다.

8

그레고어는 신문에 실린 페론 부부의 로맨스를 파헤쳐 가며 시간을 죽였다. 두 사람은 1944년 1월, 그로부터 며칠 전에 산후안을 초토화한 지진으로 집을 잃은 이재민들을 위한 자선 공연에서 만났다. 젊은 여배우 에바 두아르테는 페론 대령에게 강렬한 인상을 받았다. 권력을 가진 군벌에 속한 장교, 불우한 사람들의 대변자, 노련한 스포츠맨, 달변가, 날카로운 눈매와 인디오의 용모. 그는 파괴된 도시를 다시 일으키자며 전국적인 참여와 지원을 호소했다.

그날 저녁 이후 페론은 에비타가 출연하는 라디오 방송에 나가고, 에비타는 페론이 자신의 운명을 공들여 개척해 가던 노동부를 방문했다. 에비타의 강렬한 열정과 관대한 성품은 그를 뒤흔들어 놓았다. 페론은 그녀를 비서로 채용하고 곧이어 두 사람은 함께 살게 된다. 에비타는 그를 조종하며 헌신한다. 〈페론은 나의 태양, 나의 하늘, 신이 지켜보는 봉우리 사이에서 높게, 멀리 날아오르는 나의 독수리, 내 삶의 이유.〉

방향키를 잡은 페론은 승승장구해 국방 장관 겸 부통

령이 되었다. 군대의 예산을 늘리고 공군을 창설했으며, 라디오 방송에 나와서 절대 그럴 리 없는 이웃 나라 브라질이 공격할 것이라며 위기감을 고조시켰다. 세계대전이 끝나자, 미국은 남미의 군사 정권에 자유선거를 실시하라고 요구했다. 1945년 9월, 자유를 얻기 위한 대규모 행진이 시작되어 반체제 인사들이 거리로 나섰다. 아르헨티나는 내란의 조짐을 보였다. 장교들은 분열되고, 급진 자유주의자들은 민족주의자들을 제거하고, 페론을 체포하여 공직에서 해임했다. 페론의 지지자들은 CGT[5]의 호소에 결집했다. 노동자, 조합원, 그리고 극빈층 서민들이 부에노스아이레스의 거리와 5월 광장을 행진했고, 대통령궁의 철창 문 앞에서 페론을 석방하고 기존 정권을 복귀시키라고 요구했다. 마침내 페론은 에비타와 결혼하고 몇 달 후 대통령 선거에서 승리했다.

지방 출신에 야심 많고 복수심에 불탄다는 점에서 에비타와 페론은 서로 닮았다. 페론은 추부트주(州)의 외진 초원에서 태어나고 자랐다. 아버지는 불안정한 인생

---

5 Confederación General del Trabajo de la República Argentina. 1930년 설립된 아르헨티나 노동 총연맹.

낙오자였고 어머니는 바람기가 있었다. 에비타는 지방 유력가의 혼외 자식이었다. 에비타가 태어나기도 전인 1911년, 열여섯 살 페론은 육군 사관학교에 들어간다. 파라나주, 안데스산맥, 아마존의 미시오네스주를 옮겨 다닌 젊은 군인은 아르헨티나의 부패상을 속속들이 들여다보고, 농사일로 탈진한 농부들과, 목이 잘려 죽어나가는 짐승보다 더 학대받는 부에노스아이레스 도살장 노동자들의 처지를 알게 되었다. 영국에 1차 원료를 주로 공급하며 부유해진 이 나라는 실상 엄청난 불평등에 시달리고 있었다. 영국은 자신의 법률을 강요하고 철도망을 장악했으며, 은행들은 팜파스에서 자원을 캐내고 타닌을 추출하기 위해 거대한 붉은 케브라초 숲을 개간했다. 대지주들은 권력을 독점하고 성대한 축제를 열었다. 부에노스아이레스에서는 대저택과 누추한 집, 콜론 극장과 라보카의 사창가가 서로 이웃하고 있었다.

1929년의 경제 대공황은 아르헨티나를 초토화했다. 실업자와 노숙자가 속출하고 파업으로 나라가 마비되고 무정부주의자 무리들이 기세를 올렸다. 페론은 치밀어 오르는 분노를 억눌렀다. 국민의 불행에 무관심한 부패한 권력자들은 구조적인 궁핍을 조장하고, 민주주

의를 외치면서도 선거 조작을 일삼았다. 1930년대에는
아편, 재정 관련 스캔들, 에틸알코올과 코카인으로 인
한 사회 문제가 불거졌고, 무장 강도가 들끓었다. 추악
한 1930년대 중반에 청년기를 맞이한 에비타는 배우가
되기 위해 부에노스아이레스에 도착했다.

　순진하고 무력했기에 그녀는 파렴치한 제작자들에
게 기만당했다. 에비타는 분노했다. 당한 일을 하나도
잊지 않고 절대 용서하지 않으리라. 그녀는 거짓말쟁이
들의 추잡한 소굴에서 그들을 모조리 끌어내고, 가련한
아르헨티나인들을 짓밟는 외국 자본가들과 한통속이
된 설탕과 목축 업계의 거물들을 참수하기를 열망했다.
에비타는 페론보다 더 광적이고 열정적이었다.

　1946년, 마침내 에비타와 페론은 교회, 군대, 민족주
의자와 프롤레타리아의 지지를 업고 아르헨티나의 지
도자가 된다. 이제 칼을 뽑을 때가 왔다.

9

　페론 부부는 아르헨티나를 해방시키고 예술과 산업

에서 혁명을 일으키고 서민을 위한 국가를 만들겠다고 선언한다. 페론 대통령은 라디오 방송에 출연해 포효하며 격렬히 분노했다. 깜짝 놀란 대중 앞에서 요란한 몸짓으로 허풍을 떨면서 이제 굴욕과 종속은 사라지고 아르헨티나는 위대한 도약을 이룰 것이라고 호언한다. 그는 구세주이고, 페론주의는 아르헨티나 역사에 뚜렷이 새겨지게 된다.

페론은 식민 농경 사회였던 낡은 아르헨티나를 뒤흔든 최초의 정치인이었다. 부통령 시절에는 철저히 노동자들 편에 섰고 대통령에 당선된 후에는 대규모 공적 기구에 통합된 CGT의 지지를 얻어 공공 서비스들을 활성화했다. 경제 성장과 자급자족, 자존심과 위엄을 앞세운 페론은 과점 체제의 특권을 끊어 내고 위업을 이루기 위해 꿈같은 계획을 세우고 외국인의 손아귀에 있던 철도와 전화 같은 전략 산업들을 국유화해 중앙 정부가 직접 통제하도록 했다.

에비타는 여전히 진행 중인 급진적 현대화의 상징이다. 가난한 이들의 성모는 멋진 옷차림으로 여러 조합의 대표들을 맞이하고, 병원과 공장을 방문하고, 도로 개통식에 참석하고, 틀니와 재봉틀을 나눠 주고, 지칠 줄 모르고 기차로 전국을 누비며 창밖으로 돈다발을 던졌다. 헐벗은 자들, 불우한 사람들을 위한 구호 재단을 만들고 군중의 환호를 받으며 페론의 복음을 외국에 전파했다. 1947년에는 이른바 〈무지개 순방〉에 나서서 교황과 각국 지도자들의 환대를 받았다.

페론 부부는 민중과 신의 의지를 중개하는 위치에서 민족주의적이고 권위적인 새 질서를 굳힌다. 대학, 사법, 언론, 행정을 〈정화〉하고 비밀 요원의 수를 세 배로 늘리고 그들에게 갈색 정장과 베이지색 개버딘 코트를 입혔다. 페론은 목청을 높였다. 「신발은 주겠다. 그러나 책은 안 된다!」 부에노스아이레스 시립 도서관에서 쫓겨난 작가 호르헤 루이스 보르헤스는 가금류와 토끼를 보살피는 조사관으로 〈승진〉했다.

페론이 생각하는 세상은 이렇다. 인간은 이율배반적이고, 상충하는 욕망을 먹고 자란 반인반마(半人半馬)로서 지상 낙원을 찾아 먼지구름 속을 겅중거리며 뛰어다닌다. 역사란 인간적 모순들로 짜인 서사이다. 자본주의와 공산주의는 개인을 일개 벌레로 만든다. 자본주의는 개인을 착취하고 공산주의는 개인을 노예화한다. 오로지 페론주의만이 개인주의와 집단주의를 극복할 것이다. 이는 단순하고 대중적인 교리로서 육체와 영혼, 수도원과 슈퍼마켓이 서로 손잡게 한다. 실로 전대미문의 일이다. 페론은 국민에게 시계추처럼 바른 자세를 약속한다. 반인반마의 시기를 벗어나, 아르헨티나를 가톨릭 국가이자 민족주의와 사회주의 국가로 발전시키겠노라 약속한 것이다.

10

반인반마와 빈곤층이라는 모순이 조화를 이룬 페론주의에 그레고어는 냉담했다. 지금은 오직 방향을 잘 잡아 자기 생명을 보전하는 일만 생각한다.

남반구에 봄이 돌아오자, 그레고어는 관광을 그만두었다. 1949년 9월 중순 체류 자격을 획득하여 비센테 로페스 지구에서 목수 일을 얻어 냈고 그 동네로 이사했다. 더러운 유리창이 달린 생쥐 소굴 같은 방에서, 기술자 한 명과 그의 딸과 함께 살게 되었다. 어느 날 밤 그레고어는 아이의 신음 소리에 잠이 깼다. 이마가 펄펄 끓고 낯빛이 창백해져서 경련을 일으켰다. 아버지는 겁에 질렸고 그간 말도 나누지 않던 그레고어에게 시내의 의사를 얼른 불러 달라고 애원했다. 그레고어는 자기가 딸을 치료해 줄 수 있다고 속삭였다. 하지만 그가 베푼 의술을 누구에게도 발설하지 않아야 한다는 조건을 달았다. 그러지 않으면 기술자 혼자 알아서 처리해야 하고 자신은 꼼짝도 하지 않을 것이고 당신 딸은 죽어 갈 거라고 말했다. 또, 만에 하나 나중에 배신하면 절대 용서하지 않을 거라고 으름장을 놓았다.

그가 의사라는 사실을 누구도 알아서는 안 되었다. 독일 최고의 대학에서 공부하던 시절에는 일용직 노동자와 수공업자를 멸시했지만 이제는 마룻바닥을 깔고 대들보 맞추는 일을 받아들였다. 도피 생활 초반부터 피곤한 육체노동과 낯선 작업들에 익숙해져야 했다. 바이에른의 농장에서는 마구간을 청소하고 나무를 자르고 밭을 갈아야 했다. 여기서 몇 주일을 보낸 그의 삶은 우울하고 고독했다. 부에노스아이레스에 온 이래 헛발질과 잘못된 만남을 겁내며 두려움에 떨었다. 족쇄가 채워진 것이다. 일터로 갈 때면 날마다 길을 바꿔 돌아갔다. 독일어를 쓰는 사람들을 마주치곤 하지만 그들에게 다가설 엄두를 못 냈다. 겨울에 여기저기 돌아다니다가 발견한 독일 식당들 — 시내 중심가의 〈ABC〉, 크라메르가의 〈떡갈나무 쪽으로〉, 혹은 차카리타 지구의 〈오토〉 — 중 한 곳에 들어가 아이스바인[6]과 사과 주스를 먹는 게 소원이지만 독일어를 안 쓰기로 작정한 것처럼 그런 식당에 발을 들여 놓지 않으려 했다. 그레고어의 말에는 독일 남부 지방 억양이 아주 뚜렷했다. 자유와 질서를 위한 월간지 『길Der Weg』을 사 보는 건 말도 안 되는 일이었다. 그레고어는 여전히 팔레르모 호텔에 배달되는 자기 우편물을 들춰 보는 일로 마음을 달랬다. 친구인 제들마이어 덕분에 이레네나 다른 가족과 연락이 닿았다. 그레고어는 사서함을 통해 우수에 젖은 편지들을 보내고 제들마이어는 그레고어 부모의 편지와 우편환을 보내 주었다. 독일에서는 만사가 순조로웠다. 농기계를 취급하는 집안 사업은 나날이 번창하여, 아버지는 외바퀴 손수레와 탈곡기가 〈롤빵처럼〉 잘 팔린다고 으스댔다. 독일은 전쟁의 잔해를 아직 다 수습하지 못했고 이제 겨우 재건을 시작하고 있었다. 아버지 카를은 그를 기다리고 있었다. 〈복수심에 불타는 연합군이 트집 잡기를 멈추는 순간〉 그는 가족과 사회

6 독일의 전통 요리. 소금에 절인 돼지고기를 삶아 만든다.

의 품으로 돌아가 전처럼 중추적 역할을 수행할 터였다.「요제프, 불평을 멈추거라. 너는 동부 전선에서도 싸웠고 이제 더는 아이가 아니다. 인내심을 가지고 언제나 경계를 늦추지 마라. 곧 사정이 좋아질 거다.」

11

그레고어는 기술자와 그 딸이 없는 틈을 타서 방문을 이중으로 잠그고『길』을 탐독하면서 슈트라우스의 오페라를 들었다. 전날에는 현기증이 나서 톱을 놓쳤고 몇 층 높이의 나무 골조에서 떨어질 뻔했다. 공사장 감독이 날렵하게 조치한 덕분에 무사할 수 있었다. 그런 일이 있고 나자, 이제나저제나 유령 같은 말브랑크의 귀환을 학수고대하는 일에 신물이 나서 신문 가판대로 달려가 나치즘의 향수에 젖은 사람들이 애독하는 잡지를 사서 품에 밀어 넣었다.

시 몇 편, 지나치게 섬세한 산문 한 편, 제3제국[7]이 절

7 나치는 신성 로마 제국을 제1제국, 프로이센이 주도한 독일 제국을 제2제국, 그리고 자신들의 국가를 제3제국이라고 주장했다.

대 무너지지 않은 것처럼 써내려간 인종주의적이고 반유대주의적인 기사들. 그레고어는 연합군이 나치를 무찌른 이후 독일에서 재갈이 물린 작가들의 튜턴식 키치를 매우 즐거워하며 읽었다. 그는 권말의 작은 광고들을 유심히 읽었고 독일인이 운영하는 잡화상, 술집, 여행사, 변호사 사무실 그리고 서점을 발견하고는 이 도시의 독일 이주민 공동체의 규모가 크다는 점에 기뻐했다. 어쩌면 이 동굴에서 벗어나 부에노스아이레스에서 온전한 삶을 드디어 시작할 수 있을 것만 같았다.

다음 날, 공사장을 나선 그레고어는 사르미엔토가 542번지에 있는 뒤러 출판사를 방문하여 사장이자 『길』의 편집자인 에버하르트 프리치와 안면을 텄다. 프리치는 사무실 책상 너머로, 진짜 신분을 밝히지 않은 채 군대 인사 기록 카드를 내민 전 나치 친위대 대위 그레고어의 얼굴을 뚫어지게 쳐다보았다. 1937년에 나치당과 나치 의사 협회 가입, 1년 후 나치 친위대 입대, 티롤에서 복무, 알프스 보병대 근무, 무장 친위대 자발적 참여, 폴란드 점령 지역의 정착 및 인종 관리 중앙 본부 근무, 비킹 사단의 바르바로사 작전 개시 이후 동부 전선 배속, 우크라이나 주둔, 캅카스 공격 참가, 로스토프

나도누 전투 참가, 바타이스크 포위 공격 가담, 1등급 철십자 훈장. 자신만만한 그레고어는 화염에 싸인 탱크 안에서 어떻게 두 명의 군인을 구해 냈는지 프리치에게 자세히 설명한다. 그는 폴란드 포로수용소에서 맡은 직무를 들먹이지만 아우슈비츠는 언급하지 않고 자신의 운명을 한탄하는 소리를 늘어놓았다. 추방, 적에게 점령당한 사랑하는 조국, 부에노스아이레스의 거대함, 군복에 대한 향수. 그는 지금 심정을 털어놓을 필요가 있었다.

프리치는 담뱃불을 붙이고 동정을 표했다. 그는 히틀러 청소년단에 대한 눈부신 추억을 간직하고 있다. 유일하게 독일에 체류했던 시기인 1935년에 열네 살 나이로 청소년단 모임에 참여했고 잔혹 행위의 책임이 나치에게 있다는 연합군의 선전은 〈유대인들이 퍼뜨린 거짓말〉이라며 한 마디도 믿지 않았다. 그는 그레고어 같은 군인들을 돕기 위해 뒤러 출판사를 세웠다. 유럽에서는 검열로 출판이 금지된 〈피와 대지〉의 문학인들에게 지면을 내어 주고, 이 빈곤의 시절에 원고료와 더불어 고형 수프, 고기 통조림, 카카오 가루를 제공하고 있었다. 또 라플라타 강변으로 밀려온 동지들에게 집결지와 조직망을 구성하자고 제안했다. 프리치는 자기에게 상당한 영향력이 있으니 아무것도 두려워할 것이 없다며 그레고어를 안심시켰다. 인도만큼이나 넓은 도망자들의 땅인 아르헨티나에서 과거란 존재하지 않기 때문이다. 그가 어디 출신이고 왜 여기에 있는지 누구도 물어보지 않는다. 「아르헨티나 사람들은 유럽인들의 분쟁에 관심이 없고, 그리스도를 십자가에 못 박은 유대인들을 항상 미워하고 있으니까요.」

그레고어는 프리치가 환한 얼굴로 들려주는, 1938년 독일-오스트리아 병합을 기념하여 부에노스아이레스의 루나 파크에서 열린 축제 이야기를 들었다. 공식적으로는 중립인 아르헨티나가 어떻게 전쟁 기간 남미에서 나치 독일의 교두보가 되었는지를 알 수 있는 이야기였다. 독일인들은 이곳에서 수백만 달러의 돈을 세탁했고 외화와 1차 원료들을 손에 넣었다. 독일 정보기관은 부에노스아이레스에 지역 사령부를 설치했다. 「바로 여기서 1943년 말 친미 볼리비아 정부를 전복하기 위한 계획을 세웠죠. 그해 정권을 잡은 페론과 장군들은 히틀러 총통과 동맹을 맺으려 했어요. 그들은 파리 해방을 축하하던 시위대들을 잔인하게 진압해 해산시켰고 채플린의 영화 「위대한 독재자」 상영을 방해했지요. 베를린이 무너졌을 때 페론은 그 소식이 전파를 타지 못하게 막았어요. 우리는 양키들을 몰아내기 위해 나치에 우호적인 나라들의 블록을 구축하고 싶었죠. 하지만 양키들은 우리에게 독일과의 외교 관계를 단절하고 나아가 독일에 선전 포고를 하라고 강요했어요. 우리는 1945년 겨울까지 온 힘을 다해 저항했어요. 아르헨티나는 전쟁에 참여한 마지막 국가였지요…….」 전화벨이 울리자 프리치는 이야기를 중단하고 그레고어를 내보냈다.

12

청회색 눈의 새끼 고양이 같은 놈의 면상을 주먹으로 갈겨 버릴 것이다. 아니면 손가락 관절 혹은 손톱을 망치로 쾅쾅 내려칠 수도 있으리라. 그래, 기꺼이 프리치 놈의 두 손에서 손톱을 모조리 뽑아내 하나하나 부숴 버릴 것이다. 그레고어는 비센테 로페스 지구의 골방 욕조에서 그런 장면을 연상하며 중얼거렸다. 「에버하르트, 개똥같이 한심한 아르헨티나인 주제에 감히 어떻게 그럴 수 있어? 독일에서 고작 2주 살았고 스물여덟밖에 안 된 어린 놈이 우월감에 젖어 나한테 훈계를 해? 그거 알아? 네가 말한 〈잔혹 행위〉는 실제로 존재했어. 포위된 독일은 자신을 방어해야 했고 모든 수단을 동원하여 파괴 세력을 쳐부수어야 했다고. 전쟁은 애들 장난이 아니고 나치즘은 히틀러 청소년단원들의 웅장한 춤사위들에 국한된 게 아니거든, 이 똥멍청이야.」그레고어는 치약 튜브를 우그러뜨리더니 갑자기 마음을 가라앉혔다. 잘못하다가는 공사장에 늦겠다. 조금만 지체해도 문제가 생길 수 있었다.

그레고어는 부에노스아이레스의 나치 중심지인 예의 잡지사에 점점 더 규칙적으로 모습을 드러냈다. 거기에서 아우슈비츠에서 이름을 들었던 난폭한 남자와 마주쳤다. 잡지의 정규 기고자 중 하나였다. 인간의 살을 잘게 찢도록 훈련받은 몰로스 대형견을 데리고 다니던 요제프 슈밤베르거는 강제 노동 수용소를 운영했고 폴란드에서 여러 게토들을 제거했다. 신문에 나오는 유대인 프리메이슨 단원들에 대한 음모론 공작이 전문인 라인하르트 콥스도 알게 되었다. 그는 발칸반도에서 힘

러의 첩보 요원으로 일했다. 또한 프리치가 〈최고의 문
필가이자 『길』의 성장에 기여한 위대한 장인〉으로 꼽은
빌럼 사선과 관계를 맺는다. 그레고어는 이 작가가 일
필휘지로 써낸 기사들에 이미 주목하고 있었다. 비록
위스키를 마구 퍼마시고 줄담배를 피우긴 하지만(그레
고어는 담배를 피우지 않는다) 줄무늬 정장에 여러 언
어로 글을 쓰는 이 네덜란드인은 그레고어에게 좋은 인
상을 주었다. 그레고어는 언제나 거물급만 사귀기 위해
신중하게 상대를 고른다. 대학이나 아우슈비츠에서도
친위대의 말단들과는 절대로 섞여 들지 않았고 오직 간
부급 의사들과 수용소 책임자들하고만 교류했다. 그는
하찮은 사람들을 견디지 못했다.

콧수염을 기른 두 남자는 서로를 탐색했다. 그레고어
와 마찬가지로 사선은 네덜란드 나치 친위대에 자발적
으로 입대해 러시아 전선에서 싸웠고 소비에트 영토에
서 밀려나 캅카스까지 갔으며 심한 부상을 입었다. 그
레고어처럼 사선은 벨기에 라디오 방송을 통해 히틀러
를 선전했고 1급 독일 협력자로서 전후 네덜란드에서
체포되어 중형을 선고받았다. 하지만 그레고어처럼 두
번이나 도망쳐 아일랜드의 더블린에서 범선을 타고 아

르헨티나에 도착했다.

사선은 새로 사귄 의사 친구의 고전적인 교양과 강한 신념을 높이 샀다. 그레고어는 사선의 신중함을 신뢰하고 부에노스아이레스에 정착한 이래 처음으로 자신의 진짜 신분과 개인사를 털어놓았다. 다른 모든 사람들처럼, 특히 여자들이 그러듯이, 그리고 넉넉한 월급과 집세를 사선에게 주고 있는 프리치처럼, 그레고어도 사선의 위엄과 능변에 빠져들었다. 이 교활한 네덜란드인은 몇 달 만에 스페인어를 완벽하게 배웠고 아르헨티나에서 성공을 거두었다. 그의 주소록을 본 그레고어는 감동했다. 사선은 자신이 이따금 운전사 겸 대필자 역할을 하고 있는 루델을 조속한 시일 안에 그레고어에게 소개해 줄 터였다. 그렇다, 그 유명한 한스 울리히 루델 대령, 독일 최고의 공군 조종사들 중에서도 최고, 독일 역사상 가장 많은 훈장을 받은(2530개의 작전 임무 수행, 532대의적 탱크를 파괴한) 조종사로서 아르헨티나에 숨어 살고 있는 루델 말이다. 사선은 루델 말고도 여러 거물들도 소개해 줄 것이다. 심지어 〈독일인들에게 할애할 시간은 언제나 넉넉한〉 페론 대통령도 만날 수 있으리라.

13

페론은 자신에게 명령의 기술을 가르쳐 주었던 위대한 독일 군인들을 결코 잊지 않았다. 아르헨티나 군대가 정수리에 뾰족한 송곳이 달린 철모를 쓰고 마우저 소총과 크루프 속사포를 장비하고 있던 시절의 일이었다. 위엄, 권위, 규율. 독일인의 타고난 군사적 재능은 젊은 페론을 너무나 매혹하여 마수리안 호수 전투[8]에 관한 논문을 쓸 정도였고 거의 매일 밤 자신이 좋아하는 프로이센의 전략가들, 일테면 클라우제비츠, 알프레트 폰 슐리펜 그리고 콜마어 폰 데어 골츠 등의 전략을 참조하고 잠이 들었다. 골츠의 군사 국가 이론은 페론이 지금 권력을 장악한 아르헨티나에 이식시키려 애쓰는 사회 모델이다. 모든 것은 민족 수호라는 목표에 종속시켜야 한다는 것이다.

독일 그리고 무솔리니가 권력을 잡은 1920년 초반의 이탈리아는 페론을 사로잡았다. 그는 동세대 군인 중에서는 능란한 파시스트이자 대담한 모험가인 이탈로 발

---

8 제1차 세계 대전에서 동프로이센 방면으로 침공한 러시아군을 독일군이 격파한 전투.

보와 프란체스코 데 피네도의 공적에 매료되었다. 이들은 별이 빛나는 밤하늘을 가르고 이탈리아에서 남미까지 비행했다. 페론은 아르헨티나 라디오에 퍼지는 〈두체〉[9]의 목소리를 듣고 극장으로 달려가 「한 남자, 한 민족」[10]을 보았다. 그는 무솔리니에게 감명받았다. 신의 섭리를 부여받은 지도자는 한 나라를 구할 수 있고 도도한 역사의 흐름을 폭파시킬 수 있기 때문이다.

그가 이탈리아에 주목한 것은 1939년 로마 주재 아르헨티나 대사관 무관이 되어 파시스트 군대의 훈련 과정을 따르던 때였다. 그는 2년 동안 여행을 하고 정보를 얻고 메모를 했다. 페론은 자신이 프랑스 대혁명 이래 전대미문의 역사적 경험인 진정한 민중 민주주의의 탄생을 현장에서 목격하고 있다고 확신했다. 무솔리니는 이합집산하는 세력들을 자신이 설정한 목표, 즉 민족사회주의 건설에 집결시키는 데 성공했다. 1940년 6월 10일, 이탈리아 군대는 전쟁에 돌입한다. 페론은 화려한 군복을 차려입고, 피아차 베네치아의 발코니에서 군중의 환호를 받는 무솔리니를 볼 수 있었다.

---

9 최고 통치자라는 뜻으로, 베니토 무솔리니의 호칭.
10 당시 무솔리니를 찬양하기 위해 퍼뜨린 선전용 작품의 하나.

그보다 몇 달 전, 페론은 베를린을 방문했고 폴란드를 침공하고 동부 전선을 돌파하는 독일군을 따라갔다. 이탈리아어와 스페인어로 번역된 『나의 투쟁』을 읽었고 브레커[11]와 토라크[12]의 청동 조각에 감탄했던 페론은 당시의 정세 변화에 아연실색했다. 독일이 다시금 일어나고 있었다. 나치즘은 지난 상처를 치유하였고 독일은 유럽에서 가장 정교하게 기름칠이 된 기계로 변모했다. 그들은 완벽하게 조직화된 국가를 건설하기 위하여 매우 질서정연하게 일하고 있었다. 히틀러라는 화산은 대중을 최면 상태로 몰아갔다. 역사는 연극이 되고 의지가 승리한다. 페론이 독일을 순례하던 무렵에 발견한 레니 리펜슈탈의 영화 「몽블랑의 폭풍」과 「백색의 환희」[13]에서처럼 용기와 죽음은 형제처럼 붙어 있다. 히틀러라는 용암은 마주치는 모든 것을 파괴할 터였다.

아르헨티나로 돌아온 페론은 유럽에서 맹위를 떨치는 전쟁을 주도면밀하게 분석했다. 파시스트 이탈리아와 나치 독일은 공산주의와 자본주의에 대안을 제시하

11 Arno Breker(1900~1991). 독일의 조각가.
12 Josef Thorak(1889~1952). 브레커와 함께 제3제국 어용 조각가의 쌍두마차였다.
13 두 편 모두 산악 등반을 다룬 영화이다.

는데, 미국과 소련은 이 제3세력, 즉 페론에 따르면 비동맹 세력 최초의 블록인 이 새로운 축의 부상을 막기 위해 연합했다는 것이다.

독일과 이탈리아가 패전하자 아르헨티나는 그들을 계승했고 페론은 무솔리니와 히틀러가 실패한 바로 그 지점에서 성공을 거두었다. 소련과 미국은 원자 폭탄을 얻어맞아 머지않아 소멸할 것이다. 언젠가 일어날 제3차 세계 대전의 승자는 아마도 지구 반대쪽에서 인내하며 기다리고 있을 것이다. 아르헨티나는 아주 멋진 패를 갖고 있었다. 그리하여 페론은 냉전이 수렁에 빠지기를 기다리면서 위대한 넝마주이가 되었다. 그는 유럽의 쓰레기통을 뒤져 가며 거대한 재활용 사업을 계획했다. 페론은 역사의 잔해들을 가지고 역사를 지배할 것이다. 그는 수많은 나치, 파시스트, 그 협력자들에게 나라의 문을 활짝 열었다. 군인, 기술자, 과학자, 전문가와 의사들. 전범들은 제방, 미사일, 원자력 발전소를 만드는 일에, 아르헨티나를 초강대국으로 변신시키는 일에 초대되었다.

14

　페론은 대탈주의 순조로운 흐름을 예의 주시했다. 그는 부에노스아이레스에 루디 프로이데가 지휘하는 정보기관인 특수부를 창설했다. 루디는 1946년 대통령 선거의 중요한 공헌자인 루트비히 프로이데의 아들이다. 루트비히는 나치의 부유한 은행가이며 뒤러 출판사의 주주였다. 그는 스페인, 스위스, 이탈리아 로마 그리고 그레고어가 아르헨티나행 선박에 승선했던 제노바에 파란 눈의 사기꾼인 옛 나치 친위대 간부 카를로스 풀트너를 보냈다. 루트비히와 풀트너는 〈쥐구멍 라인〉[14]이라 불린 탈출 경로를 확정하고, 입국 조직망을 갖추고, 부패한 외교관, 공무원, 첩보원, 전범들에게 면죄부를 제공할 성직자 간의 복잡한 네트워크를 조정했다. 성직자들은 무신론적 공산주의에 대항하는 최종 전투에 초대받았다.

　1940년대 말, 부에노스아이레스는 도망자로 전락한 쓰레기들이 모여드는 수도가 되었다. 나치당원, 크로아

---

14 바티칸 교황청이 나치 전범을 아르헨티나를 비롯한 남미의 여러 나라로 피신시킨 일을 말한다.

티아의 우스타샤 대원,[15] 세르비아의 극렬 민족주의자, 이탈리아 파시스트당원, 헝가리의 화살십자당원, 루마니아의 철위대원, 프랑스의 비시 정부 가담자들, 벨기에 렉스당원, 스페인 팔랑헤당원, 가톨릭 원리주의자가 모였다. 암살자, 고문 기술자, 협잡꾼. 유령 같은 독일 제4제국이 형성된 것이다.

페론은 자기 나라에 몰려든 무법자들을 소중히 여겼다. 1949년 7월 그는 가짜 신분증으로 입국한 자들을 사면하고 대통령궁인 카사 로사다에 맞아들이기도 했다.

어느 날 밤, 그들 중 한 간부가 항구에 정박한 범선에서 약속을 잡았다.

달도 없는 12월의 부드러운 밤이었다. 돛대를 고정하는 밧줄이 달그락 소리를 내고 미풍이 살랑거렸다. 부두에서 그레고어는 사선을 바싹 뒤쫓으며 유람선을 찾아갔다. 두 남자는 경호원의 귀에 대고 〈반인반마〉라고 속삭인다. 몸집이 비슷한 부하 세 명의 엄호를 받는 경호원은 그들을 세심하게 검문했다. 네덜란드인과 독일인은 〈팔켄〉호의 선교를 성큼 지나 연기가 자욱하고 중

15 크로아티아의 파시스트 민족주의 단체.

유럽 국가의 언어들과 스페인어가 뒤섞여 웅성대는 상
갑판 끄트머리에 들어섰다.

　사선은 어느 통통한 여인이 건네는 맥주잔을 흔쾌히
받아 들고 그레고어는 물만 한 컵 받아 들었다. 「자네
운이 좋아, 오늘 저녁에는 거물들이 있군.」 사선이 한
마디 했다. 그는 그레고어에게 뾰족한 턱수염을 기르고
검은 테의 짙은 안경 알 뒤에 정체를 감춘 한 남자를 가
리켰다. 크로아티아의 포글라브니크인 안테 파벨리치[16]
가 도열한 우스타샤 대원들에게 둘러싸여 있었다. 마르
세유의 시장이었던 시몽 사비아니는 프랑스에서 궐석
재판으로 사형 선고를 받은 자로, 프랑스 인민당의 친
구들과 함께 있었다. 비토리오 무솔리니는 무솔리니의
둘째 아들이며 파시스트당 서기였던 카를로 스코르차
와 같이 있었다. 로베르 팽스맹은 프랑스 아리에주에서
친독 의용대를 지휘했던 사람이고, 리가의 도살자로 유
명한 에두아르트 로슈만(3만 명의 라트비아 유대인 살
해)은 평소처럼 얼근히 취해 있었다. 물리학자 로날트

---

16 Ante Pavelić(1889~1959). 나치 독일의 괴뢰 국가인 크로아티아
독립국을 통치했던 인물. 〈포글라브니크〉는 최고 지도자, 우두머리를 뜻하
는 크로아티아어로 파벨리치의 별칭이다.

리히터는 대통령의 총애를 받는 사람으로 대통령에게 최초로 핵 융합을 성공시키겠다고 약속했다. 페론은 파타고니아 호수에 뜬 섬 하나를 리히터 마음대로 쓰게 하여 연구를 지원해 주었다. 루델은 아직 보이지 않지만 조만간 여기 나타날 것이다.

그레고어는 독일인인 콥스와 슈밤베르거 외에는 아는 사람이 없었다. 그런데 현창 앞에서 이 두 사람과 논쟁을 벌이고 있는 골프 반바지 차림의 건장한 남자는 놀랍게도 T4 안락사 프로그램(2백만 명의 불임 수술을 했고, 7만 명의 장애인을 가스실로 보냈다)의 실행 책임자였던 게르하르트 보네였다. 그레고어는 아우슈비츠에서 그와 여러 차례 마주쳤더랬다. 그레고어가 그들에게 인사를 건네려고 다가서는데 순간 참석자들이 동작을 멈추었다. 네 명의 남자들이 즉석 연단으로 올라간 것이다. 사선이 미소 지으며 설명했다. 아르헨티나의 대령 한 명, 〈우리의 수호천사들인 풀트너와 프로이데 주니어〉, 그리고 나비넥타이에 스리피스 정장 차림의 40대 남자는 〈벨기에의 수다쟁이 피에르 다예〉. 다예가 발언했다.

몇 달 전 다예는 부에노스아이레스의 민족주의 단체

창설에 참여했다. 이는 렉스당원, 파시스트, 우스타샤 대원들의 집단으로 미국 자본주의와 러시아 볼셰비즘을 굴복시키려는 야망을 품고, 유럽에 감금된 〈기독교〉 전범자들의 사면을 성사시키기 위해 투쟁하고 있었다. 제3차 세계 대전을 목전에 둔 남미 대륙은 그처럼 노련한 투사들을 포기할 수가 없었다.

다예는 최초의 타락, 카인이 아벨을 살해한 사건, 천지창조 이래 인간 사회를 전염시키고 있는 영구적인 동족상잔을 거론했다. 「전 세계에 퍼진 비천한 물질주의, 신에 대한 부정, 바로 이것이 우리의 적이고 우리들 불행의 원인입니다!」 이 열혈 가톨릭 신자는 포효했다. 「우리는 전투를 승리로 이끌기 위해 단결해야 합니다. 우리가 나치즘과 기독교 정신을 화해시킨다면 그 누구도 무엇도 승리를 향한 우리의 전진을 막을 수 없을 것입니다…….」 청중은 휘파람을 불고 박수를 쳤다. 다예는 몹시 기뻐하며 콧소리 나는 음성으로 말을 이어 갔다. 「우리의 자유를 보장해 준 훌륭한 페론 대통령은 이러한 형제애를 자신의 소명으로 삼았습니다. 그리고 우리는 아르헨티나가 남반구에서 미국을 견제하는 세력이 되도록 도울 것입니다. 동지 여러분, 이것이 시작입니다. 곧이어 러시아와 미국은 죽음의 전투에 뛰어들 것입니다. 작년 베를린 봉쇄는 자칫 전쟁으로 번질 뻔했습니다. 오늘날 세계 각지에 긴장이 팽배해 있습니다. 그러니 인내심을 가집시다. 미래는 우리 편입니다. 우리는 유럽으로 돌아갈 겁니다…….」

사선은 그레고어의 팔을 움켜쥐더니 갑판 위로 올라가라고 말했다. 소개해 줄 〈아주 소중한 두 친구〉가 있다는 것이다.

「루델 대령.」 작달막한 그림자가 중얼거렸다.

「말브랑크.」 좀 더 신중한 목소리가 소곤거렸다.

마침내 말브랑크가 나타난 것이다.

15

아직도 이따금 그레고어는 함부르크행 대형 선박에 몸을 싣는 상상을 한다. 붉은 옥수수와 보랏빛 아마를 적재한 화물선은 그를 이레네 근처에 데려다줄 것만 같다. 항구의 술집에서 그레고어는 전혀 자기답지 않은 편지를 한 통 썼다. 대림절의 셋째 주일이었다. 일찍이 그토록 격렬하게 열정을 토해 낸 적이 없었고, 이레네의 부재를 그토록 아쉬워하며 지난 추억을, 함께 보낸 숱한 사랑의 밤을 되씹은 적도 없었다. 아우슈비츠에서 보낸 화려한 여름, 전선에서 돌아와 서로의 몸을 비비며 보낸 크리스마스, 눈 덮인 숲에서 이루어진 마지막 만남, 금빛 머리칼에 흩날리던 흰 눈송이들. 그는 다시 한번 자신을 만나러 와달라고, 대서양을 건너와 달라고 애원했다. 이 편지에 대한 응답으로 이레네는 가죽 반바지를 입은 롤프의 사진을 보냈고 1950년이 복된 새해가 되기를 기원한다는 간단한 인사를 건네고 고독에서 벗어날 수 있도록 개를 키워 보라고 충고했다. 희한하게도 그레고어는 그녀의 충고대로 서둘러 개 한 마리를 사들여 하인리히 라이언스라는 이름을 붙여 주었다. 이레네가 편지에서 넌지시 제안했던 미국 조상의 이름 해리 라이언스를 독일식으로 바꾼 것이었다. 기발한 생각이다! 이 이름은 뮌헨시의 창설자인 하인리히 사자공과 동음이의어이니, 식민 개척의 군주이자 바이에른과 작센의 공작이 그레고어의 개가 된 것이다.

한편 독일에서 온 놀라운 희소식도 있었다. 그레고어와 16개월밖에 차이가 안 나는, 너무 일찍 태어난 동생 카를 타데우스가 크리스마스에 죽었다는 것이다. 그는 카를이 왠지 모르게 늘 미웠다. 그레고어는 성곽의 총안처럼 조그만 창들이 달린 큰 집에서 보냈던 유년을 떠올리면서, 플로리다 지구 술집의 햇살 가득한 테라스를 으스대며 걸었다. 언젠가 카를이 그레고어의 장난감 기차를 훔쳤는데, 어머니가 돌아오자 동생이 징징거리는 바람에 형인 그레고어가 벌을 받았다. 권위적이던 어머니 발부르가는 그를 때리고 창고에 가두었다. 카를은 언제나 저녁 식사에서 가장 많은 몫을 차지했다. 카를은 엄마를 따라 시장의 제과점에 갈 수 있었다. 영악하고 나쁜 녀석이었다. 베포[17]는 화재나 자동차 사고로 그가 죽어 버리기를 수없이 소망했다. 귄츠부르크와 그곳 숲을 따라 흐르는 다뉴브강에 조약돌을 던지면서 자신의 질투심을 무수히 되새김질했다. 이제 카를은 화장터에서 엄마와 해후했다.

동생의 죽음을 알린 편지에서 아버지는 또한 연합군이 〈점점 분별 있는〉 태도를 보인다고 했다. 몇 달 전부터 사법 당국이 전범 추적을 중단하고 있으며 예전의 나치들이 정부 및 새 연방 공화국의 정재계에서 요직을

17 멩겔레의 별명.

차지하도록 내버려 두고 있다는 것이다. 「그들은 누가 자기들의 진정한 적인지를 서서히 깨닫고 있다. 냉전이 그들의 눈을 뜨게 한 거다. 그리고 요제프야, 우리는 전쟁을 잊고 재건을 위해 고삐를 쥐고 앞으로 나아가고 있다. 우리는 늙은 멍청이 아데나워가 어떻게 자신의 배를 이끌고 가는지 보게 될 거야.」

그레고어는 얼마 전부터 플로리다 지구에 있는 말브랑크의 집으로 이사해 게으름을 피우고 있었다. 그들은 팔켄호에서 처음 만난 이후 다시 만났다. 말브랑크는 거듭 사과했다. 사업차 엄청 바쁘게 돌아다니기 때문에 부에노스아이레스에 있을 때는 플로리다의 집보다는 올리보스의 거처에서 더 많은 시간을 보낸다고 했다. 자기 아내가 거길 더 좋아한다는 것이다. 불운하게도 그레고어는 주인이 집을 비웠을 때 찾아갔고 전화를 했던 것이다. 말브랑크가 자신의 집으로 옮겨 오라고 제안했을 때 그로서는 마다할 이유가 없었다. 그는 음침한 골방을 떠나 근사한 빌라로 이사했다. 푹신한 침대, 포석이 깔린 안뜰, 안뜰 분수의 물줄기가 아른거리는 환한 방, 빵과 계란, 그리고 아침저녁으로 식사 준비를 돕는 오스트리아인 하녀가 있는 집이었다.

집주인 말브랑크는 아주 유용한 인물이다. 한때 나치의 스파이로 전쟁 중에는 라디오 송신기를 감추고 무기를 사들였으며 지금은 부에노스아이레스의 나치 사회에서 한 축을 담당하고 있다. 그의 집에는 외무부 유대인 담당 부서의 고위급 외교관이었던 카를 클링겐푸스, 힘러의 부관이자 헤르베르트 폰 카라얀의 친구로 폴란드의 궐석 재판에서 사형 선고를 받은 통칭 〈부비〉 루돌프 폰 알벤슬레벤, 히틀러 시절 외무 장관의 아들인 콘스탄틴 폰 노이라트가 규칙적으로 드나들고 있었다. 프리치와 사선은 포커를 치러 오는데 독일 고전 음악과 문학에 열정을 품고 있는 건축가 프레데리코 아세를 데려왔다. 단춧구멍에 패랭이꽃을 달고 다니는 이 남자는 그레고어에게 열광하고 있었다.

지하 비밀 통로를 거쳐 그레고어는 부에노스아이레스의 미로에서 자신의 길을 발견했다.

16

〈1950년은 해방의 해〉라고 페론은 선포한다. 또한 자신이 아르헨티나 독립의 아버지인 산마르틴[18]의 계승자라고 주장한다.

6월 25일, 한국 전쟁이 발발한다.

7월 14일, 아돌프 아이히만이 리카르도 클레멘트라는 가명으로 부에노스아이레스에 도착했다가, 급히 수도를 떠난다. 풀트너가 투쿠만 지방에 수력 발전소를 건설하는 공공 기업 카프리에 일자리를 찾아 준 것이다.

17

새로 알게 된 동지 중에서 그레고어가 특히 좋아한 사람은 울리히 루델이었다. 이 동부 전선의 영웅은 서른두 차례나 격추당하면서도 언제나 독일군 진영으로 돌아오는 데 성공했다. 스탈린이 그의 목에 10만 루블이라는 거액의 현상금을 걸었는데도 말이다. 1945년 2월 대공포에 맞아 다리 하나를 절단한 루델은 수술 후 두 달 만에 자신의 전투기에 다시 올랐고, 1945년 5월 8일 연합군에 항복하기 전까지 스물여섯 대의 소련 탱

18 José de San Martín(1778~1850). 남미 독립 운동을 이끈 군인.

크를 추가로 격파했다.

황금으로 된 떡갈나무 잎사귀와 검으로 장식된 철십자 기사 훈장은 히틀러가 몸소 수여한 것으로 오직 루델만이 받았다. 루델이 훈장을 보여 주자 그레고어는 아이 같은 눈으로 그것을 바라보았다. 루델은 명실상부한 거물이었다. 다리에 인공 보철을 했음에도 불구하고 테니스를 치고 남미 최고봉인 아콩카과산을 올랐다. 그레고어가 열여섯이나 열일곱이었을 때 하지를 기념하는 불꽃 앞에서 그들의 전설을 미화하며 주워섬기던 튜턴 기사단의 후예였다. 당시 그레고어는 민족주의와 보수주의 운동 단체인 독일 청년 연합의 지방 분회를 맡고 있었다. 그레고어가 그리던 독일 전사 그 자체인 루델은 놀라운 경력을 쌓았음에도 겸손하게 처신하지만 세간의 평가는 인정하는 듯했다. 그레고어는 어쨌거나 나치 친위대의 일개 대위였을 뿐이지만, 대령은 부에노스아이레스를 들를 때면 ABC 식당에서 그레고어를 만나며 즐거워했다.

만날 때마다 두 나치 대원은 오랜 시간 이야기를 나누었다. 그들은 술을 마시지 않으며 정확한 계산하에 추론하고 인간의 나약한 감정에 환멸을 표했다. 루델의 아내는 그가 아르헨티나로 떠나기 전에 이혼을 요구했다. 젊은 시절에 〈타락하고 부도덕한〉 바이마르 공화국에 대해 품었던 종말론적 비전, 제1차 세계 대전 때 등 뒤에서 칼을 맞아 패전했다는 믿음, 독일 국민과 독일 혈통에 대한 〈전적인〉 헌신을 공유했던 배우자였다. 투쟁, 모든 것이 투쟁이다. 가장 훌륭한 자들만이 살아남는다. 그것이 역사의 철칙이며, 연약하고 자격 없는 자들은 제거되어야 한다. 정화되고 훈육된 독일인은 세계 최강이다.

영웅적인 조종사와 한 탁자에 앉은 그레고어는 생체 실험에 관여한 군인이라는 자신의 과거를 찬미하며 아무것도 숨기지 않았다. 멩겔레는 그레고어라는 가면을 벗어던졌다. 의사로서 민족의 몸을 돌보았고 전투 중인 공동체를 보호했다. 또 아우슈비츠에서는 분열과 내부의 적들에 대항해 싸웠고, 동성애자와 반사회적인 인간들에 맞서 싸웠다. 수천 년 전부터 아리아인을 멸망시키려고 암약했던 유대인이라는 박테리아에 대항하여 싸웠다. 모든 수단을 동원하여 그들을 박멸해야만 했다. 그는 도덕적 인간으로서 행동했다. 아리안 혈통의 순수성과 창조력 발전에 복무하기 위해 온 힘을 바쳐 나치 친위대의 의무를 수행했다.

그레고어가 루델에게 매력을 느꼈던 이유는 그가 멋지게 성공한 사람이었기 때문이다. 루델은 페론의 고문관으로서, 탁월한 비행기 제작자인 쿠르트 탕크 곁에서 남미 최초의 제트 전투기 〈풀키〉의 개발을 주도했다. 그는 페론이 너그럽게 수입을 허가한 덕분에 다임러 벤츠, 지멘스, 수상 비행기를 제작하는 도르니어 같은 여러 독일 대기업의 중개업자로 활동하며 큰돈을 벌어들였다. 루델은 유럽과 남미 이곳저곳을 자유롭게 돌아다니며 모든 음모의 한복판, 범죄자들의 도피를 돕는 조직인 〈오데사〉, 〈갑문〉, 〈거미집〉을 쑤시고 다녔다. 루델은 폰 노이라트와 공동으로 〈전우 협회Kameradenwerk〉를 창설했다. 이는 본국에 감금된 동료들에게 소포를 보내주고 변호사 비용을 대주는 단체였으니, 루델은 나치 이민자들의 총사령관인 셈이었다.

루델은 그레고어를 보호해 주면서 경고했다. 나치의 보물은 건드리지 말 것이며, 이에 대해 누구에게도, 어떤 질문도 하지 말라고.

이른바 나치의 보물에 대한 미친 소문들이 부에노스아이레스를 돌아다니고 있었다. 종전을 얼마 앞두고 마르틴 보르만이라는 히틀러의 보좌관이 유대인들에게서 훔쳐낸 금은보화와 예술품을 잔뜩 실은 비행기와 잠수함들을 아르헨티나로 급히 보냈다는 것이다. 일명 〈불의 대지 작전〉. 루델은 에바 두아르테라는 이름의 여러 계좌에 보내진 이 전리품의 호송 담당자 중 하나였을 것이다. 페론은 에비타와 결혼한 이후 나치의 금에 손을 댔을 것이고 아내가 구호 단체를 지원하도록 허락했을 것이다. 얼마 전, 숨겨 둔 돈을 관리했을 것으로 추정되는 은행가 두 명의 시체가 부에노스아이레스의 거리에서 발견되었다.

「아르헨티나에서는 모든 게 가능하지.」 루델이 그레고어에게 말한다. 「나의 좌우명이 뭔지 아나? 자신에게 굴복하는 자만이 패배한다는 걸세.」

18

그리하여 그레고어는 해방을 맞았다. 자신을 계속해서 부양하는 아버지, 그리고 제들마이어와 합의하여 아르헨티나에서 가업을 대표해 여러 나라를 오가며 남미의 거대한 농기구 시장을 탐색할 터였다. 루델은 그레고어를 격려하고 합자 회사를 차릴 생각으로 개인 비행기로 그를 파라과이로 데려갔다. 파라과이는 독일 농업 이주민 집단을 수용하고 있었고 그중 가장 오래된 누에바 게르마니아는 엘리자베트 니체가 창설한 것이다. 그녀는 철학자 프리드리히 니체의 누이로 광적인 반유대주의자였다. 남동부 지역은 비옥한 목초지가 널려 있으니 〈멩겔레표〉 외바퀴 손수레, 탈곡기, 퇴비와 비료 살포기 따위가 귀중해질 것이다. 게다가 그 지방은 안전했다. 루델의 수많은 친구들이 1927년에 최초로 독일 외부의 나치당을 빌라리카에 세웠기 때문이다.

사선 역시 이 의사 친구를 이용할 작정이었다. 때로 그레고어에게 협잡을 제안했다. 꺼림칙하긴 하지만 그의 능력으로 볼 때 상당한 돈벌이가 되는 일이었다. 영악한 젊은 부르주아들이 멀리 떨어진 곳에서 아이를 낳아 고아원에 내버리기보다는 부에노스아이레스에서 자신들의 죄를 은밀하게 내려놓을 수 있게 도와주는 일이었다. 가톨릭 국가인 아르헨티나에서 낙태는 엄중한 처벌을 받는 죄이지만 그레고어는 사선이 제안한 거래를 받아들였다. 그는 말브랑크의 집에 살게 되면서 의료 기구(외과용 메스, 슬라이드, 핀셋)와 표본들이 담긴 가방을 되찾았다. 존경받는 집안 자제들을 돕는 일인데 어떻게 거절하겠는가? 두 손이 근질거리던 판인데, 짐꾼과 농사꾼으로 몇 년을 보낸 뒤에 마침내 의술을 다시 써먹게 된 것이다.

그해 1950년 말에, 부에노스아이레스의 파시스트들은 행복한 기대감에 젖어 있었다. 제3차 세계 대전은 사정거리 안에 있고, 페론은 손가락을 방아쇠에 걸고 텔렉스를 주시하고 있는데, 전쟁의 먹구름은 한반도를 거쳐 오는 중이었다. 트루먼 대통령은 호전적인 북한군이 남한을 침공하는 것을 저지하기 위해 모든 군사력을 사용할 것을 약속했다. 맥아더 장군은 서해와 동해 사이를 방사능 벨트로 봉쇄하여 중국과 소련이 전투 지역에 들어서는 것을 막으려 했다.[19]

제국에 대한 페론의 꿈이 실현되는 날을 기다리면서 그레고어와 새 친구들은 호화 생활을 이어 갔다. 번쩍이는 부츠를 신고 포마드로 머리를 빗어 넘긴 아세와 그레고어는 클레망소가 세상에서 가장 아름다운 극장이라

19 이 계획은 실행되지는 않았으나 당시 맥아더가 추진하려 했다고 한다.

했던 콜론에서 바그너의 「트리스탄」과 비제의 「카르멘」 공연을 보았다. 음악광인 건축가와 의사는 토르토니 혹은 카스텔라르 카페에서 밤참을 먹고 최상급 스테이크 조각을 입에 집어넣는 사이사이 독일 음악에 최고의 찬사를 보냈다. 독일 음악은 모든 감각을 포괄하며 무한에 다가서게 한다는 지론을 폈다. 멕시코 대중음악의 애호가인 사선은 이따금 프리치와 함께 그레고어를 카바레나 올리보스의 〈판타시오〉에 데려갔다. 〈판타시오〉는 사선이 정신 못 차릴 정도로 좋아하는 댄스홀로 영화 제작자들과 배우들이 자주 찾던 곳이다. 이들은 각자 역할을 분담했다. 프리치는 돈을 내고, 그레고어는 인디언 스타일로 머리를 땋은 여자들을 곁눈질하고, 사선은 마시고 춤추고 *yeguas*(암말들)와 *potrancas*(암망아지들)를 주물럭댔다. 아내와 어린 딸들은 집 안에서 지루해하고 있는 동안에 말이다. 1주일에 두 번, 매주 수요일과 토요일에 그레고어는 코리엔테스의 은밀한 클럽으로 오럴 섹스 전문가인 창녀를 보러 갔다. 이 또한 사선의 제안에 따른 것이다. 이 순종적인 여자들에게 그레고어는 자신의 몸은 건드리지 말되 오직 성기만을 만지게 하고, 키스도 금지하고 어떤 친밀함도 내보이지 않는다. 그는 돈을 내고 사정을 하고 자리를 뜬다.

부에노스아이레스의 날씨가 너무 더울 때면 그들은 팜파스에 있는 디터 멩게의 집에서 주말을 보냈다. 루델의 친구인 멩게는 고철을 재활용하여 재산을 모아 유칼립투스와 아카시아가 늘어선 대농장을 구입했다. 히틀러의 흉상은 정원의 분위기를 흥겹게 했고 화강암으로 된 나치 문장이 수영장 바닥을 장식했다. 멩게의 집에서 저녁 파티는 길게 이어졌다. 공기는 맑고 그곳에 모인 남자들은 군인의 직무, 전투 경험, 자신감을 자양분으로 삼아 굳게 뭉쳤다. 셔츠 소매를 걷어 올린 나치들이 맥주와 브랜디를 마시고 큼직한 소고기 덩이와 어린 돼지를 통째로 불에 굽고 트림을 하며 멀리 있는 조국과 전쟁에 대해 이야기했다. 그레고어는 그다지 수다스럽지 않으나 사선은 이 작은 유희에서 단연 두각을 나타냈다. 그는 열광에 휩싸여 포탄의 굉음과 격렬한 탄환 소리를 흉내 내고, 쏟아져 내리는 불길, 스탈린이 불러들인 시베리아 사단 병사들의 검게 그을린 얼굴들과 누더기가 된 군복들을 기억해 냈다. 매년 4월 20일이면 멩게와 일당은 히틀러 총통의 생일을 기념하기 위해 횃불 행진을 조직했다. 때로는 루델이 이 약속의 땅에 새로 도착한 사람을 데려오기도 했다. 그렇게 해서 괴벨스의 옛 측근이자 협력자인 빌프레트 폰 오벤이 나타나고, 얼굴에 칼자국이 있는 귀한 방문객인 나치 친위대원 오토 슈코르체니가 잠시 머무르기도 했다. 이자는 메스암페타민[20] 주사를 맞고, 연합군이 이탈리아 남부에 상륙한 이후 아브루초주에 갇혀 있던 무솔리니를 글라이더를 타고 구출했다. 무기 밀매상으로 둔갑한 슈코르체니는 곳곳을 돌아다니다가 스페인에 머물 때 〈무지개 순방〉 중이던 에비타를 유혹한 적이 있다고 자랑했다. 〈빵빵, 대단한 여자지, 그 페론 마나님〉이라며 떠벌렸다. 프리치가 코웃음을 치고 사선은 독일 제국과 아르헨티나를 위해 건배를 제안했다. 이곳에서 나치들은 그토록 달콤한 삶을 누리고 있었다.

1951년 3월 중순, 멩게는 아르헨티나 대농장에 그들 무리를 초대했다. 루델, 말브랑크, 프리치, 사선, 아세가 친구 그레고어의 마흔 번째 생일을 축하하러 모였다. 그들은 그레고어에게 줄 선물을 들고 왔다. 뒤러의 전설적인 판화 「기사, 죽음, 그리고 악마」이다.

20 중추 신경을 자극해 흥분시키는 약물.

71

19

한국 전쟁을 이끌던 맥아더는 극동의 사령관직에서 해임되고 전선은 교착 상태에 빠졌다. 페론은 분노했고, 반인반마 시기의 탈출과 제3차 세계 대전은 연기되었다. 이제는 영광스러운 재선을 꿈꾸며 체제를 튼튼히 다질 때다. 정부에 대한 비판은 금지되고, 주요 일간지들은 검열을 받았으며, 폐간된 『라 프렌사』는 노동총연맹의 기관지로 탈바꿈했다. 페론 정부는 군 병력을 두 배로 늘리고 선전 활동을 강화했다. 반대하는 자들은 감옥에 처넣었고, 국회 의원들은 이웃 나라인 우루과이의 몬테비데오로 도피했다. 페론은 전도유망한 부인을 끌어들여 완전 승리를 도모했다. 아내에게 다음번 임기의 부통령 자리를 제안한 것이다.

노동부와, 예산이 대폭 늘어난 그녀의 재단 앞에는 매일 사람들이 길게 줄을 서서 에비타를 기다렸다. 사람들은 그녀와 몇 마디 말을 나누거나 눈길이라도 마주치려고 서로 밀치고 싸웠다. 그녀의 손을 스치는 일은 가장 너그러운 여신을, 예수의 손을 만지는 일이었다. 에비타는 전례 없이 많은 주택과 의약품과 의복을 아르

72

헨티나의 가난한 자들에게 제공했기 때문이다. 그녀는 어떤 희생도 마다하지 않았고 살날이 얼마 남지 않은 듯이 잠도 자지 않고 모든 전선을 순회했으며, 마치 정부가 위협이라도 받는다는 듯이 몰래 무기를 마련하고 자기 돈을 들여 노동자들의 민병대 창설을 계획했다.

부에노스아이레스는 그녀의 초상화로 뒤덮였다. 7월 9일 대로 오벨리스크 위에는 투표를 독려하는 〈페론 — 에바 페론, 조국을 위한 방책〉이라는 거대한 플래카드가 걸렸다.

1951년 8월 22일, 등짝에 페론주의자라는 표식을 써 붙인 수십만의 아르헨티나인들이 세계에서 가장 넓은 거리를 향해 모여들었다. 이곳에서 부부는 대통령 선거 유세를 공식 선언할 예정이었다. 엄청난 인파 속에서 길을 잃은 루델과 그레고어는 연단과 페론을 향해 시선을 고정했다. 머리에 포마드를 바르고 팔짱을 낀 페론은 아주 기쁜 표정을 짓고 있었다. 갑자기 엄청난 함성이 울리고 에비타가 나타나 지지자들에게 입맞춤의 손짓을 보냈다. 열혈 지지자들은 무릎을 꿇고 눈물을 흘렸으며, 인근 건물의 발코니에서는 무수한 색종이들을 흩뿌렸다. 경기장에서처럼 횃불이 타오르고 깃발과 손수건이 휘날리고 다채로운 빛깔의 폭죽이 요란하게 폭발하는 가운데 군중은 우상의 도착을 환호했다.

　노동 총연맹의 사무총장이 에비타의 부통령 출마를 부르짖어 달라고 군중에게 요청하자, 그녀는 지도자 페론의 품속에서 몸을 웅크리며 더듬거리는 말로 나흘간 숙고할 시간을 달라고 요구했다. 당혹한 군중은 비명을 내질렀다. 에비타가 애원했다. 「그럼 하루만?」 군중은 발을 구른다. 에비타가 탄원했다. 「그럼 단 몇 시간만이라도?」 말도 안 된다. 18분 동안 군중은 박자를 맞추며 에비타의 이름과 〈지금 당장〉이란 말을 연호했다. 에비타는 조금 비틀거리며 오열하더니 그날 저녁 라디오 방송으로 자신의 결정을 밝히겠다고 발표했다.

　빤한 짓이 꽤 오래 지속되자 루델과 그레고어는 자리를 떴다. 크고 작은 북소리가 쉼없이 울려 귀가 멍멍했다. 네그라다, 즉 부에노스아이레스의 변두리에서 일하는 흑인 노예들이 그들을 에워싸고 있어 혐오감이 치솟았다. 히틀러 시절의 독일이라면 이런 난장판은 결코 생각지도 못할 일이었다. 이 집회야말로 페론 독재 정부 그리고 아르헨티나 사람들의 성격을 잘 보여 준다고 두 나치는 생각했다. 「복종하는 척만 하면서 실행은 하지 않는 사이코드라마의 왕들. 복종할 줄 모르는 자는 결코 명령할 줄도 모르지.」

군중 틈에서 빠져나온 루델은 그레고어에게 극비의 소문을 털어놓았다. 에비타가 아프다는, 그것도 중병이라는 이야기였다. 「만일 그게 사실이면, 우리 친구 페론은 망한 거야.」

페론주의 정당은 그들의 약속을 지키지 못했다. 부에노스아이레스 중심가의 보도들은 언제나 파헤쳐져 있었다. 기차들은 제 시간에 도착하지 않았다. 페론은 방만하게 예산을 사용하고 헛된 약속을 남발했다. 파타고니아에서 리히터는 1와트의 전기도 생산하지 않은 채 수백만 페소를 탕진함으로써 페론을 속였다. 아르헨티나 경제는 휘청거리고 하찮은 것들만 만들어 냈다. 루델과 그레고어는 거기에서 기독교 정신의 악영향을 보았다. 그들이 보기에 페론은 적절히 폭력을 동원해야 했는데 그러지 않았다. 유대 기독교의 어리석음, 동정, 연민 등 나치즘이 청산해 버렸던 온갖 유형의 온정주의에 묶여 있었기 때문이다.

그레고어는 페론을 에워싸고 있던 가톨릭-파시스트 도당을 경멸했다. 그치들은 약해 빠져서 이빨 없는 호랑이고, 히틀러 혹은 이란의 통치자와 차를 마셨다고 주장한 허풍쟁이 다예 같은 자들이다. 페론의 국제 인민 통합 운동은 헛소리다. 그가 말한 제3차 세계 대전은 아이의 환상 같은 것이다. 현재 다예는 회고록을 쓰면서 낙담하고 있었다. 무솔리니의 아들은 직물 산업에 투신하고 마르세유의 옛 시장인 사비아니는 술에 빠져 고독을 잊고 있었다. 몇 주 전 프랑스 페탱 원수가 사망했다는 소식이 당도하자 그들은 부에노스아이레스의 성당에 모여 철야 장례 기도를 했다.

그 사람들은 끝났다. 그들이 과거를 향해 돌아선 반면, 부에노스아이레스의 나치들은 미래를 탐색하고 있다.

독일을.

20

그들은 독일 재정복을 열망했다. 뒤러 서클의 회원들은 연합국이 강요한 〈민주주의〉를 믿지 않았다. 그들이 경애하는 조국은 단숨에 변화하지 않았으며, 그건 불가능한 일이었다. 그들은 자신들이 발행하는 잡지에 여러 사회 문제에 관한 논평을 실었다. 잡지의 발행 부수는 검열과 금지 조치에도 불구하고 계속해서 늘어났다. 그들은 동포들이 빌헬름 2세 시절과 제3제국 초기에 대한 향수에 젖어 있고, 수용소에서 저질러졌다는 〈잔혹 행위〉를 믿지 않으며, 뉘른베르크 재판 이후 승전국들에 대한 복수를 목청 높여 외치고 있다는 것을 알고 있었다. 그들은 독일인이 나치즘을 부인하지 않았다는 것을 확신했다. 독일인은 나치 체제와 그들의 정복 사업을 압도적으로 지지하지 않았던가? 총통 히틀러를 존경하지 않았던가? 그레고어는 프리치, 사선, 루델에게 이야기했다. 1930년대의 대학들과 의료계의 열광을. 지긋지긋한 구닥다리 인문주의자들을 청산하는 기쁨과 가장 급진적인 변화에 대한 열망을. 모든 영역에 확산되었던 사회적 다윈주의와 인종 위생 이론의 인기를. 또수용소에서 거대 산업가들이 착취한 죄수들, 실험실의 인간 모르모트들, 의치에서 긁어모아 매달 제국 은행에 보낸 금에 대해서도.

전쟁 마지막 해의 파멸에 이를 때까지 모두들 이 체제를 이용했다. 무릎을 꿇은 유대인들이 보도를 청소할 때 누구도 이의를 제기하지 않았고, 그들이 하루 이틀 새에 사라졌을 때도 누구 하나 입 한 번 열지 않았다. 만일 전 지구가 독일에 대항하여 동맹하지 않았다면 나치즘은 아직도 권력을 쥐고 있을지도 모른다.

뒤러 서클의 회원들은 나치의 부활을 믿고 있었다. 그들은 세상 끝에서 누리고 있는 부르주아적 삶의 사소한 일상을 경멸하고, 그들의 사업에 열중하거나 애인들을 거느릴 생각은 하지 않았다. 패전으로 인해 그들은 정점에서 급격히 추락했다. 하지만 나이 서른이 넘은지 얼마 안 되는 프리치, 사선, 루델은 그들의 전투를 지속하기로 결심했다. 조국이 위험에 처해 있으니 신속하게 행동해야 했다. 수상 아데나워는 서독을 미국에 팔아 버리고 서방에 통합시켰고 동독은 소련에 의해 약탈당했다.

하지만 그들은 주저했다. 아르헨티나에 온 이래로, 역학 관계를 가늠하는 일은 간단치 않고 조직하는 일 또한 마찬가지다. 망명 정부를 만들어야 하나? 독일에서 혁명을 선동해야 하나? 쿠데타로 아데나워를 무너뜨려야 하나? 음모자들은 20년 전 히틀러가 밟았던 길을 따르기로 결정했다. 정치권에 들어가서 동맹 세력을 구하고 다수표를 얻어 권력을 쟁취하는 것이다. 차기 연방 선거가 1953년 9월에 열릴 테고 루델은 전폭적인 지지를 받아 후보자로 지명되었다. 독일인들은 그의 공적을 잊지 않고 있었다.

1952년 여름, 예전의 조종사는 독일 사회주의 국가당[21]의 나치 투사들과 협력 관계를 맺기 위해 독일로 날아갔다. 상황은 뒤러 서클의 의도에 유리해 보였다. 독일에서 9월에 사건이 터졌기 때문이다. 루델이 〈랍비〉라고 비아냥거린 아데나워가 룩셈부르크 협정의 틀 안에서 독일인들의 유죄를 인정하고 이스라엘 재건과 유대인에 대한 배상에 독일 연방 공화국이 수십억 달러를 지불하겠다고 약속한 것이다. 그러나 한 달 후, 총리는 사회주의 국가당을 해산시키는 데 성공했다. 루델은 부에노스아이레스로 돌아가 동지들의 의견을 수렴해 독일로 다시 떠났고 이번에는 보수적 민족주의 정당인 독일 제국당이 그를 포섭했다. 하지만 독일 경제 기적에서 멀리 떨어져 있던 뒤러 서클회원들은 오판했다. 독일인들은 나치에 대한 향수에 젖어 있기보다는 이탈리

21 Sozialistische Reichspartei. 제2차 세계 대전이 끝난 후 나치즘 부활을 목표로 결성된 정당.

아에서 보내는 휴가를 더 좋아한 것이다. 독일인들로 하여금 히틀러를 추종하게 했던 기회주의가, 이번에는 민주주의를 포용하도록 충동질했다. 독일인들은 모욕을 참아 낼 수 있었고 1953년 선거에서 독일 제국당은 처참하게 패했다.

21

그레고어는 아파트의 넓은 거실에 놓인 밤색 가죽 소파에 누워 초콜릿 사탕을 씹어 먹다가 존경해 마지않는 루델의 낙마 소식을 들었다. 몇 달 전에 옮겨 온 이 집은 부에노스아이레스 한복판인 타쿠아리가 431번지에 있다. 그는 뒤러 서클의 동지들에게 충고를 아끼지 않았지만 그들의 음모는 거리를 두고 지켜보기만 했다. 그레고어는 결코 정치적 인간이 아니었으며, 독일에 대한 사랑이나 나치즘에 대한 충성을 두고 어떻게 주장하든 간에, 어린 시절부터 오직 자신만을 생각했고 언제나 자기만을 사랑했다. 교활한 그레고어에게 그해 1953년의 마지막은 만사가 순조롭고 심지어 점점 더 좋아지고 있었다. 아르헨티나 전체가 자궁경부암으로 사망한 에비타의 죽음을 애도해도 그로서는 상관없는 일이고, 이 나라가 빈곤 속에 가라앉아도 대수롭지 않은 일이며, 망명한 동지들의 계획을 아데나워가 무산시켜도 괘념치 않았으니, 중요한 것이 보장되어 있었기 때문이다. 동료들로부터 호의적인 평판을 얻어 내고 있었으며 작은 사업들은 번창하고 있었다. 그레고어는 신이 났고 부를 늘려 갔다.

고갈되지 않을 집안 재산으로 목공소와 가구 공장을 운영하고, 불법 낙태 시술을 하고, 전설적인 견고함을 자랑하는 멩겔레사(社)의 농기구를 차코와 산타페 지역의 농가에 판매했다. 멩겔레 가문은 남미에 투자하고, 동생 알로이스와 그 아내, 충실한 제들마이어는 여러 차례, 곧이어 아버지 카를까지 번갈아 가며 부에노스아이레스에 상륙했다. 늙었지만 만만찮은 가장인 카를은 그럴 필요가 있었던 1933년 5월에는 나치당에 가입했지만, 지금은 무소속인 상태에서 귄츠부르크의 부시장으로 재직하고 있었다. 카를은 올 때마다 그레고어를 괴롭혔다. 아버지는 언제나 〈창녀 같은 이레네〉와 결혼한 일을 비난했고, 온전히 자기 힘으로 일궈 내어 번창하는 가업에 뛰어들지 않는 아들을 나무랐던 것이다. 그가 장남을 방문했을 때 회사는 6백 명이 넘는 사원을 거느리고 있었다.

그레고어의 집에서 카를이 한 일이라곤 뒤러의 판화에 눈길을 주고, 〈잘 길러진 짐승〉인 하인리히 라이언스를 어루만진 게 전부였다. 이것 말고는 어떤 온기도 감정도 내비치지 않았다. 자신에게 충실한 산업계의 기수는 귄츠부르크에서처럼 부에노스아이레스에서도 모든 정력을 오직 자기 사업에만 쏟았다. 그레고어는 카를이 아르헨티나의 사업가들을 만날 때 아들이라는 신분을 밝히지 않은 채 통역을 담당하고 몇몇 고위층 친구들에게 카를을 소개해 주었다. 아버지에게 외무부 유대인 담당 부서의 외교관이었으며 이후 독일-아르헨티나 교역에서 영향력을 발휘하고 있던 클링겐푸스, 지멘스의 아르헨티나 지사장을 맡게 된 폰 노이라트를 소개해 줄수 있어서 매우 자랑스러웠다. 멩겔레사는 드레스덴 출신 나치인 로베르토 메르티히가 운영하는 전도유망한 가스레인지와 오븐 업체 오르비스와 파트너십을 맺었다. 카를은 사원 모두가 독일계인 오르비스의 소유주인 메르티히의 성공과 애국심에 매혹되었다. 헤어지는 순간 부자는 곧 다시 만날 것을 약속했다. 다음에는 유럽에서 만날 수도 있지 않을까, 하면서.

파라과이는 멩겔레 가문의 새로운 사냥터가 된다. 아버지의 엄명에 따라 그레고어는 파라과이에서 점점 더 많은 시간을 보냈다. 그곳에는 선거 패배의 좌절감을 유야이야코 화산 등정으로 달래는 루델이 있고 아세 부부도 합류하게 된다. 음악광인 아세의 파라과이 출신 아내는 1954년 5월 쿠데타로 파라과이의 우두머리가 된 스트로에스네르 장군 정부 재무 장관의 딸이다.

하인리히 라이언스를 동반하고 농기구 카탈로그를 챙긴 그레고어는 육지에 둘러싸인 섬 같은 이 나라의 울창한 농촌, 종려나무 숲들, 거대한 차코주의 헐벗은 고원들, 차밭과 목화밭을 헤집고 다녔다. 가축 사육장, 메논파 신도 공동체, 누에바 게르마니아의 광신도 개척자들의 후손들을 방문했다. 그리하여 파라과이 전역에서 중요한 인물들과 관계를 맺었다. 아세는 파라과이 나치 청년단 지도자였던 베르너 융을 그에게 소개해 주었다. 그리고 루델 덕분에 알레한드로 폰 엑슈타인의 친구가 되었는데, 이자는 망명한 발트 남작으로 스트로에스네르의 전우였고 현역 대위였다. 이들은 1930년대 전쟁에서 볼리비아인들을 쓰러뜨렸다. 이는 사막에서 일어난 어리석은 전쟁이었는데, 위대한 총사령관의 주장에도 불구하고 차코에서는 기름 한 방울 나지 않았기 때문이다.[22]

그레고어는 만일 아르헨티나가 무너지면 파라과이가 좋은 도피처가 되리라고 생각했다. 1953년 4월에 페론이 습격을 받아 목숨을 잃을 뻔한 사건이 일어났다. 상황은 악화되어 인플레이션이 일어나고 금속 노동자들이 파업에 돌입하고 임금은 곤두박질했다. 비행기 조종석에 앉은 어린애처럼 페론은 아르헨티나 경제의 조종간을 멋대로 변덕스럽게 돌려 대고 있었다. 에비타가 죽고 시체를 방부 처리한 이래 페론은 방향을 잃어버렸다. 올리보스의 거처에서 라비올리를 폭식하고 시시때때로 젊은 여자들을 불러들여 오토바이 타는 법을 가르쳐 주고 있었다. 열세 살의 새로운 동반자 넬리가 얌전하게 굴면 에비타의 보석을 착용하도록 허락해 주기도 했다. 언론에서는 이탈리아 여배우 지나 롤로브리지다와의 염문을

---

22 차코 지역의 소유권을 둘러싸고 볼리비아와 파라과이가 충돌한 차코 전쟁을 가리킨다. 수많은 희생자를 낸 전쟁이지만 정작 차코는 유전이 없는 불모지로 밝혀졌기 때문에 흔히 〈어리석은 전쟁〉으로 불린다.

기사화하고 교회는 대통령의 난교 파티를 비난했다. 모두를 그를 〈엘 포초〉, 즉 뚱뚱보라고 불렀다.

페론의 눈 밑에 보기 흉한 지방 주머니와 주름이 생겨 그레고어가 그를 방문해 진찰한 적이 있다. 루델과 사선이 마침내 약속을 지킨 것이다. 허용된 짧은 면담이 진행되는 동안, 대통령은 마치 다른 사람들은 있지도 않은 양 푸들들하고만 놀았고, 세 명의 나치는 그런 모습을 감탄하며 바라보았다. 그레고어와 페론은 단 몇 마디만을 나누었다. 페론은 조부가 의사였으며 자신도 간절히 의학을 공부하고 싶었지만 아르헨티나인들의 더 큰 행복을 위해 신의 손길이 그를 군사학교로 이끌었다고 했다. 페론은 팔을 크게 움직여 가며 그들에게 서둘러 작별을 고했는데, 그의 총애를 받는 새로운 방문객인 미국 치료사 토미가 벌써 도착했기 때문이다.

22

항상 우아한 옷차림을 하고 다니는 익살꾼 그레고어는 부에노스아이레스의 독일 공동체 한복판에서 좋은 평판을 누리고 있었다. 지적인 면모로 존경받았으며 피히테와 괴테의 문장을 인용해 가며 자신의 주장을 부각시켰다. 여자들은 격식을 차려 사람을 대하는 그의 정중함과 탁월한 독일적 교양을 칭송했다. 공동체에서 그의 매력이 작동하지 않는 대상은 딱 한 사람뿐이었다. 어느 날 그레고어가 ABC 식당의 늘 앉던 자리인 바이에른의 문장(紋章) 아래에서 점심을 먹고 있을 때, 사선이 어떤 사람을 소개해 주었다. 머리가 벗어지고 옷차림이 흉한 남자와 인사를 나누는 순간 그레고어는 그들이 서로 맞지 않겠다는 걸 단박에 직감했다. 리카르도 클레멘트라는 그자의 손은 축축했고 비뚜름하게 걸친 두꺼운 안경 속의 시선은 삐딱했다.

그날 사선은 두 사람의 진짜 신분을 밝히지 않을 수 없었다. 아돌프 아이히만, 당신에게 요제프 멩겔레를 소개하겠습니다. 요제프 멩겔레, 이분은 아돌프 아이히만이오. 아이히만에게 요제프 멩겔레라는 이름은 아무 의미도 없었다. 홀로코스트를 주관한 이 위대한 남자는 수많은 장군들과 나치 친위대의 의사들을 만났다. 하급 실무자에 불과한 멩겔레는 아이히만의 눈에는 모기만 한 존재이고 이러한 사실을 감추려 하지도 않았다. 첫

만남에서 그는 그레고어에게 독일 제3제국의 비밀스러운 정상에서 빛나는 자신의 전적을, 짓누를 듯한 책임감의 무게를, 놀라운 위력을 드러낸 것이다. 「모두들 내가 어떤 사람이었는지 알고 있소! 유대인 최고의 갑부들도 목숨을 부지하기 위해 내 발에 입을 맞추곤 했지.」

아르헨티나에 도착하기 전, 아이히만 역시 독일 북부의 어느 농가에 몸을 숨기고 산림 감시원으로 일했으며 닭을 키웠다. 그런 다음 투쿠만에서 측량사와 기하학자들로 이루어진 카프리 팀을 이끌었는데, 이는 페론이 나치들을 재활용하기 위해 설립한, 수력 발전소를 건설하는 국영 기업이었다. 1953년 카프리는 파산했다. 아이히만과 아내와 세 아들은 부에노스아이레스의 올리보스 지구에 있는 차카부코가에 거처를 구했다.

그레고어는 클레멘트를 피하려고 애쓰지만, 그가 1954년 초 같은 동네인 사르미엔토가 1875번지의 정원 딸린 아름다운 무어 양식의 집으로 이사 온 이래 그 집 식구들을 자주 마주치게 된다. 특히 축제날처럼 늘 남미 목동의 옷을 우스꽝스럽게 입고 다니는 아이들이 자주 눈에 띄었다. 아이히만은 팔켄호의 선상 모임에서도, 멩게 집에서 열린 야유회에서도, 마치 서커스의 괴물처럼 사람들의 주목을 받았다. 나치 사교계는 그의 사악한 아우라에 매혹된 듯했다. 사선과 대화하는 모습을 보면, 아이히만은 흡사 자신이 친밀했다고 떠벌리는 힘러, 괴링, 하이드리히를 모아 놓은 지위에 오른 듯하다. 아이히만은 나치들의 모임 어디에서나 술에 취하고 바이올린을 켜고 상황을 극적으로 몰아갔다. 그는 자신을 위대한 대심문관이요 유대인을 통치하는 차르라고 소개했다. 아이히만은 예루살렘의 위대한 회교 율법학자와 친구였다. 전용 기사가 딸린 관용차를 사용하며 유럽을 손아귀에 넣고 공포에 떨게 했다. 장관들은 아이히만의 꽁무니를 쫓았고 그가 지나갈 때면 길을 비켜 주었다. 그는 또 부다페스트에서 가장 아름다운 여자들을 맛보았다. 파티가 끝날 무렵이면 자신의 찬미자들에게 직함과 이름을 적은 사진을 뿌려 댔다. 〈아돌프 아이히만, 전직 나치 친위대 상급 돌격대 지도자〉라고.

명성을 휘날리고 싶어 하는 아이히만의 태도에 아르헨티나 도착 이래 그토록 신중히 행동하던 그레고어는 짜증이 났다. 그는 자신의 진짜 신분과 아우슈비츠에서 했던 활동의 성격을 몇 안 되는 친한 사람들에게만 밝혔다. 다른 이들에게는 자기 전력을 매우 부정확하게,

그저 군의관, 독일인, 삶을 바꿔 보려고 신대륙에 온 사람이라고 알려 준 터였다. 아이히만과 마주칠수록 그레고어는 교양 없는 상인이었고 중등 교육도 마치지 못했으며 회계원의 아들이고 전투 경험은 전혀 없는 그 남자를 무시하게 되었다. 아이히만은 한심한 작자이고 완전한 실패자이다. 올리보스에 열었던 세탁소마저 이미 폐업했다. 원한이 가득한 눈으로 예쁜 집과 독신자의 삶과 멋진 독일 신형 자동차인 보르크바르트 이자벨라를 굴리는 부유함을 질투하고 있다.

아이히만이라고 상대에 대한 생각이 없지는 않다. 그레고어인지 멩겔레인지 하는 작자는 겁 많은 파파보이인 데다가 얼굴은 볕에 그을린 쓸모없는 녀석이라고.

23

그레고어는 액자에서 사진을 꺼내 창가에서 불에 태웠다. 곧이어 사진은 한 줌의 재로 남았다. 돌풍이 불어 재들을 부에노스아이레스의 미지근한 공기 속으로 흩어 버렸다. 이레네는 프라이부르크의 구두 장수와 결혼하기 위해 이혼을 요구하고 있었다. 그레고어는 아세와 루델에게 전화해 아르헨티나의 유능한 변호사가 필요하다고 말했다. 귄츠부르크에 있는 자신의 변호사와 접촉해야 할 테니 말이다. 돈은 문제가 아니지만 중개인들과 방패막이들을 늘리고 싶고, 아내에게는 어떤 호의도 베풀지 않을 작정이었다. 이혼은 1954년 3월 25일 뒤셀도르프에서 공표되었다.

「굉장히 좋은 소식이다. 마침내 네가 그 못된 여자를 우리한테서 떨쳐내 주었구나. 여자를 되찾겠다며 지난 일을 돌이키려는 짓은 그만두어라. 네 나이에 그러는 것은 어리석은 일이다.」 아버지 카를은 이렇게 매몰찬 편지를 보냈다. 이혼 소식은 권모술수를 구상하던 멩겔레 가문의 수장을 만족시켰다. 한 방에 세 가지 일이 처리되었기 때문이다. 그가 중시하는 사업과 아들 요제프, 그리고 또 다른 골칫거리였던 성미 까다로운 여자 마르타에 관한 일들 말이다. 마르타는 요제프의 동생인 카를 주니어의 아내인데, 세상을 떠난 남편의 지분을 상속받았다. 얼마 전부터 마르타는 사랑에 빠져 있었다. 아버지 카를은 마르타가 낯선 사람과 결혼하면 그자가 분명 이사회에 들어올 것으로 보고 걱정하고 있었다. 카를은 요제프에게 제수와 결혼하여 회사가 멩겔레 가족의 손안에 남아 있게 하면 어떻겠느냐고 제안한다. 그런 다음 요제프의 모든 지분을 마르타에게 양도하라고 했다. 그러면 만약 요제프에 대한 체포 영장이 발부되더라도 회사는 마비되지 않을 것이기 때문이다. 어쨌든 요제프는 마르타를 통해 이사회에 자신의 결정을 하달할 수 있을 터였다.

그레고어는 무어 양식으로 지은 집 정원의 의자에 길게 누워 아버지의 천재적 발상에 감탄했다. 자기에게 치욕을 주었던 동생의 처를 아내로 맞아들인다는 생각에다 전처 이레네가 요제프의 재혼 소식, 게다가 상대가 그녀가 그토록 질색했던 마르타라는 사실을 알고는 짓게 될 당혹과 분노에 찬 얼굴을 떠올리니 몹시 기뻤다.

카를은 요제프에게 스위스 알프스에서 마르타를 만나라고 제안했다. 「신분을 위장해 아르헨티나 여권을 만들어서 여행을 해라. 여권 하나쯤은 어렵지 않게 만들어 줄 부에노스아이레스의 사람들을 충분히 알고 있잖느냐. 나는 마르타의 마음을 돌려놓을 것이고 티켓이며 체류지, 갈아타는 교통편 등 나머지 일들도 처리해

주겠다. 그리고 롤프가 마르타와 동행하게 하마. 이제
는 너도 네 자식과 알고 지내야 할 때가 되었다.」

24

그레고어는 1955년 봄에 행정 절차를 밟기 시작했다.
인맥을 동원하고 큰돈을 썼음에도 불구하고 행정 처리
는 늘어지기만 했다. 페론 정부의 관료제는 미로와 같
았다. 시민권이 없는 그레고어는 체류증만 소지하고 있
었기 때문에 여권을 받으려면 우선 확실한 서류들(추천
서, 보증인, 모범적 행실에 대한 증명서, 증빙 서류)을
모아들여야 했다. 여권을 받으려면 거의 1년을 기다려
야 할 것이다. 그러는 사이에 아르헨티나는 폭력과 반
혁명에 휘말려 요동쳤다.

1955년 6월 16일, 반(反) 페론주의 군사 조직 〈고릴
라〉가 대통령궁과 5월 광장에 폭탄을 던졌다. 페론은
간신히 군사 쿠데타를 모면했지만 그가 아르헨티나 최
고 통치자로 군림할 시간은 얼마 남지 않았다. 모든 반
체제 세력들의 은신처인 교회가 그의 파멸을 바라고 있

었다. 페론이 가톨릭 학교 지원금을 없애고 이혼과 매춘을 합법화하고 토미 수사(修士)의 영향권 아래 있는 종파들의 확산을 지원하고 격려했기 때문이다. 〈페론은 찬성! 사제들은 반대!〉 시위와 대응 시위들이 연이어 일어나고, 적그리스도 페론은 사제들을 투옥하고, 이에 대응해 교회는 그를 파문하고, 예배당들이 약탈당하고, 아르헨티나가 무정부 상태에 빠진 가운데 남반구의 겨울이 시작되었다. 페론주의자 한 명이 살해되면 〈엘 포초〉는 다섯 명의 적을 살해하겠다고 맹세했다. 9월에 그레고어가 마침내 자신의 〈모범적 행실〉을 법적으로 인정받는 데 성공했을 때, 쿠데타가 임박했다는 소문이 돌고 폭동이 일어나 코르도바와 바이아블랑카 항구가 불탔다. 16일, 해군은 부에노스아이레스를 봉쇄하고 정유소들을 폭파하겠다고 위협했다. 쿠데타 세력의 암호는 〈신은 정의롭다〉였다.

아르헨티나는 내전 일보 직전에 내몰렸고 페론은 사임했다. 그는 자신의 신변을 위협할 만한 서류들을 소각하고, 멘토이던 무솔리니처럼 가로등에 매달려 교수형을 당하는 사태를 피하기 위해 파라과이의 작은 배에 올라타 아순시온에 도착했다. 아르헨티나에서는 알코

올 중독자 장군이 이끄는 군사 정권이 권력을 잡았다. 몇 주 후에 또 다른 장군인 냉혹한 아람부루가 정부를 전복했고, 아람부루는 페론주의의 흔적을 모조리 없애 버리고 아르헨티나를 정화하겠노라 약속했다.

라디오 앞에 자리 잡은 그레고어는 단호한 음성으로 힘주어 말하는 아람부루의 연설을 들었다. 「도망 중인 폭군과 죽은 그의 아내의 그림이나 사진을 공공장소에 내거는 자, 페론, 페론주의, 제3의 길 같은 용어를 공개적으로 발언하는 자, 실각한 독재자의 공적을 찬양하는 자는 6개월에서 3년의 징역형에 처할 것이다……」 해방 혁명의 이름으로, 노동조합의 지도자들이 체포되고 수천 명의 공무원들이 파면되었다. 페론이라는 이름이 붙은 모든 장소(도시, 동네, 지방, 거리, 역, 광장, 수영장, 원형 경기장, 일반 경기장, 댄스홀)가 이름을 박탈당했다. 에비타라는 이름을 가진 소녀들은 이름을 바꾸게 될 것이다. 재단이 폐쇄되고, 깃발이 불태워지고, 지붕이 무너지고, 동상들이 쓰러지고, 실각한 대통령 부부의 악덕과 사치를 폭로하기 위해 자동차와 장신구들이 전시되었다. 방부 처리된 에비타의 시체는 사라졌다. 보르헤스는 국립 도서관장 겸 부에노스아이레스 문과 대학 교수로 임명되었다. 페론은 파나마에서 은신처와 카바레, 담배와 위스키, 예쁜 여자들을 찾아냈으며, 곧이어 세 번째 아내가 될 무용수 마리아 에스텔라 마르티네스와 사랑에 빠져 이사벨이라는 애칭을 붙여 주었다.

나치들은 보호자가 사라져 버리자 초조해했다. 아람부루는 구체제 모리배들의 숨통을 끊어 버리겠다고 약속했다. 독일 자본이 들어간 몇몇 기업은 문을 닫아야 할 터였다. 경찰은 코르도바에 있는 루델의 가택을 수사하고 그를 연금에 처했다. 보네와 다른 전범들은 아르헨티나를 떠나고, 다예는 그의 일기에 〈유배의 고통이 쓰라리다〉라고 기록했다. 그레고어는 파라과이로 도망칠까 하다가 생각을 바꿨다. 그는 정치와 거리를 두었으며 어쨌거나 한 번도 페론의 측근 무리에 속한 적이 없다. 그는 불법 낙태 시술을 중단하고 광풍이 지나가기를 기다렸다. 아람부루 역시 프로이센의 군사적 전통에 경탄할 테고 결국 나치들과 합의를 보게 될 터였다.

그레고어는 마침내 유효 기간 3개월짜리 여권을 얻어 냈다. 그는 1956년 3월 22일, 팬암 DC-7기에 올라 뉴욕을 경유해 제네바에 도착했다.

25

    제들마이어가 공항에서 기다리고 있다가 겨울 스포
츠가 성행하는 휴양지 엥겔베르크의 최고급 4성 호텔
인 엥겔 호텔까지 데려다주었다.
    호텔 접수대에서 열두 살 소년 두 명과 매력적인 갈
색 머리 여자가 그를 맞았다. 마르타와 그녀의 아들인
카를하인츠 그리고 그레고어 자신의 아들인 롤프다.

26

    욕실에서 마르타가 욕조에 물을 받으며 거울 앞에서
노래를 흥얼거렸다. 불꽃이 타닥거리는 벽난로가 있는
옆방에서 그레고어는 구두를 벗고 뒷목에 손깍지를 한
채 침대에 누워 찰랑거리는 물소리와 여인의 즐거운 목
소리를 듣고 있었다. 그는 눈이 내리는 풍경을 바라보
며 편안하게 미소 지었다. 스위스는 목가적이었고 그는
산악 지방의 맑은 공기를 마시며 원기를 회복했다. 마
르타는 아이들에게 그를 아메리카의 프리츠 아저씨로

소개했다. 아주 어렸을 때 롤프는 자기가 태어나고 얼마 안 되어 아버지인 요제프가 전투 중에 러시아에서 사망했다는 얘기를 들었다.

롤프와 카를하인츠는 착실하고 조심성 있고 감사할 줄 아는 아이들이었다. 식탁에서는 바르게 앉아 있고 멩겔레-그레고어-프리츠가 허락해야만 입을 열었다. 아이들은 그를 우러러보았다. 프리츠 아저씨는 알프스의 보병 부대 복무 시절부터 이름을 날린 스키어이다. 그는 자신의 무용담으로 아이들을 놀라게 했다. 저녁 식사 때, 산책 중에 그리고 저녁 식사 후에도 아이들은 그를 졸라 이야기를 들었다. 카를하인츠는 러시아의 먼지 나는 초원에서 벌어진, 탱크와 용맹과 동지애로 점철된 전투 이야기들을 듣고 싶어 했다. 롤프는 산마르틴의 안데스산맥 서사시, 〈태양의 고래까지 휘어 감는 뱀 같은 진흙의 강 라플라타〉를 배경으로 한 남미 목동들과 팜파스 인디오들의 모험 이야기를 들려 달라고 했다. 프리츠 아저씨는 아르헨티나 사막을 정복한 이야기를 들려 준다. 「우리 독일인이 전쟁 동안 유럽 동부에서 그랬던 것처럼 야만에 대해 문명이 승리를 거둔 사례란다. 애들아, 게르만족은 그리스인보다 재주가 많고 로마

인보다 더 강하다는 걸 절대로 잊지 마라.」

　그레고어는 기회가 될 때마다 자기 아들을 관찰했다.
롤프의 손과 코는 제 엄마를 닮았고, 우수 어린 눈과 수
줍은 태도 그리고 순박함이 엿보였다. 그래선지 카를하
인츠보다 자신감이 덜했다. 카를하인츠는 롤프보다 머
리 하나는 더 크고 스키도 훨씬 잘 탔다. 카를하인츠는
애어른 같고 롤프는 아직 아이다. 롤프는 나중에 뭐가
될지도 아직 생각하지 않아서 소방관, 우주 비행사, 기
술자 등등 매일같이 장래 희망이 바뀌었다. 그 나이 때
에 그레고어는 훨씬 단호했다.

　그는 사위어 버린 불길을 되살리고 자신의 어린 시절
을 생각하며 몸을 길게 눕혔다. 그는 아버지가 열 살 때
준 현미경을 손에서 놓지 않았다. 언젠가 이 요제프 멩
겔레가 자신의 우상이던 세균학의 황제 로베르트 코흐
박사, 탄소 원자 4가와 벤젠 구조를 발견한 아우구스트
케쿨레처럼 유명해질 거라고 확신했다. 일찌감치 멩겔
레는 의사와 과학자가 20세기의 사제로서 주역이 될 거
란 사실을 깨달았다. 그는 어린 침팬지의 고환을 코트
다쥐르에 있는 자기 병원의 돈 많은 노인 환자들에게
이식하여 장안의 화제가 되었던 세르주 보로노프를 기

억했다. 1920년대 언론은 이 수술의 성공을 대서특필해 엄청난 이득을 취했다. 보로노프는 돌팔이 의사였지만 반대로 독일은 단연코 현대 의술과 과학의 천국이다. 생물학과 동물학, 아스피린, 현미경, 실험실은 독일의 발명품들이다. 아버지의 강요에 눌려 귄츠부르크에 찌그러져 살지는 않으리라고 그는 이미 열다섯 나이에 결심했다. 하지만 아버지 카를에게 집요함과 교활함과 야망을 그리고 어머니 발부르가에게는 냉담함과 야박함과 의기소침함을 물려받았다.

그레고어는 뮌헨, 빈, 프랑크푸르트에서 보낸 학생 시절을 떠올렸다. 때는 1930년대, 우울한 시절이었고 대격변의 시대였다. 동급생들이 결투를 벌이고 나치의 준군사 조직인 돌격대에서 허세를 부리며 놀 때 그는 열심히 공부했다. 이런 노력은 보상받았고 최고 권위자들은 그를 유망한 학생으로 점찍었다. 이 권위자들은 20세기 초 나미비아의 헤레로와 나마 대학살[23]에 참여했던 저명한 우생학자 오이겐 피셔 그리고 유전과 인종 위생의 전문가로 멩겔레의 박사 논문(「4개 인종 집단의

---

23 독일군이 남서아프리카의 식민지에서 헤레로인과 나마인을 학살한 사건.

아래턱 구분에 따른 인종 형태론 연구」로 〈최우수 평가〉 학위를 받는다) 지도 교수인 몰리손이다. 몰리손은 그를 독일 최고의 유전학자 오트마어 폰 페르슈어 남작에게 추천했다. 그레고어는 스물여섯 살에 위대한 쌍둥이 전문가인 폰 페르슈어의 연구 조교가 되었고, 곧이어 프랑크푸르트 대학교에 있는 제3제국 유전 생물학 및 인종 위생학 연구소의 총아가 되었다. 베를린에 있는 인류학, 인간 유전학 그리고 우생학을 위한 카이저 빌헬름 연구소의 수장이 된 폰 페르슈어는 멩겔레를 아우슈비츠에 보냈다. 「그곳은 역사상 가장 큰 실험실로서, 거기에 간다는 것은 우수하고 성실한 젊은 연구자에게 명예의 징표라네. 자네는 다양한 출생의 비밀을 발견하게 될 걸세.」 남작은 그의 연구를 재정 지원했고 멩겔레는 규칙적으로 그에게 인체 표본(골수, 안구, 혈액, 장기)과 골격들 그리고 자신의 실험 결과들을 보냈다. 그는 수용소에서 21개월 동안 일하면서 인상적인 업적을 남겼다. 특유의 엄격함을 발휘하여 경사로를 소독하고 수백 개의 막사를 청소하고 장티푸스를 비롯한 여러 전염병을 근절한 것이다. 그런 열정 또한 보상을 받았으니 상관들은 그를 극찬하며 검으로 장식된 철십

자 훈장을 수여했다. 그레고어는 4성 호텔의 발코니에
서서 롤프에게도 교육이 필요하다고 생각한다. 그 애는
자기 엄마와 프라이부르크의 구두 장수 곁에서 결코 강
인해질 수 없을 것이다. 여자들은 허약한 겁쟁이를 좋
아하지 않으며, 자신처럼 강인하고 과단성 있는 남자들
을 선호한다고 확신했다.

  마르타는 그런 점을 단박에 느꼈다. 그의 외모는 죽
은 남편보다 강인한 느낌을 풍겼다. 첫날 저녁 식사 때,
아이들이 접시에 코를 박고 있는 동안 프리츠 아저씨는
그녀를 샅샅이 훑어보았다. 틀어 올린 머리칼과 붉은
입술과 돌출한 입에 눈길이 머물렀고, 그녀가 화장실에
가려고 몸을 일으켰을 때 풍만한 엉덩이를 눈으로 훑어
내렸다. 귄츠부르크의 전설, 마르타 멩겔레, 결혼 전 성
은 바일, 간들대는 걸음걸이에 불행한 기운이 감돈다는
소문의 주인공. 이레네의 기품이나 지극히 경쾌한 몸가
짐은 없지만 엥겔 호텔에서 그레고어는 다시는 전처를
생각하지 않겠다고, 다시는 두 여자를 비교하지 않겠다
고 결심했다. 마르타는 나름의 기질과 신념이 있는 여
자이고, 롤프와 카를하인츠는 그녀에게 복종한다. 그녀
는 확고한 나치이자 세심한 어머니, 아름답지는 않아도

서른다섯의 육감적인 여자였다. 그리고 무엇보다 동생 카를의 아내였다. 둘째 날 밤, 자수 테두리로 장식된 그녀의 브래지어를 풀어내며 그레고어는 동생에게 최후의 일격을 가하는 경이로운 느낌, 그를 두 번째로 땅에 묻어 버리는 느낌이 들었다. 「자기 아내를 소유하는 나를 그 자식이 볼 수 있으면 좋을 텐데!」 그는 침대에서 몸을 일으키며 쓴웃음을 지었다.

그는 옷을 벗고 욕실로 들어섰다. 마르타가 욕조 안에서 기다리고 있었다.

27

제들마이어의 메르세데스 자동차가 호텔 앞에서 부릉거렸다. 마르타와 두 소년은 기차로 돌아가고 그레고어는 친구와 함께 자동차를 타고 가기로 했다. 그는 1944년 11월 이래로 귄츠부르크에 가보지 못했다.

눈 쌓인 고개를 넘어갈수록 그레고어는 몸이 위축되었다. 둑에서 점심을 먹었던 보덴 호수의 풍경은 여전했고 그의 맥박은 점점 빨라졌다. 밤이 되어 도시 입구에서 다뉴브강의 물결과 르네상스 양식의 성과 바로크 양식의 교회를 알아보고는 제들마이어에게 입을 다물어 달라고 부탁했다. 기분이 별로 좋지 않았다.

그는 다시 유년 시절의 잿빛 저택에 돌아온 것이다. 입구에 걸린 그림과 벽난로 가장자리에 놓인 어머니와 동생의 유골함 외에는 아무것도 변하지 않았다. 그레고어는 어두운 빛깔의 내장재와 비더마이어 콘솔, 식당의 축음기를 돌아보았다. 그는 식당에서 제들마이어와 동생, 아버지와 함께 저녁을 먹었다. 아버지는 그레고어가 청한 대로 가정부와 요리사에게 휴가를 주어 내보냈다. 그레고어는 고마워했다. 호텔은 훌륭했고, 건강하고 활기찬 두 소년과 멋진 마르타가 함께했다. 일은 계획대로 잘 진행되었고 그는 마르타와 흔쾌히 결혼할 것이다. 하지만 곧이어 침울해졌다. 귄츠부르크로 돌아오지 말았어야 했다. 여기서 무엇을 할 것인가? 전쟁 말기부터 실종 신고가 되어 있는 요제프 멩겔레는 아우크스부르크가를 으스대며 돌아다니지는 못하리라! 공장 앞에는 왜 나서지 못하나! 모두들 그를 알아볼 테고 사람들이 수군거릴 것이다. 넓지도 않은 도시이니 이는 위험을 자초하는 무분별한 행위다.

아버지는 그를 안심시키려고 애썼다. 귄츠부르크는 내 구역이고, 내 기업은 작은 제국과도 같고, 오랫동안 이 도시에서 가장 많은 직원을 거느리고 있으니 누구도 감히 내 아들을 고발하지 못할 것이라고 했다. 게다가 누구에게 고발한단 말인가? 독일에서는 그를 추적조차 하지 않았고 체포 영장도 떨어지지 않았다. 「괜찮다, 요제프, 넌 언제나 그렇게 소심하구나. 어쨌거나 여긴 네 집이야! 사람들은 너에 대한 좋은 기억을 간직하고 있고 너의 뛰어난 학업에 대해 자주 말하고 있단다. 글로프케 씨는 매일 아침 연방 총리실로 출근하지만 문제를 제기하는 사람은 별로 없어. 모두들 그가 뉘른베르크법[24] 제정에 관여했고 유대인들에게 이스라엘과 사라라는 이름을 강요했다는 사실을 알고 있지. 그래서 어쨌다는 거야? 아무도 상관하지 않아. 우선 아데나워부터 그렇지만, 전쟁 중에 네가 어디 있었는지 알고 싶어 하지 않아! 넌 네 임무를 수행했을 뿐이고 그게 전부다!」 알로이스도 나서서 지난 몇 달간 쇠약해진 카를을 진정시키려 했다. 그리고 요제프에게 아버지의 위세가 어느 때보다 강력하며 직원들도 아버지를 좋아해서 조만간 아

24 뉘른베르크 전당 대회에서 발표된 나치의 반유대주의 법.

버지가 명예시민이 될 것이라고 확인해 주었다. 「우리 집안이 없으면 귄츠부르크는 무너져. 우리는 새로운 공공 주택과 병원과 수영장 건설에 돈을 대고 있지. 아버지는 일흔다섯 번째 생일을 기념하여 도시의 모든 아이들에게 소시지를 나눠 줄 생각이야.」

그레고어는 잠을 이루지 못했다. 열흘간 즐긴 겨울 스포츠로 노곤해지고 경계가 느슨해져 무모한 모험을 감행하는 중이다. 그레고어는 그걸 직감했다. 설령 주중에 집을 떠나지 않더라도 최악의 일은 언제라도 일어날 수 있다. 그의 이름은 전범 목록에 분명히 올라 있고 누구도 믿을 수 없는데, 가족은 그런 사실들을 하나도 이해하지 못한다. 내일은 뮌헨에 있는 비킹 사단[25] 시절의 동지를 찾아가기로 결심했다. 약사인 그의 집에서 그레고어는 농가로 떠나기 전에 한 달을 숨어 지냈고, 도피 행각 초기에 소련군 점령지에서 자신의 공책이며 의료 표본들을 회수할 수 있었다. 대도시의 익명성이 더 좋다. 그는 자동차로 갈 것이고 제들마이어는 그레고어 이름으로 평범한 오펠 자동차를 빌려 놓을 것이

25 나치 친위대의 사단 중 하나. 이름은 〈바이킹〉을 뜻하며 북유럽 출신 용병들이 많았다.

다. 그런 다음 별일이 없다면, 찜찜하긴 하지만 퀸츠부르크에서 며칠을 보낼 것이다. 아르헨티나, 파라과이 그리고 아마도 칠레, 때와 장소를 가리지 않고 남미 사업 얘기를 해야 한다.

핸들을 잡은 그레고어는 뉴스를 들으면서 욕설을 퍼부었다. 독일 연방군이 나토의 군사 훈련에 참여한다. 어느 신부가 프랑크푸르트의 유대교-기독교 친목 단체 창설을 축하한다. 쾰른에서는 이스라엘 상업 선교단이 새로운 단장을 맞아들인다. 그리고 망할 재즈 음악, 그레고어는 고전 음악을 내보내는 방송을 찾아보았다. 그는 몸을 숙이고 카라디오 버튼을 1~2초 정도 조작하다가 앞에서 급정거한 자동차를 심하게 들이받았다.

그레고어는 피해를 입은 여자 운전자에게 수리비를 지불하겠다고 제안했다. 상대 차량 범퍼는 가볍게 흠집이 났을 뿐이다. 조서를 작성해 봐야 소용없는 일이고, 비도 오니 시간을 낭비하지 말자고 했지만 모피 코트를 감싸 입은 부인은 거절했다. 법은 법이라며. 「우리는 지금 독일에 있어요, 문명국 독일이요.」 그녀 남편의 은색 BMW는 출고된 지 얼마 안 된 차였다. 그레고어는 고집을 피우며 30마르크를 더 보태겠다고 했다. 여자는 차 안의 글러브박스에서 한 다발의 서류를 꺼냈다. 그레고어는 되레 공격적으로 변해 그냥 가버리겠다고 위협하고, 그녀는 경찰을 부르겠다고 했다. 주변에 있던 사람들이 몰려들고 외투를 입은 한 남자가 오펠 자동차의 차 번호를 적는데, 갑자기 순찰차가 나타났다. 그레고어의 아르헨티나 여권과 독일 남부 지방의 강한 억양에 놀란 경찰은 신분이 확인될 때까지 뮌헨을 떠나지 말 것을 요구했다.

마침내 경찰들이 떠나자 그레고어는 맨 처음 보이는 공중전화 부스로 달려가 아버지의 전화번호를 누르며 부들부들 떨었다. 두 시간 후, 위압적인 대리인들이 서둘러 뮌헨 중앙경찰서에 도착했다. 아버지 카를, 그의 변호사, 귄츠부르크 경찰서장 그리고 제들마이어가 검은 가방을 들고 와서 경찰을 만났다. 그들은 경찰서를 나와 맥주를 마시고 장황하게 이야기를 나누고 흥정을 했다. 사건 종료.

다음 날 그레고어는 남미를 향해 날아갔다.

28

그레고어의 삶의 터전은 아르헨티나에 있고 곧 마르타와 카를하인츠가 합류할 것이다. 마흔다섯 살에 이른 그레고어는 새 가정을 꾸려 평온하게 살고 싶었고 식구들을 맞이할 큰 집을 바랐다. 그는 비레이 베르티스 970번지에 있는 캘리포니아식 빌라를 점찍었다. 해변에서 아주 가까운, 올리보스의 최고급 주택단지로 나무가 우거지고 사람들 눈에 잘 띄지 않는 동네이다. 해변에는 술집들과 요트 선착장도 있으니 마르타와 카를하인츠가 덜 낯설어할 테고, 멋진 동네 풍경은 함부르크의 알스터 호수나 베를린의 반제 호수 근처와 흡사했다.

자기 재산이 있긴 하지만 집을 사고 아버지가 맡긴 새로운 임무인 파드로 팜 제약 회사 투자 건을 잘 진행하려면 돈을 빌려야 했다. 그레고어의 남미 파트너이자 오르비스의 사장인 메르티히가 그렇게 충고했고 몇몇 친구들은 약품 제조와 결핵 퇴치를 위한 전문 치료 연구에 이미 투자하기로 했다. 하지만 은행들은 유효 기간이 얼마 남지 않은 여권을 소지한 무국적자에게는 한푼도 빌려주지 않을 것이다. 이곳에 정착하고 재혼도

하려면 그레고어는 자신의 신분을 되찾아야 한다. 즉 다시 멩겔레가 되어야 한다는 얘기다.

그레고어는 언제나처럼 친구들 동아리에 조언을 구한다. 여기 아르헨티나에서는 전혀 위험하지 않다. 미국인들은 소련에 맞서 싸우는 일에 매달려 있고, 독일인들은 나치즘에 대해서는 더 이상 아무것도 알고 싶어 하지 않는다. 전쟁은 끝났다. 폴란드에서 여러 게토들을 청산했던 슈밤베르거는 여권을 되찾았고, 서독 영사관은 그에게 어떤 문제도 제기하지 않았다. 그리고 새로 부임한 대사인 베르너 융커는 엄청난 인물이라고 사선이 말했다. 지난날 나치였고, 외무 장관 리벤트로프의 측근이었다. 발칸반도에서도 근무했으며 이곳 부에노스아이레스에 와서 크로아티아의 독재자였던 친구 파벨리치와 재회하여 몹시 기뻐하고 있었다.

그레고어는 영사관에 가서, 전쟁이 끝난 이래 전력을 다해 감추려고 했던 모든 정보들을 제출해 가며 자신이 바로 요제프 멩겔레임을 입증했다. 그레고어가 아르헨티나에 도착한 이후 가짜 신분으로 살아왔음을 밝혔을 때 영사관 직원은 눈 하나 깜빡하지 않았다. 그는 해당 서류를 본으로 발송하는데 거기서는 어느 누구도 추적

중인 전범 목록을 들춰 보지 않았다. 어쩌면 뮌헨에서 그레고어는 괜한 일로 공포에 사로잡혔는지 모른다. 서독은 나치즘을 단죄하지만, 옛 나치 관료와 하수인들을 복직시키고, 유대인에게 보상은 해주지만 그들의 살인자들이 남미와 중동에서 직업을 가질 수 있게 해주었다. 〈정치적 실수〉를 할 수 있는 권리의 인정, 〈탈나치화의 희생자들〉을 위한 사면, 민족적 단결, 대사면……. 이제 그레고어와는 작별이다. 1956년 9월, 부에노스아이레스의 서독 영사관은 요제프 멩겔레에게 신분증과 출생증명서를 교부했다.

그는 이제 아르헨티나 당국의 행정에 맞추어야 했다. 법원에 출두하고 경찰에는 지문을 제시했다. 그가 했던 거짓말에 어떤 행정관도 화를 내지 않았고, 추적도 징벌도 실행되지 않았다. 수많은 독일인들이 최근에 기억을 되찾은 것이다. *Benvenido, señor Mengele* (환영합니다, 멩겔레 씨). 11월에 번호 3.940.484인 새로운 체류증이 교부되었고 영사관에서는 요제프 멩겔레 명의의 여권을 내주었다. 1911년 3월 16일 귄츠부르크 출생, 주소지 부에노스아이레스 사르미엔토가 1875번지, 신장 174센티미터, 녹갈색 눈, 사업가 겸 목제 가구 및 장난감

제작자. 그가 제출한 사진에서는 콧수염이 올리브색 얼굴의 코와 입 사이를 가로지르고 있다.

마르타와 카를하인츠가 부에노스아이레스에 도착했다. 멩겔레는 대출을 받아 탐내 왔던 멋진 집을 구입했다. 페론이 전에 거주하던 저택과 인접한 집으로 정원과 수영장을 갖추고 있었다. 마르타의 이름이 전화번호부에 등재되고 멩겔레는 카를하인츠를 자기 아들이라고 소개했다.

파샤는 자신을 꾸미고 부르주아지가 되었다.

삶이 그에게 미소 지었다.

29

1956년 11월, 헤센주의 검찰총장 프리츠 바우어는 아돌프 아이히만에 대해 〈그가 현재 어디에 거주하고 있든 관계 없이〉 체포 영장을 발부했다. 바우어는 유대인, 사회민주주의자, 동성애자여서 포로수용소에 감금되었고 게슈타포에 의해 공직에서 밀려났으며 스칸디나비아로 도피했었다. 1940년대 말 독일로 돌아온 그는 독일 민족이 불행한 과거를 직시하도록 강요했다.

30

세상은 유럽에서 유대인이 말살된 사건의 진상을 조금씩 밝혀냈다. 점점 더 많은 책들, 기사들, 서류들이 나치의 포로수용소와 인종 말살을 다루었다. 1956년, 서독 정부가 독일-프랑스 양국의 화해를 도모한다는 명목으로 칸 영화제 공식 초청작에서 철회해 달라고 했던, 알랭 레네의 「밤과 안개」는 사람들의 의식을 뒤흔들어 놓았다. 『안네 프랑크의 일기』는 점점 더 큰 성공을 거두었다. 사람들은 반인륜적 범죄, 나치가 세운 유대인 학살 계획, 학살당한 6백만 유대인에 대하여 경악했고 지탄의 목소리를 높였다.

뒤러 서클은 이 6백만이라는 수치를 부정했다. 말살 계획 자체는 부끄러운 일이 아니나 유대인 희생자의 수는 36만 5천 명에 불과하다는 것이다. 그들은 또 대량 살해와 독가스 트럭들과 가스실의 존재를 부인했다. 6백만이라는 수치는 역사 왜곡일 뿐이고, 독일을 단죄하고 무너뜨리려고 수차례 음모를 꾸민 전 세계 시오니즘의 공작이다. 시오니즘은 이미 독일에 전쟁을 일으켜 끔찍한 상처를 입혔고 7백만 명의 사상자를 냈으며 독일의 가장 아름다운 도시들을 쓸어버렸고 동부에 있는 조상의 땅을 상실하게 했다는 것이다.

사선과 프리치가 보기에 단 한 사람만이 진실을 밝힐 수 있었다. 바로 아돌프 아이히만이다. 그는 유대인에게 대항한 전쟁의 모든 단계를 감독했다. 히틀러, 힘러, 하이드리히가 사망했으니 그가 최고 전문가이자 최후의 증인이었다. 그 일에 참여한 자들과 정확한 수치를 알고 있으니 반박할 수 있을 터였다. 유대인들이 독일을 진흙탕 속으로 끌어들였지만 아이히만은 독일의 불명예를 씻어 낼 것이다. 그들은 팔레스타인 땅을 탈취하려고 역사를 조작하고 엄청난 거짓말을 꾸며 대고 있지만 이는 공개적으로 부인될 테고, 유대인들과 공모자들의 가면이 곧 벗겨질 것이다. 뒤러 서클은 그들의 음모를 쳐부수고 독일을 재건할 뿐 아니라, 나치즘과 총통의 명예를 회복할 것이다.

프리치와 사선은 아이히만에게 〈사이비 유대인 학살 계획〉에 대한 입장을 밝히는 게 어떠냐고 말했다. 뒤러 출판사를 통해 책을 출간하겠다 했고, 이런 계획에 아이히만은 매혹되었다. 세탁소를 폐업한 후 아이히만은 위생 용품 회사에서 일했고, 그 후에는 딱히 일거리가 없어서 이글거리는 초원의 태양 아래서 앙고라토끼와 닭을 키우고 있었다. 그는 무료하고 지루하게 낮 시간을 보냈다. 동물들을 먹이고 사육장을 치우고 똥을 그러모으고 과거를 되새김질하며 보냈다. 옛날의 영광과 부에노스아이레스 시내에 남아 있는 가족들을 생각했다. 아내 나이 마흔여섯이고 자신은 곧 쉰인데 기적처럼 얼마 전에 넷째 아들 리카르도 프란시스코가 태어났다. 그는 아주 소박하게 생계를 이어 가고 있다. 그런데 자신의 위대한 과업에 관한 책을 쓴다니……. 이제 익명의 삶과 닭들과는 안녕이다. 이런 행운은 거절하는 법이 아니다. 다시금 스타가 될 것이고 자신을 변호할 수 있을 것이다. 그는 신문과 역사책을 꼼꼼하게 읽기 때문에 자신의 이름이 꾸준히, 그것도 잘못 언급되고 있다는 사실을 알고 있었으며 기분이 상해 있던 터였다. 자기 아이들은 진실을 알아야 한다는 생각이 들었다. 압도적 다수의 독일인들이 그를 믿을 테고 그의 종족은 당당하게 유럽을 되찾을 것이다. 이제 곧 아이히

만과 프리치와 사선은 책을 팔아 엄청난 돈을 벌어들일
것이다.

31

녹음 작업은 1957년 4월 네덜란드 기자의 호화로운
거처에서 시작되었다. 매주 일요일, 남자들과 여자들이
홀로코스트의 위대한 주관자 주변에 모여들었다. 아이
히만은 그토록 많은 관심에 우쭐해지고 집주인이 제공
한 시가와 독한 위스키에 취했다. 그는 나치 친위대의
명예 반지를 만지작거리면서 사선과 프리치의 질문에
대답했다. 좀 더 정확성을 높이기 위해 전문성을 갖춘
이들의 도움을 받기도 했다. 바로 힘러의 부관이었던
위대한 부비 폰 알벤슬레벤과 노련하고 광적인 조종사
디터 멩게이다. 거대한 농장을 소유한 멩게의 집에는
나치들이 즐겨 모여들었다.

사선이 집요하게 요구했음에도 불구하고 멩겔레는
녹음 작업 모임에 참여하지 않았다. 신랄하고 어리석은
자의 허풍을 듣고 싶은 마음이 없었던 것이다. 멩겔레

는 친구 사선에게 조심하라고 경고했다. 아이히만이 결국에는 문제를 일으킬 거라고. 그의 이름이 언론에 오르내리면 독일 사법부가 조만간 그를 찾을 것이다. 그가 입을 다물지 않으면 수사 당국은 클레멘트라는 가명으로 숨어 있는 아이히만의 정체를 밝혀낼 것이다. 멩겔레는 드러나는 것을 원치 않았다. 게다가 그로서는 더 중요한 일이 있다. 돈을 벌고 마르타를 손아귀에 넣는 일.

그는 칠레에 1주일간 휴가를 다녀왔다. 루델과 함께 그의 소형 비행기를 타고 산티아고에 내렸는데 조종사였던 옛 친구 발터 라우프가 기다리고 있었다. 〈밀라노의 살인자〉(9만 7천 명 살해)였던 라우프는 유럽 동부 학살 수용소 가스실의 원형인 독가스 트럭을 발명한 자였다. 세 남자는 아타카마 사막의 화산들을 탐험하고 청록색 석호에서 수영하고 별이 총총한 청명한 하늘 아래서 야영했다.

아르헨티나에 돌아온 멩겔레는 하인리히 라이언스를 데리고 마르타, 카를하인츠와 함께 대서양 연안의 마르델플라타와 티그레로 주말여행을 떠났다. 티그레는 나무와 꽃으로 우거진 섬들이 흩어져 있는 운하 도시로 파라나강과 라플라타강의 삼각주에 있다. 그들이 머문 티그레 호텔은 영국 왕자와 테너 가수 카루소가 묵었던 곳이다. 마르타가 아르헨티나에 온 이후 멩겔레는 부에노스아이레스의 화려한 풍광을 재발견하고 있었다. 리베르타도르 대로의 독일 분수, 레티로 역 앞의 영국인 탑, 아르데코 양식의 화려한 카바나 저택, 산마르티노 광장. 이들은 극장과 콘서트홀을 자주 드나들고 아세 부부, 메르티히 부부와 저녁을 먹고, 카를하인츠를 산이시드로 경마장에 데려가기도 했다. 또 가트 & 차베스 백화점에서 귀부인들과 벼락부자들 틈에 끼어 물건을 사들였다.

그해 1957년의 삶은 달콤했다. 멩겔레는 이제껏 접해 보지 못한 일상의 매력을 맛보았다. 카를하인츠의 숙제를 감독하고 마르타의 엉덩이와 요리를 맛보고, 그의 장난감이 된 쿠페 자동차 보르크바르트 이자벨라의 크롬을 열심히 닦아 주고, 이전보다는 드물지만 여전히 사선과 사창가도 드나들었다.

미래는 전도유망하고 최악의 국면은 이미 지나갔으니 멩겔레는 안전하다는 느낌을 받았다. 그는 파드로 팜에 자본을 투자하기 위해 목공소를 팔았다. 의학과 과학 잡지들에 희열을 느끼며 빠져들었고 예전 공책들을 들춰내 다시 읽어 보며 내용을 보완했다. 그는 대학 교수가 되려는 욕망을 포기하지 않았고 인류를 유전적으로 개선하는 과업과 이를 통해 얻을 수 있는 영광 또한 포기하지 않았다.

그러는 동안 사선과 프리치는 아이히만과의 대담을 계속 이어 갔다. 6개월 동안 아이히만은 〈영원한 독일의 불굴의 정신으로〉 단호하게 독백을 이어 가고, 이따금 제 자신의 이야기에 감동하여 눈물을 흘렸다. 〈6백만 유대인을 학살한〉 자신의 성공 때문에 혹은 〈적의 완전한 소멸〉이라는 임무를 완수하지 못했다는 회한 때문에 눈물이 났다. 〈적의 과대 선전〉을 믿고 싶지 않았던 프리치와 사선과 뒤러 서클의 회원들에게 아이히만은 학살의 범위를 명확히 밝히고 대량 학살, 가스실, 시체소각로, 강제 노역, 죽음의 행렬, 기근에 대해 자세히 얘기해 주었다. 이는 총통 히틀러가 명령했던 전면전이다.

어린양에 불과한 사선과 프리치는 나치즘이 순수했다고 믿었고, 아이히만이 이렇게 자세히 설명하리라고는 생각하지 못했다. 아니, 그들은 히틀러가 배신을 당했고 아이히만은 외부 세력에게 조종당했다고 믿었다. 6백만 명이란 수치에 그들은 동요했고 이제 곧 녹음이 끝나면 이 반인륜적인 범죄자와 거리를 둘 것이다. 그들은 마지막 카드를 내보였으나 패하고 말았다. 사선은 조심스럽게 녹음테이프를 간직하지만 뒤러 출판사는 책의 출간을 포기하고 말았다. 유고슬라비아의 비밀 요원들이 안테 파벨리치를 저격했고 파벨리치는 우루과이로 도망쳐야 했다. 아데나워는 1957년 가을 선거에서 다시금 승리했다. 이듬해 나치의 범죄에 관한 중앙심의 위원회가 루트비히스부르크에서 창설되었다. 나치즘은 이제 독일에서는 더 이상 미래가 없게 되었다. 역사의 한 페이지가 결정적으로 넘어간 것이다.

잡지 『길』은 폐간되었다. 프리치는 편집자직을 사임하고 1958년 초 오스트리아에 정착했으나 출판계에서 일하는 것이 금지되어 잘츠부르크에 있는 큰 호텔의 수위가 되었다.

프리치가 떠난 후 고정 수입이 없어진 사선은 여러 필명으로 기고하며 연명했는데 유럽으로 돌아갈 생각을 했다. 그 역시 유럽의 경제 기적에 편승하고 싶었던 것이다.

아이히만은 씁쓸했고 불만이었지만 포기하지 않고 제 목소리를 냈다. 심지어 독일 법정에 출두할 생각까지 했다. 큰 파문을 일으키게 될 재판의 스타가 되어 종내에는 자신의 명예와 명성을 회복할 수 있으리라 확신한 것이다. 하지만 자식들과 지인들이 만류했다. 닭과 토끼 사육 사업이 파산한 후, 그는 메르티히가 경영하는 오르비스에서 하급 직원으로 일했다.

멩겔레는 이 모든 패주에 놀라지 않았다. 사실은 나치 사교계를 얼마나 경멸했는지 모른다. 허풍쟁이 아이히만, 심약한 포르노 작가 사선, 조무래기 프리치! 멩겔레, 그는 알고 있었다. 후회도 회한도 없이 모든 것을 보았고 모든 일을 저질렀다.

멩겔레는 사선으로부터 멀어지고, 아이히만을 피하고 부에노스아이레스의 모든 나치들에게 자신을 따라 행동하라고 충고했다. 「아이히만은 위험하다.」

자극적인 다른 계획들이 그를 기다리고 있었다.

32

1958년 7월 25일, 요제프 멩겔레는 우루과이의 누에바 엘베시아에서 마르타와 결혼했다. 카를하인츠, 루델, 제들마이어가 증인으로 참석한 단출하고 비밀스러운 결혼식이었다. 메르티히와 아세 부부, 파라과이에서 온 친구들도 있었는데 히틀러 청소년단 지도자였다가 사업가로 변신한 융, 그리고 발트의 남작 폰 엑슈타인이다. 사선은 초대를 받지 못했고, 몸이 아픈 아버지 카를은 귄츠부르크에 남아 있기로 했다. 알로이스 역시 예약해 둔 바이로이트 음악 축제 좌석을 포기하고 싶지 않아 불참했다. 결혼식 2주 전에 어느 서툰 운전사가 하인리히 라이언스를 차로 치었다. 식이 끝나자 곧이어 축배를 들고 게걸스럽게 점심을 먹고(훈제 연어, 구운 소시지 샐러드, 암사슴 고기 스튜, 슈트루델 과자, 1947년도 모젤산 리슬링 포도주), 멩겔레 부부는 아이들을 아세 부부에게 맡기고 가방을 쌌다. 바릴로체까지 갈 길이 멀다.

마르타는 보르크바르트 이자벨라의 운전대를 잡은 요제프에게 몸을 웅크리며 안겼다. 차 덮개에선 휙휙

소리가 나고, 쿠페는 북풍을 가르고, 짙은 초록빛 팜파스에 뒤이어 바위투성이 스텝이 나타나고, 광대한 하늘은 보랏빛 제비들과 검은 독수리들로 얼룩덜룩해지고, 끝없이 이 나라를 관통하는 울퉁불퉁한 비포장도로에 이어 포장도로가 나타나고, 상어 턱처럼 생긴 산들이 삼중으로 솟구쳐 오른 후에 덥수룩한 안데스산맥이, 아르헨티나의 티롤이 모습을 드러냈다. 그리고 하얀 눈에 씻긴 천상의 호수를 따라 차를 달리자 마침내 멩겔레 부부 앞에 바릴로체와 그들이 머물 궁전이 윤곽을 드러냈다.

야오야오는 모든 것이 경이로웠다. 엄청나게 크지만 꼭 필요한 가구만으로 간소하게 꾸민 호텔 방에는 한 다발의 꽃과 초콜릿이 부부를 기다리고 있었다. 테라스는 나우엘우아피 호수와 모레노 호수의 파노라마 전경을 제공하고, 호수들은 반도와 언덕을 둘러싸고 있으며, 호텔은 언덕에 걸쳐서 세워져 있다. 기울어진 세 개의 지붕이 있는 아름다운 석조 호텔은 마치 보석 상자 같았다. 중세 독일의 촌락처럼, 세상의 혼란함과 파렴치한들로부터 멀찍이 떨어져 보호받고 있었다. 첫날 저녁에 먹은 파타고니아의 양고기 꼬치구이는 일품이었다. 마르타는 행복했다. 새벽에 안개가 걷히자 그토록 아름다운 모습에, 광대한 풍경에, 보랏빛 봉우리에, 눈 쌓인 전나무와 떡갈나무 숲을 뚫고 나온 빛줄기에 전율했다. 간밤에 잠을 설친 요제프는 아직 이불에 감싸여 있었다.

신혼여행을 온 멩겔레는 놀랐다. 그는 다른 여자의 존재를 결코 참아 낼 수 없을 거라고 생각했다. 한데 마르타는 부드럽고 인내심이 있었다. 로마 제국의 멸망에 대한 그의 고찰들, 산책길을 흥겹게 해주는 긴 독백들을 받아 주었던 것이다. 그는 바그너의 파란만장한 삶과, 독일 생물학의 아버지이자 동물 내장을 최초로 탐색한 알브레히트 폰 할러의 인생을 이야기해 주었다. 게다가 희한하게도 치아가 커다랗고 손가락이 통통한 이 여자를 보고 있으면 이제껏 느껴 보지 못했던 욕구가 일어났다. 마르타는 젊음의 샘이었다. 미지의 샛길들로 능숙하게 그를 이끌어 주었다. 멩겔레는 부에노스아이레스로 돌아가 그녀에게 바닷가 해수욕장에 있는 별장을 사줄 작정이었다.

전후에 바릴로체는 상당수의 전직 나치들과, 다시금 스키를 즐기게 된 수많은 오스트리아인과 점령당한 벨기에에서 히틀러 선전 대장을 지냈던 플랑드르 화가를 맞아들였다. 독일인들도 왔다. 힘러의 스파이였던 콥스는 그레고어가 『길』 편집부에서 마주친 자였는데 이곳에서 호텔 캄파나를 열었다. 시내 최고의 육가공 식료품점인 빈 델리카트슨은 에리히 프리프케라는 나치 친위대 장교의 소유였다. 그자는 335명의 시민을 로마 외곽 동굴에서 학살한 사건에 연루되어 있었다. 이들의 신상 정보는 안데스 클럽의 회원이자 이 도시를 정기적으로 방문하는 루델이 건네주었다.

어느 날 저녁 퐁뒤를 가운데 두고 모두 모였다. 라우프는 신혼부부를 축하하기 위해 칠레 국경을 넘어왔다. 나치들은 좋았던 옛날을 이야기하고 핵물리학자인 리히터를 기억해 냈다. 그는 페론을 속여 자신의 비밀 실험실에 있는 핵반응 장치에 수백만 페소를 쏟아붓게 했는데 실험실은 여기서 아주 가까운 바릴로체 해안의 우에물섬에 있다. 온갖 일화들이 쏟아져 나오고 쉼없이 잔들이 부딪혔다. 콥스는 프리메이슨 유대인이 어마어마한 음모를 백악관과 크렘린에서 꾸미고 있다고 공표했다. 멩겔레는 하품을 하고 마르타를 껴안았다. 나쁜 냄새를 뿜어 대는 이 수컷들과 함께 있느니 요동치는 아내의 성기를 어루만지는 쪽이 더 좋다.

다음 날 마르타와 요제프는 등산을 하고 숲속의 빈터와 크게 자란 나무 사이를 거닐었다. 그들의 발걸음은 탐스럽게 내려 두껍게 쌓인 눈 위에서 뽀드득 소리를 냈다. 두 사람은 어느 곳에 멈춰 점심을 먹고 저 아래에 계곡이 있으리라 짐작했다. 멩겔레는 절벽 가장자리로 갔다. 뭉게구름 사이로 희미한 태양이 삐져나오고 빙하의 정상, 푸른 호수, 매혹적인 자연이 모습을 드러냈다. 카스파르 다비트 프리드리히가 그려 낸 「안개 바다를 바라보는 방랑자」처럼, 추억에 사로잡힌 멩겔레는 두 팔을 벌리고 웃음을 터뜨렸다. 가슴이 부풀어 오르고 피가 요동쳤다. 관자놀이에 고동치는 맥박이 느껴졌다. 마르타가 말을 걸었지만 멩겔레는 상념에 빠져들어 듣지 못했다. 신에게 버림받은 폐허와 버러지들의 세상에서 그는 너무나 만족스럽고 자랑스럽게도 자유와 돈과 성공을 소유하고 누리고 있다. 누구도 그를 막지 못했고 앞으로도 결코 막지 못하리라.

33

집에 돌아오니 한 무더기의 편지가 멩겔레 부부를 기다리고 있었다. 세금 고지서와 광고 전단들 사이에 아버지의 편지와 경찰서의 소환장이 있었다. 멩겔레는 사흘 전 올리보스 경찰서에 출두했어야 했다. 그가 변호사와 전화 통화를 하고 있을 때 옆집 사람이 불안한 기색으로 초인종을 집요하게 눌러 댔다. 경찰이 어제와 그제 왔었는데 다시 온 것이다. 멩겔레는 여행 짐을 풀지도 못한 채였고 두 명의 경관은 그에게 수갑을 채워 경찰차에 밀어 넣고 요란한 사이렌을 울려 댔다.

경관 하나가 어제 신문을 그의 얼굴에 던졌다. 〈부에노스아이레스의 도살자들〉, 〈죽음의 의사들〉은 두 보수 일간지의 기사 제목이었다. 잡지 『데텍티베』는 〈살인자는 흰 구두를 신고 있다〉라는 제목의 기사를 실었다. 거물 실업가의 딸이 낙태 수술을 받은 후 며칠 만에 사망했는데 놀랍게도 그 애는 열다섯 살도 안 된 미성년이었다. 용의자로 체포된 의사는 동료 의사들을 고발했고 경찰은 이 조직을 일망타진했다. 역사적인 성과로 흥분에 사로잡힌 아르헨티나 사람들은 엘리트들의 추락에 즐거워했다. 「그가 우리에게 그레고어라는 이름을 알려주었는데, 그게 바로 요제프 멩겔레 당신이야.」 경관이 호통을 쳤다. 「당신은 아주 난처한 입장에 빠진 거야. 낙태 시술에 무허가 의료 행위까지, 당신을 관대하게 받아 준 이 나라의 도덕심을 건드렸다고.」 변호사가 곁에 있고, 멩겔레는 콧수염을 물어뜯으며 모든 사실을 부인하다가 생각을 바꾸었다. 「오래전에 도움을 주려고 두세 번 수술을 했어요. 수술은 모두 완벽하게 이루어졌고…… 내가 한 일은 확실히 못마땅한 일이고 다시 할 생각은 없어요. 그런데 경찰관님, 어째서 이런 더러운 사건을 합의를 통해 무마하지 않습니까?」

경관은 두 눈을 비비고, 멩겔레는 수감되었다. 이 초인은 거의 죽을 지경이었다. 감옥은 지린내가 진동하고 매트리스에는 벼룩이 들끓고 간수들이 아침 점심 저녁마다 제공하는 수프는 맛이 고약했다. 사흘째 되는 날 경관이 그를 소환했다. 「얼마요?」 멩겔레는 최초의 제안 액수인 수백 달러를 두 배로, 그리고 세 배로 올렸다. 부에노스아이레스에서 몇 달 동안을 아주 편안하게 먹고살 수 있는 금액이다.

정의로운 사법 체계가 엄중히 감시하는 가운데 그의

서류를 사적인 자료들 속에 은닉해 버린 부패한 경찰 덕분에 멩겔레는 불안하고 기진맥진하고 난감해진 상태로 귀가했다. 몹시 흥분한 마르타가 그의 품에 안겼다. 그녀는 벌벌 떨면서 전날 도착한 제들마이어의 전보를 가리켰다. 〈8월 초에 어느 기자가 울름에서 자네를 고발했네.〉

에른스트 슈나벨은 몇 달 전에 『안네 프랑크의 흔적을 따라서』라는 책을 출간했고 이는 베스트셀러가 되었다. 그는 베르겐-벨젠 수용소에서 죽은 그녀의 정황들을 조사한 끝에 수많은 나치 친위대원이 흔적을 감추고 사라져 버린 사실을 유감스러워했다. 〈이를테면 아우슈비츠에서 포로 선별을 담당했던 의사 멩겔레가 어떻게 되었는지 아무도 모른다. 그가 죽었는지 아니면 어디선가 살고 있는지를 말이다.〉 몇몇 지방 일간지들이 책의 일부를 발췌하여 실었는데, 그중 하나가 『울르머 나흐리히텐』이었다. 울름은 귄츠부르크에서 불과 36킬로미터 거리에 있다. 1958년 초여름에 『울르머 나흐리히텐』은 익명의 편지 한 통을 받았다. 〈멩겔레의 아버지가 나치 친위대 의사였던 자기 아들이 남미에서 살고 있다고 옛 가정부에게 이야기했다……. 그의 또 다른 아들의

과부 며느리가 멩겔레와 같이 살려고 남미로 갔다.〉 편
집장은 이 편지를 슈나벨에게 보냈고 슈나벨은 그것을
울름의 검사에게 전달했다. 작년에 리투아니아에 창궐
했던 특수 작전 집단 A[26]의 구성원 아홉 명에게 집행유
예 없는 금고형을 구형했던 검사였다.

　고소장이 접수되자 사법관은 귄츠부르크 경찰에 정
보를 요구했고, 경찰은 서둘러 멩겔레 일가에 경고를
보냈다.

34

　멩겔레는 거칠게 마르타를 밀쳐 내고 저녁 식탁에 놓
여 있던 접시들을 벽을 향해 내던졌다. 휘둥그레 충혈
된 눈으로 미친 사람처럼, 성난 늑대처럼 소리를 질렀
다. 아우슈비츠의 경사로에서 쌍둥이들을 발견했을 때
처럼. 마르타는 딴사람이 되어 버린 그에게 다가가기를
포기했다. 그는 식기, 유리잔, 작은 촛대, 눈앞에 놓여

---

　26 나치 친위대 산하의 준군사 조직으로 주로 총을 이용한 학살 행위를
자행한 죽음의 부대.

있던 모든 것을 집어던지고 나서 방으로 올라가 운동 가방에 몇 가지 물건과 지폐 다발과 여권을 쑤셔 넣고 서둘러 자동차에 몸을 던지고 마르타에게는 눈길 한 번 주지 않은 채 질풍처럼 내달렸다. 머리칼을 뽑아 버리고 싶을 지경이었다. 그토록 어리석게 굴고 자만하다니! 이런 우둔한 멍청이에 바보가 있나! 가명을 쓰며 숨어 지내는 아이히만을 조롱했는데 자신은 전화번호부에 제 이름을 드러내 놓고 살았던 것이다. 어린애도 찾아낼 수 있을 거다! 파라과이를 향해 북북서로 돌진하며 로켓처럼 도로를 질주하던 멩겔레는 하마터면 몇 명의 농부를 깔아뭉갤 뻔했다. 파라과이의 그늘 밑으로 몸을 피해, 약간의 행운과 함께 안심하고 지낼 수 있기를 희망해 본다. 모든 것이 결국은 잠잠해질 것이다. 낙태 시술, 신문 기자의 고발. 그의 집안은 권세가 있으니 돈으로 해결할 수 있다. 돈을 내기만 하면 된다. 그에게 체포 영장이 떨어진 것도 아니다. 지금으로서는.

멩겔레는 아순시온에 거처를 잡았다. 폰 엑슈타인과 융이 그를 맞아 주었다. 제들마이어와 알로이스도 그를 만나러 날아왔다. 아버지가 늙어서 이제는 막냇동생이 다국적 기업의 고삐를 잡게 되었다. 세 남자는 오랫동안 의논하고 루델에게 충고를 해달라고 간청했다. 루델은 파라과이 대통령 스트로에스네르의 심복이며 파라과이 군대에서 특권을 누리는 무기 중개상이었다. 루델은 도망자를 진정시켰다. 스트로에스네르가 통치하는 파라과이는 페론 지배하의 아르헨티나와 마찬가지이니 아무 걱정 하지 마라, 이곳에 땅을 사두는 게 어떤가, 분명 부패하고 혼란한 나라이지만 안전하다, 아무도 그를 귀찮게 하지 않을 것이다. 멩겔레는 창백한 얼굴로 이를 갈았다. 「지금은 안 돼!」 그는 자신의 삶을 부에노스아이레스에서 다시 일구었고 호화로운 저택에서 살며 제약 실험실도 잘 운영하고 있었다. 알로이스와 제들마이어가 조급해할 필요 없다며 위로했다. 해마다 수천 건의 고소장이 접수되지만 대개는 누구도 기소되지 않는다. 파라과이에 있는 동안 그는 새로운 임무를 부여받았다. 비료 살포기를 파는 일이다. 이는 유럽을 뒤흔들게 된다.

멩겔레는 농부들, 울퉁불퉁한 길, 차코의 타오르는 열기에 다시 부대낀다. 하지만 마음은 딴 데 가 있었다. 소리 없는 근심이 다가와 그를 괴롭혔다. 어두운 예감. 그의 삶이 다시금 요동치고 위협이 엄습해 왔다. 운전

을 하면서 뮌헨의 피나코테크 미술관에 있던 그림을 생
각했다. 어린 시절에 보고 두려워했던 그림인데, 고래
아가리에 있는 요나를 묘사한, 선지자가 바다 괴물에게
삼켜지는 장면이었다. 동료들은 그가 변했고 너무 갑자
기 늙어 버렸다고 생각한다. 그들이 감탄했던 활기찬
지성인이 아니라 과묵하고 성마른 남자가 나타난 것이
다. 어느 날 오후, 그는 생물 학습 내용을 암송하던 융의
아들에게 욕설을 퍼부었다. 친구들이 수영장 주변에서
열어 준 저녁 파티에서는 과자 부스러기를 깨작거리며
멀찌감치 떨어져서 사람들을 피하듯이 혼자 괴로워했
다. 폰 엑슈타인이 말을 걸어 보려고 노력하지만 멩겔
레는 신경질적인 미소만 지을 뿐이었다. 그는 아세 부
부, 마르타와 카를하인츠 곁에서만 평정을 찾았다. 그
들은 1958년 마지막 몇 달 동안 규칙적으로 멩겔레를
보러 왔다. 조카는 사랑스러운 아들, 강인하고 지적인
아들의 면모를 보여 주었다. 멩겔레가 마흔 살 생일 때
받았던 뒤러 동판화의 복제품을 물려줄 만하다. 융 부
부의 집에서 나치 가족끼리 모여 크리스마스와 다가오
는 새해를 축하하며 건배를 했다. 1959년은 대단한 한
해가 될 것이다. 멩겔레는 액운을 쫓기 위해 나무를 어

루만졌다.

비자 만기일이 다가오자 그는 부에노스아이레스로
돌아가기로 결심했다.

35

멩겔레는 아직 모르고 있지만 또 다른 추적자가 그를
뒤쫓고 있었다. 오스트리아의 공산주의자이고 스페인
내전에도 참전했던 헤르만 랑바인이다. 그는 다하우와
아우슈비츠의 유형수였는데, 수용소 의사들의 수장인
에두아르트 비르츠의 개인 비서로 일했다. 랑바인은 결
코 의사 멩겔레를 잊지 않았고, 그가 실종됐다는 소식
도 믿지 않았다. 그는 1954년 우연히 멩겔레의 이혼에
대한 법적 고지를 발견하고 그의 흔적을 찾았다. 그보
다 2년 전에는 아우슈비츠 국제 위원회를 공동 창립했
는데 수용소의 생존자들에게 배상을 해주고 사법기관
이 가해자들을 추적하도록 정보 수집과 증인 모집을 도
와주는 단체였다. 랑바인은 인내심 있고 조심스럽게 멩
겔레에 대해 조사하고 증거들을 쌓아 나갔다. 멩겔레의

이혼 절차를 아르헨티나 변호사가 중재했다는 사실에 주목해 멩겔레가 부에노스아이레스에 살고 있다고 확신했다. 랑바인은 서독 법무부로 자료를 넘겼지만 그곳에서는 심사 자격이 없다고 밝혔다. 멩겔레 사건을 담당할 곳은 각 주의 검사국이라는 것이다. 프라이부르크를 제외하고는 어디서도 달가워하지 않았다. 프라이부르크는 멩겔레의 마지막 거주지로 알려져 있었다. 전쟁 막바지에 멩겔레는 이레네가 그곳에 정착하도록 도와주었다. 1959년 2월 25일, 검사는 계획적인 살인 및 살인 미수 혐의에 대한 체포 영장을 발부했다. 랑바인은 멩겔레가 부에노스아이레스에 살고 있으니 외무부가 아르헨티나 정부에 범죄인 인도를 요구해야 한다고 주장했다.

제들마이어는 경찰에 있는 정보원이 알아낸 소식을 멩겔레에게 타전했다. 이번에는 더 이상 우물쭈물할 새가 없다. 빌라와 파드로 팜의 지분을 팔고, 은행 구좌를 닫고 파라과이로 도피해야 했다. 민주적으로 선출된 아르헨티나의 새 자유주의 정부가 예전의 페론 군사 정부처럼 나치에 대해 관대할 거라는 조짐은 어디에도 보이지 않는다. 부에노스아이레스는 본에서 온 요구를 잘

들어줄 것이다. 멩겔레는 상자에 과학 잡지들을 챙기고 제약 실험실의 동료들에게 아무 설명도 없이 작별 인사를 고하면서 신경 발작을 일으킬 정도로 실성한 상태에 이르렀다. 아직은 아르헨티나에 남아 있지만 곧 이사를 해야 하는 마르타와 카를하인츠에게는 각별히 조심할 것을 당부했다. 그는 그들과 포옹하고 인사를 나누면서 아순시온에서 다시 만날 것을 약속한다. 「곧 보자.」

이번에도 루델이 그를 도우러 날아왔다. 그는 멩겔레가 파라과이 시민권을 얻도록 도와줄 터였다. 서독과 파라과이는 범죄인 인도 조약도 맺지 않았으니 스트로에스네르 대통령은 자국 거류민을 결코 외국에 넘겨주지 않을 것이다. 파라과이의 최고 권력은 신성불가침이다. 대도시에 살아야 한다는 생각에 매달려 있던 멩겔레는 친구에게 독일 집단촌에서 시골의 은신처 하나를 찾아 달라고 애원한다. 언제나 멩겔레에게 협조해 온 루델은 그를 알반 크루크에게 맡겼다. 씨름 선수 같은 어깨와 진홍색 얼굴을 가진 왕년의 나치는 아르헨티나 국경에서 몇 킬로미터 떨어진 누에바 바바리아에 농가를 하나 가지고 있었다.

36

오에나우에서 삶은 천천히 흘러갔다. 작은 마을이 교회 광장 주위로 펼쳐져 있고 교활하고 미신을 추종하는 과라니족 원주민들이 어슬렁거리며 돌아다녔다. 중심가의 검붉은 거리에는 암소들과 돼지들이 진창 속을 돌아다니고, 날벌레 떼가 돼지 순대와 뱀 껍질이 놓인 진열대 주변을 붕붕대며 날아다니고, 금발의 아이들은 우마차를 저 아래 파라나강까지 끌고 갔다. 근처의 유럽 출신 소작인들은 이글거리는 햇볕 아래 머리카락이 땀에 흠뻑 젖은 채로 옥수수와 수박 밭에서 고된 노동을 한다. 벌새들의 노래가 침울한 일상에 리듬을 수놓았다. 가을마다 열리는 맥주 축제와 봄철의 슈바벤 향연으로 기분을 달래기는 한다. 슈바벤 향연 때는 얼근히 취한 농부들이 게걸스럽게 먹고 론도와 파랑돌 춤을 끝도 없이 춘다. 마치 4세기 전 대(大) 브뤼헐의 그림 속 장면 같은 모습을 멩겔레는 황당한 눈빛으로 바라보았다.

충직하고 탐욕스럽고 교양 없는 크루크는 하인리히 라이언스를 떠올리게 했다. 멩겔레의 보호자인 이 남자는 농가 협동조합을 운영하고 있으나 전혀 열의가 없었다. 그는 재무제표보다 조합원이 제조해 준 맥주, 원기를 되찾게 하는 아내의 요리, 사냥, 낚시 그리고 아들 오스카와 두 딸을 더 좋아했다. 크루크는 자신의 하숙생이 가르쳐 주려고 애쓰는 현대적 경영 방식을 전혀 이해하지 못했다. 자주 출장길에 오르는 멩겔레는 위탁 판매 현황을 추적하고 파라과이 전역의 독일 이주민 공동체를 탐색하며 지칠 줄 모르고 돌아다녔다. 혼자 농기구 카탈로그를 들고 다니는데 늘 기분이 오락가락했다. 멩겔레는 아르헨티나의 은둔지를 상실한 일에 대해 저주하고 불평하고 분노했다. 운명을 한탄하고 초조해하며, 붙잡히거나 아니면 멍청한 크루크의 집에 언제까지나 숨어 지내야 한다는 사실에 울분을 터뜨렸다. 식은땀을 흘리다가도 이따금 신중한 낙관에 젖기도 했다. 만일 파라과이 시민권을 얻어 낸다면 땅을 사서 자신의 삶을 다시 일구고, 카를하인츠와 마르타와 함께 정착할 수 있을 것이다. 설령 그녀를 설득하기가 어려울지라도 말이다. 아내는 가장 큰 걱정거리 중 하나였다. 자신을 지지해 주기는커녕 이곳의 열기, 일상의 단절, 여기저기서 스며드는 붉은 먼지를 견뎌 내지 못했다. 「오에나우와 파라과이의 시골은 내 취향이 아니라고 생각해

요.」 도착한 첫날 저녁에 거미에 물린 아내가 울면서 기절해 버렸을 때, 멩겔레는 그녀의 뺨을 때려 깨워야만 했다. 그녀는 도망자의 삶을 원치 않았다. 끊임없이 이사를 다니는 일도 호텔에서 자는 일도 전혀 달갑지 않았다. 안락한 생활에 익숙해져서 남편의 부재에 대해 신랄하게 불평했다. 부에노스아이레스의 지인들이 그의 소식을 계속해서 물어 대는데 어찌 대답해야 할지 모른다는 것이다. 학교에서도 아이들이 카를하인츠에게 자꾸 이것저것 묻고, 아이는 멩겔레가 떠나 버린 후부터 이미 혼란에 빠져 있었다. 그들이 정글에 정착한다면 아이 교육은 어쩔 것인가? 멩겔레 가문은 아무 데서나 공부하지 않는다. 마르타는 요제프가 과장하고 있다고 생각했다. 그는 부에노스아이레스로 돌아와야 하고 그들은 다시 예전처럼 행복할 수 있을 테고 절대 위험하지 않을 거라면서. 결국은 요제프의 동생 카를이 좀 더 용기 있는 사람이었다고 그녀는 생각했다.

멩겔레는 융 부부, 폰 엑슈타인과 저녁을 먹으면서 자신이 파라과이에서 좋은 인상을 받으려면 아내가 아순시온으로 와서 합류해야 한다는 데 의견 일치를 보았다. 그의 인생은 그들의 손안에 있다. 두 남자는 멩겔레

의 귀화 신청을 후원하고, 폰 엑슈타인은 파라과이 최
고의 변호사를 소개해 주었다. 하지만 그들의 계획은
불법적이었다. 합법적인 시민권을 얻으려면 원칙적으
로 파라과이에서 5년을 거주해야 하기 때문이다.

37

이제 시간 싸움이다. 멩겔레에 대한 범죄인 인도 신
청서가 본에서 부에노스아이레스로 발송되었고, 또 다
른 신청서는 아순시온으로 날아오고 있었으며, 그가 파
라과이에 피신해 있을 거라는 소문이 돌았다. 아르헨티
나에서는 관련 절차가 순조롭게 진행되지 않았다. 사법
과 행정에 관련한 어려움들이 늘어났고, 독일 대사 융
커는 버티면서 핑계를 대고 있었으며, 신청서는 외무부
를 거쳐 상원 의장, 검찰총장, 연방 법원 판사, 경찰, 법
원을 경유하고 있었다. 사실 아르헨티나와 서독은 이
엄청난 혼돈에 내심 만족하고 있었다. 파라과이 내무부
와 경찰은 범죄인 인도 요청이 조만간 올 거라고 예상
하고 있었으며 인터폴이 귀화 신청 서류의 복사본을 요

구했으나 루델이 장관에게 바짝 붙어 방해 공작을 폈다. 자기 친구 요제프 멩겔레는 뛰어난 의사로 독일에서의 정치적 신념 때문에 쫓기고 있을 뿐이고 악한 면이 하나도 없다, 그는 파라과이에 귀중한 공헌을 할 인물이므로 당장 귀화시켜야 한다. 1959년 11월, 사태는 종료되었다. 파라과이 대법원은 멩겔레에게 시민권과 거주 허가서, 선행 증명서와 신분증을 내주었다.

융 부부는 기쁜 소식을 전해 듣고 축하하기 위해 작은 파티를 열었다. 그러나 융의 집에 도착한 멩겔레는 망연자실해 있었다. 그는 눈물을 쏟으며 아버지가 방금 돌아가셨다고 중얼거렸다. 독일은 애국자 한 명을 잃었고 그는 자신의 방패이자 한결같은 지지자를 잃은 것이다. 가혹하고 완강한 아버지는 어쨌거나 절대로 그를 놔주지 않았다. 고인의 위압적인 초상화가 시청 건물 정면에 걸려 있는 귄츠부르크에서 수천 킬로미터 떨어진 이곳 아순시온의 끈적거리는 밤에, 멩겔레는 꽃으로 장식된 수영장 가장자리에서 목 놓아 울었다. 그는 폰 엑슈타인, 카를하인츠, 융, 아세 그리고 루델에게 1919년 여름 아버지와 함께 히르슈베르크에서 등산했던 일을 이야기해 주었다. 유일하게 둘이서만 소풍을 갔던 기억이었다. 나비 한 마리가 그의 소매에 앉았고 정상에서 본 바이에른 호수는 얇은 은빛 막을 씌운 것처럼 반짝였다. 잠들 때면, 그토록 무섭던 아버지가 라틴어 기도문을 암송해 주곤 했다. 아버지가 여섯 살 때 빗물 저수조에 빠져 죽을 뻔했던 사건 이후 트라피스트회 수도사에게서 배운 기도문이었다. *Procul recedant somnia, et noctium phantasmata*(밤의 환상과 몽상들이 우리로부터 물러나 있게 해주소서).

뭐라 위로할 수 없는 충격에 빠진 멩겔레는 말을 더듬으며 어린애처럼 훌쩍거렸다. 무슨 희생을 치르더라도 장례식에 참석할 것이고, 내일 아침 유럽으로 가는 첫 비행기를 타겠다고 맹세했다. 루델은 그건 자살 행위라고, 경찰이 묘지에서 그를 맞이할 거라며 단념시켰다. 그는 결국 포기했다.

장례식 날, 장의사들은 묘지에 누군가 보낸 추모사와 함께 화관 하나를 올려놓았다. 거기에는 이렇게 적혀 있었다. 〈멀리서 경의를 표합니다.〉

메르세데스 회사의 제품 운반원으로 일하던 아이히 만의 정체가 부에노스아이레스에서 들통이 났다.

독일 출신의 맹인(盲人) 유대인으로 아르헨티나에 망 명 중인 로타어 헤르만은 아이히만의 흔적을 찾았다고 확신했다. 그의 딸은 오랫동안 아이히만의 아들인 닉 아이히만과 어울렸는데 이 아들놈이 자기 아버지의 업 적을 떠벌리며 독일이 유대인들을 절멸시키지 못한 점 을 아쉬워했던 것이다. 1957년 헤르만은 헤센주의 검 찰총장인 프리츠 바우어에게 편지를 썼다. 바우어는 옛 나치 이념에 물든 첩보 기관이나 부에노스아이레스의 독일 대사관과 협력하기보다는 관련 정보를 이스라엘 정보기관 모사드에 직접 전달하는 쪽을 선호했다. 이스 라엘 비밀 정보기관은 아르헨티나에 조사를 재촉했지 만 조사는 결론이 나지 않았고 모사드는 추적을 중단했 다. 헤르만이 너무 많은 돈을 요구했기 때문이다. 유럽 최악의, 유대인을 절멸한 악마로 의심되는 사람의 거처 는 부에노스아이레스 교외의 오막살이였다. 생각지도 못한 일이다. 그러나 바우어는 헤르만의 주장을 믿고 싶었다. 그는 리카르도 클레멘트가 바로 아돌프 아이히만이라는 가설을 보강할 또 다른 정보를 추적해 나갔다. 이번에는 모사드가 개입했고 1959년 12월 문제의 나치 친위대원을 납치하기로 결정했다.

모사드의 우두머리인 이세르 하렐은 비밀리에 두 번째 납치를 계획한다. 자신의 실적에 멩겔레의 이름을 올리고 싶었던 것이다. 서독의 범죄인 인도 요청은 언론에서 사라졌고, 세계 유대인 회의는 아우슈비츠 생존자들에게 랑바인 곁에서 나치의 중죄를 증언하라고 부추겼다. 하렐은 띄엄띄엄 연결되는 오래된 정보만을 가지고 있었다. 멩겔레가 그레고어라는 이름으로 불리고 부에노스아이레스 중심지에서 가구 제작소를 운영하고 있다는 것이었다. 그의 계획은 단순했다. 1960년 5월 11일 부하들이 예정대로 아이히만을 체포한 다음 9일간의 시간을 더 쓸 수 있으므로 그때 나치 의사를 찾아내 아이히만과 함께 비행기에 태워 이스라엘로 데려가면 된다.

파라과이 시민이 된 이래, 그리고 자기 몫의 유산 일부를 챙긴 이래로 멩겔레는 어두운 생각들을 몰아내려 애쓰고 있었다. 수상 스키를 타고, 엉뚱한 폰 엑슈타인과 함께 구아야키 부족도 탐색하면서, 어느 정도 평온을 되찾으며 다시금 미래를 계획했다. 마르타와의 긴장이 진정되자 그는 운신의 자유에 관련한 문제를 덮어버렸다. 1960년대 초, 모사드 요원들이 부에노스아이레스에서 아이히만 납치를 준비하는 동안 멩겔레는 마르타, 카를하인츠와 함께 비센테 로페스 지구의 하숙집에서 며칠을 보냈다. 몇 주 후인 4월에 그들은 파라과이의 호화로운 도시 엔카르나시온의 티롤 호텔에서 다시 만났다. 지칠 줄 모르는 제들마이어가 그들과 합류했다. 그들은 재정 문제, 소통 수단, 파라과이에 늘려 갈 계열사의 전망을 두고 논의한다. 멩겔레는 자기가 사들이고 싶은 알토파라나 지역의 아름다운 부동산 사진을 제들마이어에게 보여 주었다. 마르타가 마침내 자신을 따라 유배지로 오기로 했기에 그는 평온을 넘어 거의 명랑해져서 크루크의 집으로 돌아갔다.

5월 초, 아틸라 작전은 모사드의 지휘관들이 부에노스아이레스에 도착하면서 실행 단계로 들어섰다. 하렐은 가방에 멩겔레에 대한 암호 서류를 집어넣었다. 그들은 예정대로 11일에 아이히만을 납치했다. 이스라엘 요원들은 아이히만을 은신처에 유폐시키고 집요하게 추궁했다. 멩겔레를 아는가? 어디 숨어 있나? 요즘 얼굴은 누구와 흡사한가? 부에노스아이레스에서는 어떻게 지내나? 그는 누구를 자주 만나나? 「아이히만, 멩겔레는 어디 있나?」 아이히만은 냉담한 반응을 보일 뿐이다. 둘이 사이가 좋지 않고 멩겔레가 자신을 경멸했음에도 불구하고 아이히만은 동지를 배신하려 들지 않았다. 「나의 명예는 충직에 있소.」 이스라엘인들은 끈질기게 그를 어르고 달래며 협박하고 강요했다. 마침내 아이히만은 비센테 로페스 지구에 있는 하숙집의 주소를 털어놓았다.

시간이 촉박했다. 이스라엘 요원들이 긴박하게 움직일 때, 부에노스아이레스의 나치들은 잔뜩 경계하고 있었다. 대부(代父)의 실종이 확인되자마자 아이히만의 후예들은 수집된 정보를 짜 맞추기 위해 사선의 집으로 급히 모여들었다. 이건 이스라엘의 짓이다. 의심의 여지가 없다. 그들은 보복으로 이스라엘 대사관을 폭파하거나 대사를 납치할 계획을 세웠다. 그들은 타쿠아라 민병대의 파시스트들과 페론주의자 청년회의 도움을 받아 도시를 소구역으로 나누어 경비했다. 사선은 공항 감시를 맡았다.

하렐은 하숙집에 두 명의 요원을 보냈다. 좁은 길 끝, 생울타리에 둘러싸인 외딴 빌라여서 들킬 위험 없이 감시하기는 어려운 집이었다. 집주인은 그레고어도, 멩겔레도 모르고 있었다. 우편배달부가 가진 정보가 더 많았다. 멩겔레 가족은 그곳에서 제법 살았는데 몇 주 전에 우편물을 받을 주소도 남기지 않고 사라져 버렸다는 것이다. 가구 공장에서는 누구도 그레고어라는 독일인 얘기를 들어 보지 못했단다. 며칠이 흐르고, 파라과이로 도망쳐 버린 의사는 흔적도 찾을 수 없지만 하렐은 단념하지 않았다. 멩겔레는 〈그의 뼈 속에서 불처럼 타오른다〉. 모사드의 수장은 그가 아직 숨어 있을 거라 확신하고는 하숙집을 습격하는 방안을 고려했지만 부하들이 단념시켰다. 작전 전체를 실패에 빠트릴 위험이 있었기 때문이다.

1960년 5월 20일, 엘 알El Al 비행기는 부에노스아이레스를 떠나 텔아비브로 날아갔다. 비행기에는 진정제를 먹은 아돌프 아이히만이 타고 있었다. 그는 승무원 제복을 입고 있었다. 하렐은 조만간 멩겔레를 잡아들이겠노라고 부하들에게 맹세했다. 그들은 나치들을 추격할 특별 전담반을 꾸릴 것이고 아우슈비츠의 의사는 그 첫 표적이 될 터였다.

39

며칠 후, 이스라엘 총리 벤구리온이 이스라엘 의회인 크네셋에 아이히만을 생포했다고 밝히자 남미에 피신해 있던 전범자들은 아연실색했다. 누가 다음번 체포 목록에 올라 있는가? 누가 또 잠자리에서 혹은 주차장에서 불쑥 나타난, 복수심에 불타는 자들이 보낸 특공대에 냉혹하게 납치되어 구타당하고 쓰러질 것인가? 누가 이스라엘에 강제로 끌려가 장터의 괴물처럼 유리 칸막이 상자 안에 앉아 유대인과 세계 여론의 처벌에 직면할 것인가? 이듬해에 아이히만이 예루살렘 재판에서 그랬던 것처럼 말이다. 유배 중인 나치들에게 이제 더 이상 평화는 없다. 목숨을 부지하고 싶다면 지상의 즐거움을 포기한 채 도망자의 불법적인 삶을 영위하거나, 은신처도 휴식도 없는 무한 도주 행각을 이어 가야 한다.

이번에야말로 진짜 나치 사냥의 포문이 열렸다.

전 세계 기자들이 부에노스아이레스에 몰려들었다. 아이히만의 납치는 새 시대의 시작을 알렸으니, 아르헨티나에게는 치욕이고 독일에게는 재난이었다. 아르헨티나는 자기 나라가 나치들의 은신처가 아니라는 것을 입증해야 했다. 6월 20일 멩겔레에 대한 체포령이 떨어졌고 이듬해에는 아우슈비츠의 의사로 기소당한 로타어 헤르만이 체포되었다. 독일은 범죄자들을 심판하고 자신의 과거를 직시할 준비를 했다. 대청소가 시작되고 부에노스아이레스의 나치 클럽들은 무너져 내렸다. 동지들로부터 아이히만을 배반했다는 의혹을 받고 있는 사선은 자신의 녹음을 비싼 가격에 『라이프』지와 독일과 네덜란드의 언론에 팔고 우루과이로 도망쳐 〈회개한 나치〉를 자처했다.

「잘난 체하는 멍청이 아이히만과 그놈의 빌어먹을 미친 망상!」 크루크의 부엌에서 라디오로 아이히만의 납치 소식을 들은 멩겔레는 분노를 터뜨렸다. 그는 저주받은 유대인, 무능한 아르헨티나인, 매수된 독일인, 나아가 전 지구를 격렬히 비난했다. 명령에 복종했고 수용소에서 아픈 사람들을 돌봐주었을 뿐이니 전혀 걱정할 것 없다고 말하는 크루크의 두 눈 사이에 총알을 박아 넣고 싶었다. 이 작자에게, 다음으로는 저녁 식탁에 후줄근하게 앉아 있는 그의 가족 모두에게. 그렇다, 그들을 한 명씩 차례로, 여자애들은 마지막으로 쓰러트리고, 얼간이들을 무릎 꿇게 하여 크루크 가족을 유대인으로, 아르헨티나인으로, 독일인으로, 세상 사람들 모두로, 아이히만 개자식으로 여기고 싶다. 그놈을 이스라엘 감옥에서 죽여 버릴 수만 있다면. 그다음에는 정글로 도망쳐 영원히 사라져 버릴 것이다. 하지만 멩겔레의 몸은 부들부들 떨리기 시작했고 두 손과 팔다리도 흔들렸다. 다리를 휘청거리며 제대로 서 있지도 못하는 모습에 크루크의 아내가 그를 자리에 앉히고 억지로 설탕물을 마시게 했다. 다시 정신을 차렸지만 달라진 것 없는 끔찍한 현실을 직시할 수밖에 없었다. 아이히만이 생포되어 멩겔레는 우물 속에 처박힌 신세고 이제 익사하게 될 것이다. 아이히만은 그를 이스라엘에 넘겨주고 즐거워할 것이다. 다른 사람들은 그가 여기저기 흔적을 남겼다고, 서류들에 제 이름을 적어 놨다고, 아내와 아들까지 있으니 여기까지 그의 흔적을 밟아 오는 일은 아주 쉽다고 말할 것이다. 이곳 농가는 사방으로 뚫려 있어 오직 크루크와 낡은 발터 소총과 쇠스랑 몇 자루만으로 버텨야 하니 전투력 막강한 모사드의 살인자들과 맞선다는 것은 정말이지 웃기는 소리다. 그래서 멩겔레는 끊임없이 움직였다. 그는 어디서도 안전하지 않다고 느꼈다. 낮이건 밤이건 턱수염을 잘근잘근 씹어대고 유리컵의 함정에 빠져 질식할 위험에 처한 말벌처럼 뱅뱅 맴을 돌았다. 몇 알의 수면제를 복용한 뒤 새벽 3~4시쯤 잠이 들어도 조그만 소리, 삐걱대는 마루 판자 소리, 하찮은 벌레 소리에도 벌떡 잠에서 깨어난다. 그는 자기 정체가 드러났다는 사실에 겁이 났다. 서독 정부는 멩겔레의 머리에 2만 마르크의 현상금을 내걸었고 그는 마침내 세계적인 유명 인사가 되었다. 언론은 멩겔레가 저질렀던 악행들을 폭로하고 그의 사진을 유포했다. 롤프는 이제 자기 아버지가 러시아에서 사라진 게 아니라 아우슈비츠의 죽음의 천사라는 사실을 알게 되었다. 멩겔레는 아순시온의 친구들에게 자신이 한 일을 정당화하고 자기가 했던 역할을 축소하려 애쓰지만 그럼에도 불구하고 사람들은 멀어져 갔다. 융은 발뺌하며 독일로 돌아가고 오직 폰 엑슈타인만이 멩겔레의 말을 믿어 주었다. 그는 두렵고 고통스러워서 신음했다. 절친한 친구인 아세는 규칙적으로 시집들을 보내

주고 정신을 놓지 말라고, 잘 견뎌 내고 잘 버티라고 편지를 써 보내 놓고는 얼마 후 부에노스아이레스의 층계에서 떨어져 죽었다.

1960년 9월, 멩겔레는 가급적 빨리 도망치기로, 이스라엘 사람들에게 잡히기 전에 모든 것을 버리고 달아나 마흔아홉 나이에 인생을 다시 시작하겠노라 결심한다. 모사드의 특별 팀은 그의 아내와 아들의 동선을 감시하며 크루크의 농가에 위험스럽게 다가서고 있었다. 루델은 그에게 마우저 권총 한 자루와 페터 호흐비힐러라는 이름으로 된 새 브라질 신분증을 마련해 주었다. 멩겔레는 마르타, 카를하인츠와 헤어져야 했고, 그들은 작별 인사도 없이 유럽으로 돌아갔다. 그는 서둘러 공책들과 독일 여권과 아우슈비츠의 표본들을 불태워 버렸다. 10월의 어느 청명한 새벽에 크루크와 루델은 지프차로 그를 브라질 국경까지 데려다주었다. 거구의 루델이 그의 전쟁은 아직 끝나지 않았다고 소리칠 때 멩겔레는 뒤도 돌아보지 않고 에메랄드빛 정글의 녹음(綠陰) 속으로 사라졌다.

멩겔레는 이제 인류 최초의 살인자 카인의 저주에 내

맡겨졌다. 그는 지상을 떠돌며 도망쳐야 하고 누구든
그를 만나면 죽이게 될 것이다.

제2부
쥐

벌은 죄에 상응한다.
살아가는 모든 즐거움을 빼앗고
삶에 대한 가장 심한 혐오에 이르게 하는 일.
—키르케고르

40

바젤에 있는 팅겔리 미술관의 한 전시실은 어둠 속에 잠겨 있다. 살육의 분위기, 버려진 고문실의 느낌. 거대한 두상의 괴물 제단이 기계로 된 조각품들에 둘러싸여 있다. 기계 조각품들은 짐승의 해골, 숯덩이가 된 나무와 들보, 불에 뒤틀린 금속으로 구성되었는데 이것은 장 팅겔리가 자신의 작업실이 있는 스위스의 한 마을 근처 벼락 맞은 농가에서 거둬들인 잔해들이다. 고열로 태워진 잔해들 사이에 멩겔레사의 거대한 옥수수 수확기 골조가 있다.

기계 조각품들이 검은 태양 아래서 움직이기 시작한다. 바퀴들, 톱니들, 체인들, 너트들이 삐걱대고 끽끽거리며 뭔가 어울리지 않는 조차장 안에서 돌아간다. 강철로 된 물림 장치가 입을 크게 벌리고, 인간과 동물의 두상들이 열을 지어 행진하다가 컨베이어 벨트의 경사면 위로 추락한다. 한편 벽면 위에는 그들의 그림자가 마치 거대한 주사기, 사형 집행인의 도끼, 톱, 망치, 낫, 교수대처럼 빙글빙글 돌아간다. 귀를 찢는 왈츠가 들리는 반면, 미술관의 나머지 공간에서는 재즈 선율이 흐르는 가운데 넓은 유리창 너머 라인강의 밝고 푸른 초록 풍경이 활기차게 펼쳐진다. 고철 속에 파묻힌 방문객은 기계 조각품들에 삼켜진다. 그것들은 방문객을 위협하여 후려치고 갈기갈기 찢고 덮치면서 경사로까지 데려간다. 죽음과 나치 수용소에 사로잡힌 팅겔리는 이렇게 자신의 작품 「멩겔레 — 죽음의 무도」를 만들어 냈다.

아우슈비츠에서 자행된 〈죽음의 무도〉는 미클로시 니슬리가 1944년 여름과 가을에 강제로 실행해야만 했던 일이다. 헝가리의 법의학자 겸 의사였던 니슬리는 존더코만도[27] 소속이었다. 이 부대는 곧 죽을 수감자들로 구성되어 있었고 가스에 질식사한 사람의 시체를 아

---

27 Sonderkommando. 수용소에서 수감자들로 구성한 부대. 시체 처리 등의 업무를 보조했으며, 다른 수감자들보다는 나은 대접을 받을 수 있었다.

궁이에 던지기 전에 금니를 빼내거나 머리카락을 모으는 일을 했다. 유대인 니슬리는 멩겔레의 조수였다. 멩겔레의 명령에 따라 그는 정수리를 톱으로 가르고 흉곽을 열고 심낭을 가로질러 잘라야 했다. 기적적으로 지옥을 빠져나와 달아난 니슬리는 상상도 할 수 없이 끔찍했던 이야기를 『아우슈비츠의 의사』에서 털어놓았다. 이 책은 전쟁 직후 헝가리에서 출간되었고 프랑스에서는 1961년에 번역되었다.

⟨멩겔레는 직무를 실행할 때 지칠 줄 모르는 사람이었다. 몇 시간이고 일에만 빠져 있고 때로는 경사로 앞에서 꼬박 반나절을 서 있기도 했다. 경사로에는 헝가리에서 하루에 네다섯 번씩 기차에 실려 도착하는 유대인들이 있었다. 그의 팔은 늘 같은 방향, 즉 왼쪽으로 뻗었다. 차량에 실린 유대인 전원이 가스실과 소각장으로 보내졌다. …… 그는 수십만 명의 유대인을 가스실로 보내는 것을 애국적 의무로 생각했다.⟩

보헤미아 수용소의 실험 막사 안에서는, ⟨난쟁이들과 쌍둥이들에게 인체가 감당할 수 있는 모든 의학 실험을 실시했다. 채혈, 요추 천자(穿刺),[28] 쌍둥이들 간의 혈액 교환, 지치

28 액체를 주입하거나 채취하기 위해 요추에서 척수막 아래 공간에 바늘을 찔러 넣는 일.

고 맥 빠지는 무수한 생체 실험들.〉 인체 각 기관의 비교 연구를 위해 〈쌍둥이들은 동시에 죽어야 한다. 그렇게 쌍둥이들은 아우슈비츠 수용소 B동에 있는 막사에서 멩겔레 박사의 손에 의해 죽어 나간다.〉

그는 쌍둥이들 심장에 클로로포름 주사를 놓았다. 미리 들어낸 장기들은 〈긴급 전시(戰時) 물자〉라는 낙인을 찍어 폰 페르슈어 교수가 지휘하는 베를린의 카이저 빌헬름 연구소로 보냈다.

〈멩겔레는 독일 의학의 가장 위대한 대표자들 중 하나로 여겨졌다. …… 그가 해부실에서 실행하는 작업은 독일 의학의 발전에 기여하는 일이었다.〉

헝가리 유대인들이 갇혀 있는 막사에 성홍열이 퍼졌을 때 〈멩겔레는 그들을 트럭에 실어 곧장 화장터로 보내 버렸다〉.

니슬리는 자신을 괴롭히던 자의 음산한 아우라에 시달렸다. 〈그의 유쾌한 기분, 즐거운 안색은 잔인함을 가리고 있다. 수용소 안에서조차 그 정도로 무자비한 냉소를 발견하는 일은 놀랍다. …… 멩겔레라는 이름만으로도 마법에 걸린다. …… 수용소의 모든 사람들이 가장 두려워하는 인물이다. 이름을 듣기만 해도 모두들 벌벌 떤다.〉

니슬리는 해부실에서 멩겔레가 편집증적인 열정을 기울여 작업에 임하는 모습을 1944년 가을까지 기술했다. 그때는 독일이 이미 전쟁에 지고 있던 시기이다. 〈멩겔레 박사는 평소처럼 오후 5시 즈음 도착한다. …… 그는 몇 시간을 내 옆에서, 현미경과 논문과 시험관 사이에서 보낸다. 혹은 피 묻은 셔츠 차림에 피투성이 손으로 마치 악마가 들린 사람처럼 시체를 조사하고 뒤적거리면서 해부 탁자 옆에서 몇 시간을 선 채로 보낸다. …… 며칠 전 나는 작업실 탁자 옆에서 그와 함께 앉아 있었다. 우리는 쌍둥이들에 관해 이미 작성된 서류를 훑어보는 중이었는데 순간 그가 서류의 하늘색 표지에서 희멀건 지방질 자국을 알아보았다. 멩겔레 박사는 책망하는 시선을 던지더니 매우 심각한 목소리로 이렇게 말했다.「내가 그토록 애정을 기울여 모은 자료들을 어떻게 이렇게 조심성 없이 다루나!」〉

니슬리의 일상은 미칠 지경이었다. 〈네 개의 소각장에서 타오르는 불길과 굴뚝에서 소용돌이치는 연기가 이곳까지 날아온다. 공기 속에는 살과 머리카락 타는 냄새가 배어 있다. 벽 너머에서는 죽음에 이르는 자의 비명과, 총구를 들이대고 쏘아 대는, 탄환들의 타닥거리는 소리가 울린다. 멩겔레 박사는 매번 선별 작업과 처형이 끝나면 곧바로 이곳 실험실로 와서 긴장을 푼다. 바로 이곳이 그의 여가 활동 장소이다. 그토록 공포스러운 분위기 속에서, 냉담한 광기에 휩싸인 그는 죽음으로 내몰린 무고한 이들 수백 명의 시체를 열어 보이게 한다. 박테리아들은 전기 멸균기 안에서 신선한 인간의 살을 양분으로 받아먹으며 배양되고 있다. 멩겔레 박사는 미생물들 앞에서 수많은 시간을 보내고 누구도 해결하지 못할 쌍둥이 현상의 원인들을 연구한다.〉

41

어느 날, 폴란드 우치의 유대인 게토에서 꼽추 아버지와 절름발이 아들이 수송차를 타고 수용소에 도착했다. 경사로에서 부자를 알아본 멩겔레는 곧장 그들을 대열에서 빠져나오게 하고 1번 화장터로 보내 니슬리에게 검사하라고 명령했다. 헝가리인 의사는 그들의 신체를 측정하고 마카로니와 소고기 튀김을 제공했다. 〈최후의 만찬〉이라고 그는 기록하고 있다. 나치 친위대원들은 그들을 데려와 옷을 벗게 하고 멩겔레의 명령 아래 코앞에서 총을 쏴 죽였다. 시체들은 니슬리에게 보내지고 그는 〈너무나 구역질이 나서〉 시체 해부를 동료들에게 맡겼다.

〈1만 명이 넘는 사람들이 죽음에 내몰리고 나서, 멩겔레 박사는 오후 늦게야 도착했다. 그는 두 명의 불구 희생자에게 행해진 생체 실험과 해부에 관한 나의 보고를 매우 관심 있게 경청했다. 「이 두 구의 시체는 화장해서는 안 돼. 해골들을 잘 챙겨서 베를린에 있는 인류학 박물관에 보낼 걸세. 유골을 완벽하게 세척하려면 어떤 방법을 써야 하는지 알고 있나?」 멩겔레가 나에게 물었다.〉

니슬리는 시체들을 염화석회수에 담가 두어 2주일 안에 신체의 물렁한 부분들이 녹아 버리게 하든지 끓는 물에 익혀 살이 뼈에서 떨어져 나가게 하는 방법을 제안했다. 이 과정을 거쳐 시체들을 휘발유를 채운 욕조 안에 담가 두면 지방질은 모두 용해되어 희고 건조하고 냄새도 안 나는 뼈만 남는다. 멩겔레는 시간이 가장 적게 걸리는 삶는 방식을 사용하라고 니슬리에게 명령했다. 화덕이 준비된다. 무쇠 솥들이 불 위에 얹히고, 우치에서 온 보잘것없는 유대인 부자인 꼽추와 절름발이의 시체는 솥 안에서 약한 불로 익혀진다.

〈다섯 시간이 지나자 물렁한 부분들이 뼈에서 쉽게 떨어져

나오는 것을 확인했다. 그리하여 불은 끄게 했지만 솥들은 차
갑게 식을 때까지 그대로 두어야 한다.〉 니슬리는 적었다.

그날 소각로는 사용할 수 없었다. 벽돌공 죄수들이
굴뚝을 고치고 있었기 때문이다. 니슬리의 조수 중 한
사람이 겁에 질려 그를 찾아와 말했다. 〈의사 선생님, 폴
란드인들이 솥에 있는 고기를 먹고 있어요.」 나는 당장 달려갔
다. 줄무늬 죄수복을 입은 네 명의 수감자가 솥을 가운데 두고
서 있다가 기겁한다. …… 굶주려 있던 탓에 그들은 마당에서
뭔가 먹을거리를 찾았고, 감시자가 없는 틈을 타 우연히 솥 가
까이 다가갔다. 그것이 존더코만도들을 위한 고기라고 생각
했던 것이다. …… 폴란드 수감자들은 자기들이 먹은 것이 무
엇인지 알고서 완전히 사색이 되었다.〉

마침내 그 뼈들은 실험실 작업대에 길게 놓였다. 〈멩
겔레 박사는 매우 흡족해했다. 그는 뼈들을 보여 주려고 몇몇
동료와 상관을 데려왔다. 모두들 거드름을 피우며 과장된 과
학 용어들을 토해 낸다. …… 그런 다음 뼈들은 크고 튼튼한
종이 봉지에 싸여 《긴급 발송, 국방군》이라는 도장이 찍혀 베
를린으로 보내진다.〉

멩겔레는 유럽 암흑시대의 제후다. 이 거만한 의사는

아이들을 해부하고 고문하고 불태웠다. 좋은 가문의 아들인 그는 휘파람을 불면서 40만 명을 가스실로 보냈다. 오랫동안 그는 쉽게 추적을 피해 궁지에서 벗어날 거라 생각했다. 〈진흙과 불에서 태어난 미숙아〉인 그는 스스로를 반신(半神)으로 착각하고, 법과 계율을 짓밟고 아무 거리낌 없이 자기 형제인 인간들에게 무수한 고통과 슬픔을 안겨 주었다.

눈물의 계곡 유럽.

멩겔레 그리고 1914년에 쏜 독화살과, 죽임을 실행하는 나치의 하수인들에 의해 사라져 버린 문명의 공동묘지 유럽.

멩겔레, 죽음의 공장의 모범 일꾼이자, 아테네와 로마와 예루살렘의 살인자인 그는 징벌을 피해 갈 생각을 하고 있었다.

하지만 그는 고립무원의 상태로 자기 실존의 노예가되고, 궁지에 몰린 현대판 카인이 되어 브라질을 떠돌고 있다.

이제 지옥으로 향하는 멩겔레의 추락이 시작된다. 그는 가슴을 쥐어뜯고 어둠 속을 헤맬 것이다.

42

2층 목욕탕에서 허리춤에 수건을 둘러 묶은 멩겔레가 투덜거리며 거울로 다가섰다. 여전히 부풀어 올라 있는 눈언저리의 푸르스름한 멍은 창백한 얼굴, 마른 상반신, 쭈그러든 가슴과 대조를 이루었다. 요 몇 달간 너무 많이 늙었다! 그는 입술을 오므리고 수염을 가볍게 물어뜯었다. 장터의 신발 깔개 같은 잿빛 수염이 흉측하다는 생각이 들었다. 독일인 같지도 않고 학구적으로 보이지도 않는 수염을, 그는 수프를 먹을 때마다 늙은 수고양이처럼 핥는다. 수염이 정말로 맘에 들지 않지만 윗니 사이의 틈새를 일부 가려 주기에 그래도 마음이 놓인다. 브라질에 도착한 지 1년이 지났음에도 조금도 안심할 수 없는 상황에서 말이다. 1961년 10월 7일 그날 아침 그는 평소보다 더 초조했다. 배 속이 꽉 막힌 느낌에 이어 엄청난 복통이 찾아들었다. 거울 앞에서 기계적으로 관자놀이를 아래에서 위로 쓰다듬어 보았다. 그렇게 문질러 주면 고통이 사라지고 튀어나온 이마가 평평해지기라도 할 것처럼. 그를 내내 괴롭혀 왔던 빌어먹을 이마와, 치아 사이의 틈은 결국 그를 배신하고 말 것이다.

이레네는 벌써 15년 전에 그 점을 경고했다.

멩겔레는 눈을 감았다. 아무것도 믿을 수 없게 된 처지에 루델의 주문, 자신에게 굴복하는 자만이 패배한다는 주문을 두 주먹을 꽉 쥐고 낮은 소리로 읊조렸다. 이제 부지런히 움직여야 한다. 면도를 하고 이를 닦고 무명 바지를 입고 구두를 신고, 넥타이는 매지 않고 베이지색 셔츠를 목까지 단추를 채워 입었다. 날씨는 벌써 덥다. 필수품이 된 챙 넓은 모자를 머리에 맞춰 썼다. 멩겔레는 두 개의 가방을 움켜쥐고 계단을 내려갔다. 계단 밑에서는 미소 띤 남자가 기다리고 있다가 그의 가방을 받아서 수수한 포드 앵글리아의 트렁크에 집어넣었다. 그들이 이타페세리카를 떠난 것은 아침 8시 조금 전이다.

검은 선글라스를 낀 호의적인 남자는 볼프강 게르하르트였다. 루델이 만든 전직 친위대원 조직의 상파울루 지역 대표로, 멩겔레를 브라질에 보내기로 결정하자마자 루델이 접촉한 사람이었다. 귄츠부르크의 가족들은 처음에는 회의적이었다. 게르하르트는 1949년 오스트리아를 떠나온 이래 몹시 고생을 하고 있는 사람이라 터무니없는 금액을 요구하지는 않을까? 성가대에서 노래를 부르고 술을 즐기는 이 남자를 믿을 수 있을까? 이 정보들은 확실한가? 루델은 가족을 안심시켰다. 게르하르트는 한 푼도 요구하지 않을 것이며, 멩겔레급의 전범을 보호하는 일은 그자에게는 커다란 명예일 뿐 아니라 돈으로 칠 수 없는 값진 봉헌이라는 것이다. 그자가 얼마나 광적인 나치인가 하면, 자기 아들 이름을 아돌프로 지을 정도이다. 사람들이 결혼식 날 빈 깡통을 차에 매달고 달리듯이 나치 사냥꾼 시몬 비젠탈의 시체를 자동차에 매달고 거리를 질주하는 꿈을 꾸는 자다. 게르하르트의 크리스마스트리에는 나치의 철십자가가 매달려 있다.

차량이 북쪽으로 접어드는 동안 멩겔레는 핸들을 잡은 남자의 털북숭이 손과 포드 자동차 실내에는 너무 큰 다리들을 주시한다. 게르하르트의 모습은 어린이용 회전목마에 올라탄 청소년을 떠올리게 한다. 무모한 시도를 미심쩍어하던 친구들을 놀라게 하여 뿌듯해하는 듯한. 게르하르트는 휘파람을 분다. 전쟁이 끝났을 때 고작 스무 살이었고, 요즘은 모호한 선전 책자나 반유대주의 엉터리 신문을 만들고 있는 그에게 오늘은 대단한 하루다. 악의 세력들이 나치에 대항하여 뭉치지 않았더라면 그가 해냈을 엘리트 병사에 부합하는 임무를 수행하는 것이다. 그 유명한 멩겔레 박사를 자신이 찾아낸 은신처로 모시고 가는 중이다. 졸병이던 젊은 게르하르트는 상파울루에서 3백 킬로미터 떨어진 노바에우로파 근방의 외딴 농가를 찾아냈다. 농가 주인은 헝가리인 게자와 기타 슈타머 부부였다. 그들은 소련의 침공 때문에 전후에 조국을 떠났다. 게르하르트는 몇 해 전 중유럽 난민 모임에서 그들을 만났다. 단순하고 정치적으로 믿을 만한 사람들이고 멩겔레에게 곤란한 질문은 하지 않을 것이다.

풍경이 척박해질수록 멩겔레의 초조함은 커져 갔다. 게르하르트는 자신이 구상한 계획과, 이것이 루델과 귄츠부르크 가족들의 인정을 받았다는 점을 멩겔레에게 수차례 자세히 들려줘야 했다. 이 오스트리아인은 곧 도망자를 안심시키는 데 익숙해졌다. 멩겔레가 브라질에 발을 내디뎠을 때 그를 자신의 작업실에 고용했고 마치 효심 깊은 아들처럼 위로하고 격려했다. 게르하르트는 멩겔레에게 헌신하는 일이 베를린을 불길에서 구하는 일이자 하나의 의무이며, 이것 자체가 자신에게 보상이 된다고 여기고 있었다. 1년 전부터 사업과 아내와 두 아이는 뒷전으로 밀쳐두었다.

게르하르트는 슈타머 부부에게 멩겔레를 스위스의 목축 전문가이며 혼자 살기를 좋아하지 않는 50대 남자로 소개했다. 좀 유별난 사람인 페터 호흐비힐러는 건강 문제 등으로 다소 어려운 시기를 보냈고, 동반자와 직업을 찾고 있으며, 얼마 전에 상당한 액수의 유산을 물려받은 터라 땅을 사서 투자를 하고 싶어 한다고 설명했다. 측량사인 게자는 규칙적으로 많은 시간 자리를 비울 테니 그동안 호흐비힐러가 부부의 농장을 돌봐 줄 수 있을 것이다. 슈타머 부부는 부자가 아니므로 게르하르트의 제안을 받아들였다. 호흐비힐러에게는 급여를 지급하는 대신 숙식을 제공하고 세탁을 해줄 것이다.

아스팔트 도로에 이어 콘크리트 길을 몇 킬로미터 달리고 대초원을 관통하는 구불구불한 흙길을 지나 낡은 농가에 이르렀다. 다 왔다. 개들이 차를 보더니 컹컹 짖어 대며 뛰어오르고 40대 부부가 두 아이와 함께 나무로 된 집 문턱에 나타났다. 슈타머 가족은 암피트리온처럼 신비에 싸인 인물 호흐비힐러에 대한 호기심으로 안달이 났다.

43

인디오로 이루어진 근위대의 보호를 받는 멩겔레라는 사람의 위치가 마투그로수의 작은 마을에서 포착된다. 하지만 그는 1961년 3월 브라질 경찰이 쳐놓은 감시망을 벗어났다가 몇 달 후 미나스제라이스주에서 체포되었다. 공교로운 실수였던 것이, 정작 체포된 사람은 피서 중인 전직 무장 친위대원으로 밝혀졌다. 멩겔레의 위치는 1962년 2월에 다시 한번 파라과이 국경 도시에서 포착되었다. 그가 머문 호텔은 브라질 정예 헌병대의 습격을 받았지만 그는 당일 아침 방을 빠져나가 달아났다. 아르헨티나 신문은 그가 바릴로체에서 모사드 요원을 살해했다고 밝혔다. 이 극도로 위험한 인물은 어디로 이동하든 사제 권총을 항상 소지하고 있었다. 그의 머리에 현상금이 걸린 이래 숱한 범죄가 폭로되었고, 제멋대로 지어낸 이야기의 대상이 된 멩겔레는 이제 곧 신화적 인물이 되어 갈 판이다. 〈사탄의 의사, 악마의 창조물, 인간의 외모를 하고 있으나 인간에 속한다고 볼 수 없는 사람〉이라고 극작가 롤프 호흐후트는 1963년 작품 『신의 대리인』에서 서술했다.

모사드는 기괴한 소문들이 퍼지는 걸 좌시하지 않았다. 모사드 파리 사령부에 특별 팀이 설치되었다. 아이히만 체포의 책임자 중 하나였던 즈비 아하로니가 팀을 이끌었다. 독일계 유대인으로, 자신의 옛 동포를 이스라엘 법정으로 끌고 가겠노라고 맹세한 사람이었다. 특별 팀은 상세한 정보를 보유했고 남미에서 멩겔레의 중개자 역할을 하는 크루크와 루델 두 명의 신원을 확인했다. 하지만 그들을 추적하는 것은 간단한 일이 아니었다. 귄츠부르크의 가족 주변은 뚫고 들어갈 수 없었고, 크루크의 가족은 경계심이 많았다. 크루크의 딸 하나는 특별 팀 소속 플레이보이 요원의 공격적인 매력에 저항하고 있었다. 아하로니는 멩겔레가 아직 파라과이에 숨어 있을 거라 확신하고는 몇몇 요원을 깔아 놓았다. 이스라엘 사람들이 그의 귀화 소문을 들었던 것이다. 그는 남미 전역의 요원들에게 지시를 내려 루델을 추적하고 마르타의 편지를 가로채고 아순시온 독일 공동체들에 잠입하게 했다. 모사드는 흥분하고 있었으나 애를 태우지는 않았다. 멩겔레는 언제나 간발의 차이로 빠져나갔다.

아하로니는 1962년 봄까지 우루과이에서 큰 사냥감

을 유인했다. 거물급 스파이가 꿈꾸는 결정적 제보가 들어왔다. 사선이 고백을 한 것이다. 그의 오랜 친구 멩겔레는 나치 친위대의 명예를 더럽혔다는 이유였다. 무엇보다 사선은 언제나 호화로운 삶과 수많은 애인들을 거느리기 위해 돈이 필요했다. 모사드는 두둑한 보수를 지급했다. 네덜란드의 모험가는 멩겔레를 만날 수 없는 형편이었다. 하지만 멩겔레가 브라질로 도피했다는 사실과, 새로운 보호자인 게르하르트의 정체, 멩겔레는 오직 그를 통해서만 외부 세계와 접촉한다는 것을 금세 알아냈다. 모사드의 요원들은 더 이상 게르하르트를 그냥 놓아두지 않았다. 어느 날 아침 오스트리아인의 포드 앵글리아가 대초원으로 접어들더니 외딴 농가를 향해 달리는 장면이 포착되었다.

두 명의 브라질 주재 유대인 요원을 동반한 아하로니는 농가 주변으로 소풍을 나섰다. 세 명의 농부들이 곧이어 그들에게 다가왔다. 농부들 중 한 사람인 중키의 유럽인 같은 남자는 턱수염을 길렀고 머리에는 모자를 눌러쓰고 있었다. 건장해 보이는 두 남자가 포르투갈어로 말을 걸어 오는 동안, 그자는 말없이 뒤로 물러섰다. 아하로니는 부하들이 대화를 나누도록 하고, 그사이 자기의 시선을 피해 달아나는 모자 쓴 남자를 관찰했다. 저자다, 맹세라도 할 수 있다. 당장 저자의 목덜미를 낚아채 있는 힘껏 조르고 싶은 마음이 굴뚝같다. 하지만 냉정을 되찾고 다른 요원들이 여기 와서 그의 사진을 찍고 분명히 확인해 줄 때까지 기다려야 한다. 단지 몇 주만 기다리면 된다. 최악의 사태는 용의자의 의심을 사는 일이다. 세 남자는 농가로 돌아간다. 아하로니는 아이히만의 납치보다 더 까다로운 작전을 짜기 위해 파리의 사령부로 돌아갔다.

44

파리 사무실로 돌아오자 놀라운 소식이 그를 기다리고 있었다. 모사드의 수장인 이세르 하렐이 몹시 수척하고 놀랍도록 예민해져서 멩겔레 추적을 중단하고 여덟 살 소년의 추적에 몰두하라는 명령을 내린 것이다. 경찰은 극단적 유대 정통파 외조부가 손자를 납치했을 것으로 의심하고 있었다. 평범한 유대교 신자인 부모는 형편이 매우 어려워 어린 요셀을 할아버지에게 맡겼다.

부모가 아이를 찾으러 왔을 때 할아버지는 요셀이 토라의 율법에 따라 교육을 받아야 한다며 아들을 돌려주지 않으려 했다. 부모가 두 번째로 찾아왔을 때는 아이가 사라지고 없었다. 경찰에 협조를 거부한 할아버지가 수감되자 과격한 종교인들이 거리로 나와 돌을 던졌다. 유대 국가가 노인을, 성스러운 사람을 가두었다는 것이다. 〈벤구리온은 나치〉라고들 했다. 이스라엘은 내전으로 치달을 지경이 되었다. 극단주의자와 일반 신자들이 서로 욕설을 퍼붓고 전쟁 준비에 돌입했다. 정부는 휘청거리고 벤구리온은 다음 총선에서 낙선의 위험에 더해 다수당 지위까지 잃을 위기에 처했다. 이 사태를 수습하려면 요셀을 얼른 찾아내야 하는데, 아이가 아마도 외국에 있을 터이니 모사드가 개입해야 하고, 최정예 요원 40명을 투입해야 한다는 것이 총리의 요구 사항이었다. 이른바 〈호랑이 작전〉인데 아하로니는 물론 이 작전에 동원되었다.

아하로니는 짜증은 나지만 복종할 수밖에 없다. 멩겔레의 목덜미를 잡아채기 직전인데 팀원들과 함께 거추장스러운 변장을 해가며 유럽 전역과 미국과 남미로 가서, 유대교의 가장 유난스러운 종파들에 잠입해야만 한다. 나치 사냥꾼들은 피갈 사창가에서 찍은 사진들을 들이밀며 랍비들을 협박했다. 마침내 실마리가 잡힌다. 요셀은 유대교로 개종한 어느 프랑스 귀족 여자가 납치했다. 레지스탕스의 주역이던 마들렌 프레는 요셀 외조부의 종파인 〈예루살렘 통곡의 벽 지킴이들〉에 심취해 있었다. 기상천외한 이야기였다. 프레는 아이를 데리고 이스라엘에서 벗어나기 위해 요셀의 머리를 금발로 염색하고 여자애로 변장시켰다. 요셀은 결국 미국 브루클린의 초정통파 가정에서 발견되어 이스라엘로 이송되었다. 호랑이 작전은 8개월간 지속되었고 모사드는 1백만 달러의 비용을 썼다.

그사이에 멩겔레는 이사를 해버렸다.

45

1년 전만 해도 상황에 적응하기 어려웠다. 멩겔레는 노바 에우로파에 건기가 시작될 무렵 도착했고 그해 1961년 말, 일대는 어느 때보다 더웠다. 크리스마스 전까지 비 한 방울 내리지 않았고 열대야가 이어졌으며,

오에나우에 있던 크루크의 집보다 더 견디기 힘들었다. 작업은 몹시 고되고 땅은 척박했으며 슈타머 가족은 전화도 전기도 없이 작은 경작지 안에서 중세 시대처럼 살고 있었다.

농장의 여주인 기타는 커피 경작지에서 페터 호흐비힐러의 첫 행적을 조심스럽게 감시했다. 그는 새벽부터 일했고 농가의 다른 일꾼들보다 훨씬 늦게 밭을 떠나곤 했다. 맡은 일을 열심히 하고 냄새나는 진흙투성이 축사에서 모차르트와 푸치니의 오페라 곡조를 흥얼거리며 암소들, 암탉들, 암말들, 그리고 세 마리의 돼지를 소중히 다루었다. 한 달 만에 슈타머 가족은 근면하고 묘하게 나르시시스트적인 이 남자를 계속 데리고 있기로 했다. 이는 사실 기타의 결정이었던 것이, 남편인 게자는 주말에만 가끔씩 집에 돌아왔기 때문이다. 매일 아침 방목장으로 나서기 전에 호흐비힐러는 향수를 뿌리고 현관의 거울 앞에서 수심에 잠겨 시간을 지체했다. 그는 언제나 모자를 쓰고 다녔는데 여느 일꾼이 다가오기라도 하면 모자를 얼굴 쪽으로 눌러쓰곤 했다. 또 찌는 듯한 열기에도 불구하고 긴 부츠를 신고 목까지 단추를 채워 작업복을 입었다. 흰 천으로 된 레인 코트 같은 작업복을 입어, 곡물 창고를 채우는 임무를 맡은 항구의 작업반장처럼 보였다. 그의 손은 정말 이상했다. 손바닥과 손가락 관절은 육체노동자들처럼 거칠었는데, 손톱에는 부다페스트의 대부호들처럼 매니큐어를 바른 것이다. 외과 의사들이 수술 후에 손을 소독하듯이 하루에 서른 번씩 손을 씻었고 팔뚝 아래 부위를 검은 비누로 열심히 문질러 닦았다.

호흐비힐러는 아주 별난 사람이었다. 밥을 먹거나 말을 할 때는 매우 우아한 면을 보이더니 직접 순대를 만들기도 했다. 크리스마스를 며칠 앞둔 어느 날에는 돼지 머리를 도끼로 내리치더니 전날 갈아 둔 날카로운 칼로 돼지의 목을 땄다. 철철 흘러넘치는 돼지 피를 냄비에 받고, 냄비 속에 팔꿈치까지 팔을 집어넣어 가며 치대고 휘저어 피가 응고하는 걸 막았다. 그러고 나서 마치 미치광이가 동물의 내장을 뒤지듯, 손에 온통 피를 묻혀 가며 허파, 콩팥, 간, 염통, 곱창, 비계를 꺼내어 슈타머 가족, 농장 노동자들과 가족들이 크리스마스 전날 배불리 먹게 해주었다.

그가 밭에 나가 있던 어느 아침, 흔치 않은 일이지만 멩겔레가 방문을 잠그는 걸 잊어버린 때를 틈타 기타는 그의 방에 들어가 짐을 뒤졌다. 조심스레 개켜 놓은 유명 상표의 옷들 외에 영국제 우산, 달러 지폐 다발, 스페인어와 독일어로 된 과학 잡지와 신문, 맹꽁이자물쇠가 달린 두툼한 공책, 해독할 엄두가 나지 않는 서류 뭉치, 오페라 음반, 마르틴 하이데거, 카를 슈미트, 노발리스, 하인리히 폰 트라이치케 같은 그녀에게 낯선 저자들의 책을 발견했다. 그래서인지 호호비힐러의 진짜 신분을 알아냈을 때 그녀는 그다지 놀라워하지 않았다. 1962년 1월 27일, 게자는 상파울루의 유명 일간지를 가져왔고 이 신문의 1면에 아우슈비츠 수용소 해방 17주년을 기념하는 사진이 실렸다. 사진 속에는 여전히 도피 중이며 죽음의 천사라는 별명을 지닌 나치 친위대의 젊은 의사 요제프 멩겔레가 있었다. 사진은 기타의 관심을 끌었다. 그녀는 의사의 날카로운 눈빛, 악마 같은 눈썹, 위쪽 앞니 사이의 틈, 살짝 튀어나온 이마를 주목했다. 그녀는 장남 로베르투에게 호호비힐러를 찾아오라고 했고, 호호비힐러에게 사진을 보여 주었다. 그는 시체보다 더 새하얗게 질린 얼굴로 벌벌 떨면서 한 마디도 하지 않고 방에서 나갔다.

그날 저녁 호호비힐러는 저녁을 먹는 둥 마는 둥 하

고 나서 슈타머 부부에게 〈불행하게도〉 자신이 멩겔레라고 털어놓았다. 하지만 〈유대인의 명령에 휘둘린 언론〉이 고발한 그 죄들은 저지르지 않았다고 했다.

46

사실이든 아니든 슈타머 부부는 아우슈비츠의 비극뿐만 아니라 멩겔레가 중죄를 저질렀다는 사실 또한 개의치 않는다. 게자는 전쟁 중 독일에서 공부를 했다. 그와 아내는 헝가리 유대인 강제 추방, 1944년 나치가 다뉴브 강변에서 총으로 사람들을 학살한 일에 동요하지 않았다. 유대인과 집시, 그리고 자신들이 미온적으로 지지를 보냈던 살러시[29] 체제의 반대자들이 얼어붙은 강물에 던져질 때도 동요하지 않았다. 슈타머 부부 역시 고통을 겪었고, 트란실바니아 출신인 그들 부모는 1918년 오스트리아-헝가리 제국 해체 이후 자기 땅을 잃었으며 기타의 동생은 붉은 군대가 헝가리에 입성할 때 군인들에게 강간당하고 목숨을 잃었다. 그 후 그들

29 제2차 세계 대전 당시 헝가리의 나치 지도자.

의 조국은 소련에 점령당했고 소련은 그들을 강제 이주시켜 결국은 이 시골 구석에 주저앉혔다. 브라질의 일간지가 독일 의사에게 가한 비난에 그들은 아무 관심도 없었다. 하지만 평화롭게 지내고는 싶었다.

그들은 그날 밤 잠을 이루지 못했다. 스위스 농부라던 그자가 지금 전 세계가 가장 찾아내고 싶어 하는 범죄자들 중 하나이며, 그의 머리에 독일 정부가 현상금을 내걸었다. 공포에 사로잡힌 게자는 마치 불타는 횃불이라도 되는 양 신문을 손에 쥐고 방 안을 맴돌았다. 신문 기자는 확실한 정보를 인용하여 이스라엘이 남미에서 멩겔레 납치 공작을 준비하고 있다고 밝혔다. 아르헨티나에서 이미 아이히만을 납치했던 보복 팀이 나선 특공 작전이었다. 모사드가 지체 없이 농가를 습격하여 아이들을 살해할지도 모르니 서둘러 재앙을 부르는 손님을 치워 버려야 했다. 게자는 가급적 빠른 시일 안에 상파울루로 가서 게르하르트와 접촉하기로 했다.

오스트리아인은 헝가리인을 안심시키려고 노력했다. 멩겔레가 어디 숨어 있는지 아무도 모르고 신문은 아무 말이나 하고 있는 거라고, 슈타머 부부는 걱정할 게 하나도 없다고, 오히려 제3제국 최고의 과학자를 재워 주고 있다는 사실에 자부심을 가져야 할 것이라고 말했다. 당신들은 지금 마침내 승리하게 될 우리의 귀중한 대의명분을 지키는 임무를 수행하고 있는 거라고, 이름 없는(보잘것없는 자들이라고 게르하르트는 생각했다) 헝가리 농부들에게 이건 예기치 못한 행운이라고 말했다. 게자는 어깨에 힘을 주고 목소리를 높였고, 자신은 그런 대의명분에 하등 관심 없다며 호흐비힐러인지 멩겔레인지 몰라도 하루 빨리 그를 치워 달라고 했다. 게르하르트는 그렇게 해주마고 약속했지만 우선은 귄츠부르크에 있는 당사자의 가족에게 먼저 연락해야 한다며 〈조금만 참아 달라〉라고 했다. 그는 주머니 속의 총을 만지작거리면서 압박했다. 한 마디도 하지 말고, 절대 불미스러운 일을 벌이지 말라고. 브라질의 나치들은 막강해서 밀고를 할 경우 당신은 매우 비싼 대가를 치를 거라고 말했다. 「게자, 당신 아이들의 미래를 생각하시오.」

47

몇 주일 후 게르하르트의 포드 앵글리아가 먼지구름을 헤치고 슈타머 농가 앞에 나타났다. 오스트리아인은 대서양을 횡단한 긴 여정에 피로해진 땅딸막한 남자에게 문을 열어 주었다. 악마의 대리인 〈한스 씨〉가 은사슬 손잡이가 달린 검은색의 작은 가죽 가방을 왼손에 들고 있었다. 그는 가방에서 봉인된 봉투를 꺼냈다. 한스 역시 슈타머의 아이들인 로베르투와 미클로시의 미래를 생각했고, 그들의 금발을 쓰다듬었다. 시간을 벌기 위해 그리고 아이들의 부모에게 감사하기 위해 2천 달러를 준비했다. 왜냐하면 게르하르트도 루델도 그들의 친구 호흐비힐러의 새로운 거주지를 찾아내는 데 성공하지 못했기 때문이다. 슈타머 부부는 이제 참고 견딜 이유가 생겼다. 게르하르트는 곤란한 손님을 치워 주기 위해 가능한 한 빨리 다시 그들을 찾아올 것이다.

다시 떠나기 전에 제들마이어는 멩겔레와 짧은 산책을 했다. 움푹 꺼진 볼, 면도하지 않은 얼굴, 평소에 그토록 자기를 알뜰히 돌보던 친구는 우스꽝스러운 옷차림을 하고 알아볼 수 없게 변했다. 슈타머 부부가 그의 정체를 알아낸 이후 멩겔레는 걱정으로 초췌해졌고 신문이 도착할 때면 이따금 전해지는 이스라엘의 아이히만 재판에 대한 소식들로 불안에 휩싸여 있었다. 그는 제들마이어에게 자신을 이 곤경에서 벗어나게 해달라고 애원했다. 이 끝없는 도주, 공포에서 공포로 이어지는 이 은신 생활, 덫에 걸린 짐승처럼 재규어와 개미핥기들에 둘러싸인 삶에 지쳐 한계에 이르렀다. 그리고 이 대초원과 저주받은 열기에도. 그는 이제 책 세 페이지를 연달아 읽지 못했다. 조금 더 있으면 완전히 미쳐버릴 것이다. 제들마이어는 친구의 용기를 북돋아 주려고 노력했고 자신의 개버딘 양복의 먼지를 털어 낸 손수건을 건네주었다. 멩겔레 가문은 그를 방관하지 않을 것이다, 돈은 산을 넘어서도 전달될 수 있다, 얼마 전 티롤 남부의 메라노에 카를하인츠와 정착한 마르타는 아주 용감하며 충실하고 전형적인 독일 아내인지라 언론의 모든 유혹을 거절하고 있다, 그녀를 신뢰해도 된다고 말했다. 그럼 이레네는? 멩겔레는 이레네의 소식을 묻지 않을 수 없었다. 제들마이어는 그녀가 아주 건강하며 어느 때보다 활짝 피어나 있다고 털어놓았다. 프라이부르크의 롤프 역시 잘 지내고 있으나 모친의 영향을 받아서인지 모든 가족과 친척을 얕본다고 했다. 롤프는 법학 공부를 할 생각이라고 했다. 제들마이어는 멩겔레의 눈이 붉어진 것을 보았다. 그들은 서신 교환을 중단해야 했다. 너무 위험한 일이었다. 귄츠부르크의 공장, 메라노의 저택 주변에 낯모르는 사람들이 서성거렸고 마르타는 감시를 당한다고 느꼈다. 저번 달에는 부른 일도 없는데 두 명의 전기 기사가 집으로 들이닥쳤다. 그는 이제 게르하르트하고만 소통해야 했다.

뒤이은 몇 주 동안 노바에우로파의 농가에는 폭우가 내렸다. 거센 소나기에 사바나가 물에 잠겼다. 슈타머의 아이들은 페터 아저씨를 피했다. 게자는 가족을 광적인 나치의 자비에 맡겨 놓고 있다는 생각에, 하찮은 월급을 받으려고 가족한테서 멀리 떨어진 시골에서 측량을 하고 있는 동안 모사드가 기습할지도 모른다고 생각해 극도로 불안해했다. 기타는 호호비힐러의 일거수일투족을 감시했다. 그는 대화를 거부하고 잔뜩 찌푸린 얼굴로 식탁에 앉았고 기타가 눈을 마주치려 하면 곧 시선을 피했다. 식사가 끝나기 무섭게 자기 방으로 들어가 방문을 잠갔고, 기타는 방 안에서 웅얼대는 소리와 방 안을 서성거리는 소리를 들었다. 옥수수 밭에서 호호비힐러는 일꾼들에게 고래고래 소리 지르며 지시를 내렸고 그들이 말을 듣지 않거나 자신의 몸짓과 포르투갈어를 잘 못 알아듣거나 하면 분노를 터트렸다. 기타는 적어도 세 명의 게으름뱅이들(흑인 남자 둘과 물라토 여자 하나)이 그가 두려워서라도 일을 열심히 한다는 점을 주목했다. 게자에게는 권위가 없었기 때문에 평소에는 그들이 아랑곳하지도 않았다. 전범자는 권위를 행사했다.

한 달이 흘렀고 게르하르트는 여전히 나타나지 않았다. 게자는 점점 더 긴장이 되었다. 그는 마침내 호호비힐러의 뜻과 상관없이 그를 다음 주에 상파울루로 데려가겠노라고 기타에게 예고했다. 이만하면 연극은 충분히 했고, 게르하르트든지 또 다른 나치 광신자가 나서서 그자를 처리할 테니 이 일은 더 이상 자기 소관이 아니라고 했다. 만일 나치들이 협박해 오면 자기가 아는 지방 신문의 기자들에게 죄다 털어놓을 거라고 했다. 그의 아내는 반대했다. 의사는 분명 무기를 갖고 있었고, 오스트리아인은 그자를 보호하기 위해서라면 아주 끔찍한 행동도 할 수 있는 사람이다. 그녀는 나름 복안이 있었다. 독일 바이에른 지방의 그 부자들에게는 우리가 필요하니 우리 요구를 절대 거절하지 못할 것이다. 호호비힐러 — 그녀는 그를 멩겔레로 부르고 싶어 하지 않았다 — 는 우리에게 아주 특별한 기회를 주었다. 그를 어디론가 내놓아 버리기보다는 게르하르트에게 다시금 거액의 몸값을 요구하는 편이 차라리 나은 일이다. 도망자의 가족이 그들에게 좀 더 좋은 지역에 큰 농장을 사줄 수도 있으리라. 그런 다음에 언제라도 그자를 치워 버릴 방법을 찾을 수 있을 것이다. 호호비힐러가 10년씩이나 그들 집에서 머물진 않을 테니까.

슈타머 부부는 너울거리는 촛불 아래서 말다툼을 했다. 게자는 아내에게 정신이 나갔다고 했고, 기타는 이 모든 게 남편 탓이라고 대꾸했다. 형편이 좋았더라면 생활비에 보태려고 저런 미친 독일인을 집에 들이지는 않았을 것이다. 결혼하기 전에 게자는 온갖 불가능한 일들을 그녀에게 약속했었다. 얼마나 오랫동안 이 함정 속에서 버텨 내며 살아갈 수 있을까? 그는 아이들의 미래를 생각했을까? 아이들을 공부시키려면 더 많은 돈이 필요할 것이다. 그리고 만일 경찰이 호호비힐러를 체포한다면 그들은 어떤 위험을 무릅써야 하는가? 자기들은 그의 정체를 몰랐으며 게르하르트가 그들을 속였다고 주장할 수 있을 것이다.

게자가 아내의 논리에 따르기로 했을 때 날이 밝았다. 상파울루에서 그는 새로운 요구 조건을 오스트리아인에게 전달했고, 이번에는 게르하르트가 신속하게 그들 앞에 다시 나타났다. 멩겔레 가족은 그들에게 새로운 경작지를 찾아보라고 했다. 필요한 돈의 절반은 노바에우로파의 땅을 팔아서 마련하고, 나머지 절반은 멩겔레 가족이 제공하기로 했다. 협상은 체결되었다. 몇 주일 후 슈타머 부부와 호흐비힐러는 45헥타르 크기의 농장에 딸린 외딴 농가로 이사했다. 모사드가 어린 요셀을 찾아내기 다섯 달 전의 일이었다.

48

1962년 6월 1일, 세라네그라에 정착하자마자 멩겔레는 라믈라 감옥의 마당에서 아이히만이 교수형을 당했다는 소식을 듣는다. 그는 충격을 받았다. 로베르투의 트랜지스터 라디오에서 소식을 듣자마자 자기 방으로 내빼어 절망과 두려움에 휩싸여 현재 심경을 기록해 나갔다. 부에노스아이레스의 은신처를 떠난 이래 체포될지도 모른다는 공포는 결코 그를 놓아주지 않았을 뿐만 아니라 마비시키고 구속했다.

아이히만이 유대인들에 의해 처형당했다! 그의 재는 지중해에 흩어졌고 아내와 자식들은 그의 무덤에 묵념도 할 수 없다! 멩겔레는 온몸을 덜덜 떨었고 이마에서는 식은땀이 흘렀다. 그는 여러 권의 초등학생용 공책에 긴 글을 빽빽이 써내려 갔고 거기에서 자기 자신을 3인칭으로 언급하며 안드레아스라는 이름을 붙여 주었다. 치욕을 당한 욕구불만 상태의 아이히만에게 자신이 석 줄 이상의 글을 할애하리라고는 한 번도 상상해 보지 않았을 테지만, 그는 자신을 고발하지 않았던 아이히만에게 존경을 표했다. 그리고 자신의 운명을 돌아보며 연민에 빠졌고 변명을 준비했으며 언제나 그랬듯이 오직 자신만을 생각했다. 희생양이자 배척받은 사람 아이히만이라고 멩겔레는 휘갈겨 썼다. 독일인들은 그를 배반했고 복수심에 찬 유대인들에게 그를 내던졌다. 언젠가 그들은 조국과 히틀러를 위해 최후의 순간까지 싸웠던 명예로운 사람들을 희생시킨 일을 후회할 것이다. 부끄러운 독일인들, 겁쟁이들과 비겁자들의 무리, 조악한 지도자들이 무기력하게 만든 초라한 장사꾼들의 나라, 최고 입찰자에게, 신전의 상인들에게 팔린 나라. 그들은 아이히만을 저버렸다! 등 뒤에서 아이히만에게 총을 쏘았다. 그는 자신의 임무를 다했을 뿐이고, 우리는 독일의 이름으로 독일을 위해 우리 소중한 국가의 위대함을 빛내기 위해 명령에 따랐을 뿐이다. 배은망덕한 독일은 우리를 조리돌리고 최악의 적들이 우리를 멋대로 처치하도록 방치하고 있다. 이 세상 어느 나라가 가장 열렬한 종복들과 최고의 애국자들을 징벌하는가? 아데나워의 독일은 제 자식들을 삼켜 버리는 식인귀이다. 우리 가엾은 자들은 하나둘 차례로 모두 죽어 나갈 것이다……

 폭우가 치던 그날 밤에 멩겔레는 어느 때보다 외롭다고 느꼈다. 수염을 물어뜯으며 근심 걱정을 쏟아 내는 동안 어둠 속에서 번개가 번쩍이고 천둥이 쳤다. 마치 스탈린의 파이프 오르간[30]이 산타루시아 농가가 걸쳐 있는 구릉을 폭격한 듯했다. 지옥과 저주라고 그는 웅얼거렸다. 빌어먹을! 바닥으로 추락하여 3년간을 지표면에서 뒹굴다 보니 그는 사라져 버린 하찮은 존재가

30 제2차 세계 대전 당시 소련군이 사용한 다연장 로켓포의 별명.

되었고, 연약한 두 끈에 의해 겨우 생명을 유지하고 있었다. 헝가리인 가족은 조만간 그를 배신할 테고, 성가신 브라질 나치 게르하르트도 기가 꺾일 것이다. 이 가느다란 끈들은 언제라도 끊어질 것처럼 위태롭다. 끔찍하다! 새벽이 되자 멩겔레는 땀에 흠뻑 젖은 채 침대에서 뻗어 버렸다.

49

창백한 불빛에 잠긴 교차로, 문도 창도 없고 하늘까지 굴뚝이 솟은 높은 건물들이 압도적인 기세로 버티고 있는 교차로에는 불에 탄 살 냄새의 악취가 풍긴다. 멩겔레는 교차로 한가운데 서 있다. 스무 살이나 젊어진 그는 죽은 자의 얼굴로 나치 친위대 군복을 입고 있다. 번쩍이는 부츠를 신은 발로 피 웅덩이를 휘젓고 다닌다. 텅 빈 광장 바닥에는 피가 흥건하고 검은 맹금류들이 날아다닌다. 방향을 잃어버린 멩겔레는 당황하여 이리저리 돌아다닌다. 여덟 개의 출구가 보이는데 어느쪽으로 가야 하나? 오른쪽 문에서 불분명한 소리, 폭포

소리 혹은 둥둥거리는 북소리 같은 게 점점 더 크게 울리고, 울부짖는 소리들이 나더니, 개들, 그렇다, 한 무리의 개들이 교차로로 다가오고 있다. 멩겔레는 왼쪽으로 돌진한다. 그는 핏물을 튀기면서 골목길을 따라 달린다. 하지만 짐승들이 점점 더 가까이 다가온다. 개들이 보이지는 않지만 소리가 들린다. 그는 한껏 속도를 내고 오른쪽 왼쪽으로 비켜 가며 헐떡인다. 돌연 날카로운 개 소리가 멎더니 고기 탄내가 희미해진다. 멩겔레에게는 쿵쾅대는 자신의 심장 소리만 들린다. 다음번 교차로에 도착하자 귀를 찌르는 듯한 쉭쉭 소리가 들린다. 오른쪽에서 코브라가 솟구쳐 나와 히틀러 흉상에 이르는 길을 가로막는다. 그는 체념하며 왼쪽으로 방향을 바꿔, 일곱 개의 가지가 뻗은 황금 촛대들이 빛나고 천 개의 성모마리아 복제화로 뒤덮인 복도에 들어선다. 그는 춥고 배고프고 목이 마르다. 피는 손톱 끝까지 배어 들고, 복도의 핏물은 벽으로 스며들고 있다. 하지만 그는 다시 희망을 품는다. 터널 끝에서 아주 밝은 불빛이 보이고 여자와 아이들의 아주 친숙한 웃음소리와 목소리가 들린 것이다. 마침내 그는 미로를 벗어날 것이다. 아뿔싸! 그는 맨 처음 교차로로 다시 돌아와 버렸다.

그는 맴을 돌고 있다. 광장의 한 건물 테라스에서 사람들이 굉장히 성대하게 차린 식사를 하고 음악을 연주한다. 그를 맨 처음 알아본 사람이 다른 사람들에게 경고하자 모두들 난간에 기대 몸을 숙이며 그에게 손가락질하며 비웃고 야유를 보내고 올리브 씨앗들과 토마토와 화살을 던지고 심지어 중세 때처럼 냄비에 담긴 석탄을 던지기도 한다. 멩겔레는 두 주먹을 들어 올리지만 입에서는 한 마디 말도 나오지 않는다. 그는 사선, 루델, 프리치를 알아본 것 같다. 그들은 복수의 화신 메데이아 그리고 낫에 기대어 서 있는 무시무시한 사투르누스와 함께 잔을 부딪치고 있다. 순간, 시커먼 맹금류들이 그를 덮친다. 그는 바닥으로 몸을 던져 피범벅이 되어 가장 가까운 골목까지 기어간다. 하늘이 어두워지고 그는 다시 숨을 헐떡이며 곧장 앞으로 달려간다. 한 시간, 두 시간, 그렇게 영원히 저주받은 교차로에 다시 떨어질 때까지.

이제 밤이 되고 초승달이 평온을 되찾은 광장을 비춘다. 흡혈귀가 바닥을 휩쓸고 지나간 듯 피는 모조리 사라졌다. 유리창들이 벽돌 건물 1층에 모습을 드러냈다. 창문마다 커다란 흑백 텔레비전이 한 대씩 보인다. 멩겔레는 창으로 다가서서 화면 하나하나에서 자신의 늙은 얼굴과 넓은 챙 모자와 수염과 하얗고 커다란 레인 코트를 알아본다. 선박 갑판에서 다리를 꼬고 서 있는 마르타가 한 손을 흔들며 자신에게 인사를 하고 있는 모습이 화면에 보인다. 두 번째 창문의 텔레비전은 한 손으로 머리카락을 긁적이며 책을 읽고 있는 청소년 롤프를 보여 준다. 그는 자기 아버지를 보기 위해 얼굴을 들지는 않는다. 또 다른 창문에서 멩겔레는 이레네가 프라이부르크의 구두 장수와 사랑을 나누는 장면을 본다. 그는 온 힘을 다해 창을 때려 보지만 유리는 깨지지 않는다. 그는 고통에 찬 비명을 지르며 다음 화면으로 달려가는데 거기에서는 아버지 카를의 장례식 장면이 흘러나온다. 그는 화환에서 아버지의 이름을 읽어 내고 장례 행렬에서 동생 알로이스와 그 아내 루트와 아들 디터, 검은 옷을 입고 망연자실한 모습으로 아내의 팔을 잡고 있는 제들마이어 그리고 귄츠부르크의 시청 간부들을 알아본다.

삼종기도의 종소리가 울린다.

멩겔레는 온몸이 불덩이가 되어 잠에서 깬다.

50

그날 이후 멩겔레의 상태는 악화되었다. 자리에 누워만 있고 음식은 거의 먹지 못했다. 기타는 걱정이 되었다. 만일 이 전범이 그들 집에서 죽는다면? 당연히 게자는 집에 없으니 도와줄 수도 없다. 그녀가 의사를 찾아 데려오려고 서두르자 환자는 온 힘을 끌어모아 가지 못하게 막았다. 여섯째 날에 열이 떨어졌다. 기타는 규칙적으로 그의 방에 들어가 환기를 시키고 수프와 한 사발의 차를 가져다주고 이마에 찬 수건을 대주었다. 이제 기타는 그를 페터라고 부른다. 어느 축축한 오후, 아이들은 학교에 가고 일꾼들은 밭으로 나갔을 때, 그녀는 안달하는 손을 이불 밑으로 밀어 넣어 환자의 쭈그러든 사지를 애무하며 잡아당겼다. 멩겔레가 온몸을 비틀고 신음하자 헝가리 농사꾼 여인은 치마를 걷어 올리더니 멩겔레 위로 올라탔다. 잠시 후 기타는 머리카락을 다시 묶고 조용히 방을 빠져나왔다.

그녀는 벌써 15년째 무기력한 삶 속에서 따분해하고 있었다. 언제나 혼자서 아이들을 돌보고 일꾼들을 구박하고 척박한 땅을 갈았다. 언제나 화단에 꽃을 심고 예

산을 짜고, 요리하고 바느질하고 세탁을 했다. 그동안
게자는 어딘지 모를 곳을 돌아다니고 3주에 한 번꼴로
주말에나 집에 돌아온다. 텅 빈 돈주머니와 반복되는
실패를 얼버무리려고 꽃다발을 한 손에 들고서. 게자는
그녀의 젊음을 앗아갔다. 기타는 부다페스트나 빈의 오
페라 무대에서 빛나는 발레리나의 화려한 삶을 꿈꾸었
다. 그녀는 자신이 기회를 놓쳤음을 인정했다. 고향인
데브레첸의 무용단에서 재능을 갈고닦았으나 단장은
기타보다 실력이 없는 경쟁자에게 중요한 배역을 맡김
으로써 그녀의 경력을 꺾어 버렸다. 게자는 그가 더러
운 유대인 자식이었다고, 그래서 몇 년 후 중앙 유럽에
우후죽순 생겨난 수용소들 중 한 곳으로 그놈과 일가가
내쫓겨 가는 신의 징벌을 받은 거라고 아이들에게 입버
릇처럼 말했다. 그들을 다시는 볼 수 없었지만 기타로
서는 끝난 일이었다. 그 후 전쟁, 추방, 결혼과 임신이
이어졌다. 시간은 삶을 가차 없이 파괴하는 임무를 수
행해 나갔다.

　마흔두 살에도 그녀의 허벅지는 여전히 단단하고, 가
슴은 꼿꼿하며, 엉덩이는 염치도 없이 빵빵하다. 열기
와 습기 그리고 여기저기 떠도는 생활, 브라질은 자극

적인 그녀의 육체를 기습했다. 게자가 떠나면 며칠도
안 돼 벌써 욕구불만 상태가 되었다. 언젠가 한 번, 호흐
비힐러가 도착하기 전 단 한 번, 어느 소작인에게 몸을
내준 적이 있었다. 키 큰 물라토 남자였는데 그와 육체
관계를 맺은 일이 유럽 여자인 기타는 창피했고 회복하
는 데 몇 달이 걸렸다.

　페터는 매력적이었다. 희끗희끗해지기 시작하는 관
자놀이, 턱수염, 머리카락을 뒤로 매끄럽게 넘긴 모습
은 잡지 화보에 나온 아르헨티나의 자동차 레이서 같았
다. 그의 눈은 끊임없이 움직였다. 기타는 그의 손을 귀
하게 여겼다. 이제 그녀에게 없어서는 안 될 보물이었
다. 새로운 개발지의 풍요로운 붉은 땅을 경작하기 위
해 일곱 명의 농사꾼들을 얼마 전에 채용했던 것이다.
그리고 탐정소설에나 나올 인물을 하숙시키는 것은 흥
분되는 일이었다. 일테면 소량의 아드레날린 같은……
게자에게도 잘된 일이라고 그녀는 생각했다. 이미 여러
차례 그에게 경고를 했으니.

　노바에우로파에서 이사를 앞둔 몇 주 전에 페터는 복
부 탈장이 일어난 암소를 수술함으로써 기타를 감동시
켰다. 땅바닥까지 늘어질 만큼 거대해진 먹이 주머니

때문에 변형된 소의 배를 갈라 장기를 수선하고 솜씨 좋게 다시 꿰맸다. 소에게는 희미한 상처 자국만 남았고 매우 건강한 상태가 되었다. 그의 재능 덕분에 늘 비싸기만 한 수의사 비용을 절감할 수 있어 기타는 기뻤다. 언젠가는 페터가 그녀를 웃겼다. 개미집을 발견했는데, 거기에 불을 지르는 대신 유칼립투스 나뭇가지 둘레를 묶어 놓은 줄에 분동추를 매달았던 것이다. 몇 시간 동안 페터는 근면 성실한 학생처럼 개미집을 부수는 도르래를 만들 계획을 짜고 계산을 하며 공을 들였다. 집이 파괴되어 우왕좌왕하는 개미들에 그토록 열광하면서 몰두하여 지켜보던 그의 모습은 기타로서는 처음 보는 것이었다. 몇 시간 후 흰개미들은 좀 더 멀리에 보금자리를 틀었다.

페터가 잊지 못할 애인은 아닐 것이다. 그에게는 게자만 한 남성미도 참신함도 없다. 하지만 우울하고 끈적끈적한 오후를 달랠 수 있다는 장점은 있다. 그는 여자의 요구를 거절할 수 없을 테지만 어쨌거나 관심은 없다. 또 기타가 기대한 대로, 이 남자 덕분에 달러가 쏟아지고 있었고, 추가 요금을 얻어 내고 싶으면 게르하르트에게 불만을 쏟아 내기만 하면 되었다. 그녀는 세라네그라의 가게에서 두 벌의 드레스를 사들였고 아이들에게 가죽 책가방을 사주었다. 새 침대도 주문했다. 고맙게도 전기도 들어왔다.

51

기운을 회복한 멩겔레는 기타의 습격에 놀라서 사태를 정리해 보았다. 그녀는 그의 마음에 들지 않았다. 과산화수소로 탈색시킨 금발은 여자의 평소 태도나 침울한 눈 못지않게 저속해 보였다. 번들거리는 얼굴에는 사춘기 시절의 여드름 자국이 남아 있었다. 위압적인 그녀의 입과 필경 썩어 있을 치아에서 뿜어내는 입김 때문에 자기를 눕혀 다리를 잡고 있을 때는 구역질이 났다. 여자의 멍청한 남편보다는 독일어를 잘하지만 그녀의 헝가리 억양은 참을 수가 없다. 하지만 기타는 그를 살릴 수도 있고 죽일 수도 있었다. 그녀를 손아귀에 넣으면 그는 슈타머의 집에 숨어 지낼 수 있다. 또한 자기 몸을 바칠 수 있을 정도로 여기 산타루지아 대농장은 마음에 들었다. 삼림 속에 파묻혀 있고 기후는 노바에우로파보다 온화하고 경치도 더 푸근하다. 그는 어른 손바닥만 한 크기의 붉은색, 푸른색, 오렌지색, 검은색에 흰 물방울무늬 날개가 달린 나비들에 매혹되었다. 정글은 누런 대초원을 밀어냈다. 언덕들과 숲들은 맑고 깨끗한 수원(水源)들을 감추고 있었다. 세라네그라는 이탈리아의 선구자들이 건설한 온천 도시이다. 언덕 위에 중세의 성채처럼 세워진 농장은 평원을 굽어보고 있다. 아이히만이 교수형을 당한 이래 괴로워하던 멩겔레는 어느 정도 안정을 되찾았으며, 아르헨티나를 떠난 이후 머물던 어떤 은신처보다 여기서 훨씬 안심하고 있었다. 커피 개발지와 재배지 뒤로 버티고 있는 산봉우리와 암벽들과 크게 자란 나무 숲으로 이루어진 야생 장벽은 아무도 침투할 수 없도록 이 거처의 배후를 방어해 준다.

멩겔레는 절대로 농장을 떠나지 않고 게르하르트 외에는 누구도 맞이하지 않았다. 게르하르트는 그에게 신문과 책과 변비 치료용 좌약 그리고 이따금 고전 음악 디스크를 가져다주었다. 슈타머 부부가 어쩌다가 이웃의 부유한 독일인이나 이탈리아 소작인을 초대하기라도 하면 멩겔레는 그들이 당도하기 전에 질문 세례를 퍼부었다. 그들이 누구인지, 어디서 왔는지, 얼마나 오래전부터 알던 사람인지 등등. 설령 안심이 되더라도 그들 앞에 나타나지 않았다. 토요일 오후마다 놀러 오는 로베르투와 미클로시의 친구들과는 인사를 나누기 무섭게 사라져 버렸다. 그는 이 집 아이들의 〈티오 페드로〉, 즉 페터 삼촌으로, 오랜 인연을 가진 괴짜 스위스 아저씨로 통했다. 그의 사진을 찍으면 안 되고 밖에 나가 이야기를 해서도 안 된다. 멩겔레는 슈타머 부부에게 관리인을 한 명 고용해 달라고 부탁했다. 돈은 그의 가족이 지불할 터였다. 그는 여러 마리의 개들에게 둘러싸여 지냈다. 직접 훈련시킨 열다섯 마리의 잡종 개들은 그가 정글 속에서 나올 때마다 주변을 에워쌌다. 우두머리 개 시가누는 멩겔레 곁을 한시도 떠나지 않았다. 하지만 가장 중요한 것은 새를 관찰한다는 명목으로 농장 일꾼을 시켜 세운 6미터 높이의 망루다. 나무는 흰개미가 갉아먹을 수 있으므로, 돌로 멋진 감시탑을 만들어 농장 옆에 세워 놓은 것이다. 멩겔레는 양봉가 복장에 차이스 망원경을 목에 두르고 매일같이 망루에 올라가 농장까지 이어지는 언덕들과 자줏빛 흙길을 지나 꾸불꾸불 이어지는 지방 도로를 몇 시간이고 탐색했다. 어떤 움직임도 그의 시야를 벗어날 수 없다. 맑은 날에는 사방으로 몇 킬로미터씩 굽어볼 수 있어서 린도니아의 마을까지 훤히 보였다. 황혼이 내리면 모기들이 잔뜩 몰려드는 망루에 부엉이처럼 기어 올라가 어둠 속을 뒤적였다. 처량하게 때로는 선잠이 든 채로 망을 보면서, 게르하르트가 상파울루에서 사다 준 테파즈 축음기에 바그너의 오페라나 바흐의 칸타타를 끝도 없이 돌려 댔다. 마침내 그가 잠을 자러 내려오면 이번엔 개들이 망을 보았다.

52

하루, 이틀, 1주일, 2주일, 한 달, 두 달, 시간이 흘러가고, 브라질에 갇혀 버린 멩겔레의 삶은 그렇게 고여 갔다. 사방이 무한으로 열려 있는 그의 감옥은 사람들로부터 멀리 떨어져 있었다. 농장에서 영위하는 삶은 끊임없이 붕붕대는 벌들의 소음 속에서, 건조하거나 매우 습기 찬 계절들이 오가는 가운데, 감각을 마비시키는 열기와 폭우가 쏟아진 후에 초라한 빗줄기가 지나가

거나 하는 가운데, 그리마와 뱀과 지네와 기생충들, 또 유칼립투스나무와 뿌리가 공룡 발처럼 기괴하게 생긴 빵나무들에 둘러싸여 굳어지고 있었다.

멩겔레는 자주 아팠다. 박테리아에 감염되거나 말라리아에 걸려 두통과 몸살에 시달리고 구토와 설사, 끔찍한 한기와 고열로 신음했다. 숙면을 취하지 못하고 더는 물리칠 수 없는 환영들의 악몽에 자주 시달렸다. 소각장 굴뚝의 연기들, 나비 표본처럼 눈을 핀으로 찔러 실험실 벽에 걸어 둔 죽어 가는 젖먹이들, 예루살렘 철창 안의 아이히만, 어느 랍비가 다갈색 기름종이 위에 그의 뼈를 발라내고는 펄펄 끓는 기름 속으로 던지는 장면. 목소리들, 신음 소리와 울음소리들, 산타루지아 농장으로 급강하하는 융커스 폭격기의 굉음을 들었다.

때로는 막다른 골목에서 길을 잃었고, 매일매일 두려움이 뼛속을 파고들었다. 개들은 주인의 손짓과 눈짓 하나에도 복종하고 충실하게 그를 핥아 댔다. 그는 자잘한 일을 하며 긴장을 풀었다. 세인트헬레나섬에 갇혀 있던 나폴레옹처럼 사소한 목공 작업을 했고 열대 지방의 꽃과 식물에 관심을 갖기도 했다. 과장된 문체로 시를 써보기도 하고 유년 시절과 학창 시절에 대한 거창한 서사의 도입부를 쓰기도 했다. 언젠가 이 감옥에서 벗어나면 카를하인츠와 롤프에게 들려주려던 이야기였다.

나머지는 죄다 고통스럽고 힘들었다. 기타는 그를 염탐하고 문을 살며시 두드리고 주기적으로 귀찮게 했다. 열대 지방의 이 보바리 부인의 요구를 도저히 거절할 수 없었다. 밤마다 아이들이 잠들면 혹은 오후에 일꾼들 모습이 안 보일 때면 망고나무 뒤에서 그녀는 관계를 갈구했다. 그는 밭일과 커피 농사에 질리고 암소들과 돼지들한테도 지쳤다. 정말이지 나치 친위대의 유토피아인 대지와의 접촉, 건강한 생활, 야외의 공기 등에는 맞지 않았다. 그런 가운데 멩겔레는 농사꾼들에게 앙갚음을 하고 있었다. 부역에 처한 농노들을 마음대로 모욕했던 러시아 영주처럼 농부들을 학대했다. 심지어 일요일에도 일꾼들이 담배를 피우거나 술을 마시는 행위를 금지했다. 술 취한 농부는 당장 해고되었다. 그가 아르헨티나인들을 무시했다면, 브라질인들은 멸시했다. 아메리카 원주민, 아프리카인, 유럽인의 혼혈인 브라질인은 광적인 순혈 인종 이론가의 눈에 적그리스도 민족으로 보여서 노예 제도의 소멸이 아쉬울 정도였다. 그는 자신이 관찰한 바를 규칙적으로 일기에 적어 둔 다. 혼혈은 저주이며 문화 쇠퇴의 원인이다. 〈하찮은 원숭이〉인 일꾼들의 한결같은 감정 상태가 바로 그 흔적이라고 멩겔레는 적었다. 그들의 무사태평, 즉흥성, 유쾌한 무질서는 멩겔레를 너무도 짜증 나게 했다. 〈브라질인들이 여러 인종의 혼합인 이상, 그들의 본질은 정신 분열증으로 나타난다. 그들에게는 순수한 의식과 분명한 의지가 결여되어 있다. 다양하고 모순적인 본질들이 공존하여 그들 내부에서 서로 투쟁한다. 그들은 유대인처럼 불분명하고 혼란스럽고 위험한 민족을 구성한다. 반면, 건강하고 결정적인 정신들은 그 인종적 동질성에 충실한 생물학의 결과물이다.〉

이목을 끌지 않던 호흐비힐러의 뒤를 이어 독재자 멩겔레가 모습을 드러내며 온갖 일에 슬그머니 끼어들었다. 로베르투와 미클로시가 제 아들이라도 되는 양, 학교에서 좀 더 열심히 공부해서 더 좋은 성적을 받아 오라고 강요했다. 그 애들의 독일어가 최악이라고 비난하면서 기회를 놓치지 않고 그 사실을 지적해 댔다. 마을의 불량배와 어울리며 돌팔매질로 박쥐 사냥을 하느니

솔페지오 음악 이론을 배우는 게 낫다는 잔소리도 빼놓지 않았다. 아이들이 자기 앞에서 껌을 씹지 못하게 하고 여자들을 조심하라고 하고 유럽 출신의 아이들하고만 교제하라고 했다. 로베르투가 열다섯 살 생일을 위해 기획한 깜짝 파티도 반대했다. 그날 전망대에 올라가 테파즈 축음기에 비틀스의 45회전 디스크를 걸어 놓고 있는 아이들을 발견하고 멩겔레는 분노를 터뜨렸다. 슈타머의 아들들은 그런 꾸지람을 한 번도 들은 적이 없었다. 기타가 중재에 나섰지만 멩겔레는 더 크게 화를 냈다. 그 여자에게 트집을 잡을 때면 묘한 쾌감을 느꼈다. 잠이 너무 많다, 음식에 좀 더 신경을 써야 한다, 양치질을 좀 더 세심하게 해야 한다, 담배를 그렇게 많이 피워서는 안 된다. 농사꾼 같은 흉한 옷차림과 일꾼들 앞에서 엉덩이를 긁어 대는 행동도 구박했다. 그녀의 요리는 만족스럽지 않다, 너무 짜고 향신료도 너무 강하다, 요리에 좀 더 공을 들여야 하고 소스의 분량을 잘 계량하고 감자 퓌레도 더 곱게 갈아야 하고, 살림을 좀 더 잘해야 한다. 멩겔레는 지나치게 까다로웠고 지저분한 것을 병적으로 혐오했다. 그에게 펜과 가위와 책을 빌리거나 의자와 카펫의 자리를 바꿔 놓으면 정돈

되고 변함없는 삶의 방식에 혼란을 일으킨다며 화를 냈다. 그는 우울한 격노를 토해 내고 울부짖고 신음했다. 마치 어떤 물건을 잃어 버리면 허술하게나마 정돈된 삶이 흔들려 극심한 고독과 허무가 고개를 쳐든다는 듯이.

53

1963년 중반에 멩겔레는 마침내 가족의 소식을 들었다. 게르하르트가 우편배달부 노릇을 다시 수행한 것이다. 제들마이어는 불청객들이 귄츠부르크를 떠났으며 메라노의 마르타도 더 이상 미행당하지 않고 있다는 소식을 전했다. 멩겔레 추적은 다시금 중단된 듯했다.

호랑이 작전을 어렵사리 성공시킨 이후 모사드는 중동에 다시 집중했다. 모사드 수장인 하렐은 심각한 압박을 받고 있었다. 1962년 7월, 이집트가 이스라엘 영토 어디에나 도달할 수 있는 탄도 미사일 실험을 한 이래 이스라엘이 종말의 위협에 처해 있었기 때문이다. 카이로 시가 행진을 기회로 나세르는 사정거리 6백 킬로미터의 신형 로켓을 과시했다. 히틀러의 V2 프로그램에 참여했던 옛 나치 과학자들이 이집트 연구자들을 지휘해 얻은 결과였다. 극비 시설인 팩토리 333에서는 9백 개의 미사일을 만드는 중이었다. 그것들은 방사능 폐기물 혹은 핵탄두를 장착할 수 있기에, 역내의 세력 균형을 위협할 터였다.

남미의 나치를 추적하고 어린 요셀을 찾아낸 하렐은 세계적 명성을 얻었다. 하지만 빈약한 자원을 그런 활동에 써버린 탓에 모사드는 본래 임무인 이스라엘의 안전을 지키지 못할 위기에 처해 있었다. 비방하는 자들은 하렐이 모사드를 홍보 수단으로 변질시켰다고 비난했다. 위기를 타개하기 위해 하렐은 다모클레스 작전을 내놓았다. 이집트 미사일 개발 계획에 연루된 독일 과학자들을 물리적으로 제거하는 작전이었다. 몇 사람은 폭탄이 장치된 소포를 받았고, 다른 이들은 납치되거나, 아니면 간단하게 살해되었다. 로켓 유도 장치 책임자의 딸을 위협했던 이스라엘 요원들이 스위스에서 체포되어 살인 혹은 살인 교사 혐의로 기소되자 이스라엘과 독일의 관계가 위험한 수준에 이르렀고 헤브라이 국가의 경제·군사적 이해관계가 치명적인 지점에 이르렀다. 하렐은 사퇴 요구에 몰렸고 급기야 메이르 아미트 장군으로 교체되었다. 나치 잔당 추적은 모사드의 최우선 임무가 아니다. 모사드는 정보를 수집하고 아랍에 있는 적들에 맞서 투쟁하는 데 몰두해야 한다. 이스라엘은 동맹국들이 필요하며, 국제 사회는 아이히만 납치 행위를 호의적으로 받아들이지 않았다. 어느 나라든 타국이 그들의 주권을 침해하는 행위는 용납하지 않는다.

1967년에 터지게 될 결정적 분쟁이 눈앞으로 다가오는 중이었다.

멩겔레 포획은 뒷전으로 밀려났다.

54

1964년 초반, 멩겔레는 끔찍한 소식을 접했다. 마르타의 편지를 읽어 나가던 그는 단검이 늑골을 쑤시고 들어와 심장에 박히는 느낌에 사로잡혔다. 자신이 취득한 모든 대학 학위가 취소되었던 것이다. 히포크라테스 선서를 위반했으며 아우슈비츠에서 학살을 저질렀기 때문이다. 프랑크푸르트와 뮌헨의 대학들은 의학과 인류학에 대한 그의 박사 자격을 철회했다.

그토록 많은 노력과 희생이 알지도 못하는 관료들에 의해 허사가 되어 버리다니⋯⋯. 멩겔레는 아무것도 아닌 존재가 되었다. 무수한 훈장에 빛나는 야심만만한 국민적 외과 의사, 우생학 연구의 위대한 희망이었으나 이제 가장 귀중한 보물, 가장 큰 자랑거리를 빼앗기고, 모든 경험이 백지화되어 하찮은 돌팔이 의사가 된 것이다!

멩겔레는 아내의 편지를 불태워 버린 후 농장을 벗어나 개들을 데리고 자신의 추락을 되새김질하러 정글로 들어섰다. 자신은 나치의 생명 관리 정치(政治)를 담당한 군인으로서 의무를 다했을 뿐인데 독일의 처사는 저주스럽고 부당했다. 한 세대 전 독일인들은 다윈의 사상과 우생학을 근대적 기능 사회의 주춧돌로 여겼다. 모두들 생물학을 공부하고 싶어 했다. 생물학 분야에서 가장 명망 있고 유망한 경력을 쌓을 수 있었기 때문이다. 그랬었지, 라고 멩겔레는 잡종 개 시가누에게 웅얼거렸다. 당시에 독일 사회는 생물학의 용어들로만 추론했고 인종, 피, 생명의 근본 원칙들은 법과 전쟁, 성별, 국제 관계 그리고 최고의 과학인 의학을 좌지우지했다.

대학에서 그의 동기들은 모두 고대 그리스를 흠모했는데, 이유는 고대 사회에서는 덧없는 존재인 개인이 공동체와 국가의 요구에 순응했기 때문이다. 그의 세대에게 열등한 자, 비생산적인 자, 기생적인 자들은 살아갈 가치가 없었다. 히틀러가 그들을 인도했고, 멩겔레뿐만 아니라 독일인 모두가 총통의 마법에 걸려 들었다. 멩겔레는 히틀러가 독일인에게 부과했던 위대한 임무에 사로잡혀 민족을 치유하고 혈통을 순화하여 본성에 적합한 사회 질서를 구축하고 생명 공간을 확장하고 인간 종족을 완벽하게 만들고자 했다. 멩겔레에게는 능력이 있었고 자신도 그걸 알고 있었다. 그를 비난할 수 있을까? 그토록 쉽게 그의 귀중한 대학 학위들을 빼앗을 수 있나? 그는 환자들을 제거함으로써 병을 근절할 수 있는 용기가 있었다. 조직은 그러한 일을 수행하는 자신을 격려하고 정당화하지 않았던가. 살인은 국가의 기획이었던 것이다.

미친 듯한 분노에 사로잡힌 멩겔레는 낑낑대며 침 흘리는 개들 앞에서 흰개미 집을 거칠게 걸어찼다. 아우슈비츠에서 독일 기업들은 노동력이 고갈될 때까지 노예들을 착취하여 잇속을 차리고 두둑한 돈주머니를 챙겼다. 아우슈비츠는 유익한 기업이었다. 그가 수용소에 도착하기 전에 수감자들은 이미 IG 파르벤을 위해 합성 고무를, 크루프를 위해 무기를 생산하고 있었다. 펠트 생산 업체인 알렉스 칭크는 사령부에서 여자 머리카락을 포대째로 사들여 잠수함 승조원들의 양말이나 철도용 파이프를 만들었다. 셰링의 연구소는 비용을 지불하고 시험관 아기 실험에 아우슈비츠를 이용했고 바이에르는 티푸스 예방 신약을 수용소의 수감자들 대상으로 시험했다. 그런데 20년이 지나자 이들 기업의 경영진이 모두 태도를 바꿨다. 멩겔레가 소똥을 뒤적이고 있는 동안 그들은 뮌헨이나 프랑크푸르트의 빌라에서 좋은 술을 마시며 가족들에게 둘러싸여 시가를 말아 피우고 있는 것이다. 배신자들! 놈팡이들! 썩어 빠진 놈들! 기업가, 은행가, 정부 조직 모두 아우슈비츠에서 서로 협력해 가며 터무니없는 이득을 취했다. 그는 한 푼도 챙기지 못했는데 이제 그 대가는 혼자 다 뒤집어쓸 판이다.

55

멩겔레는 그날 몹시 씁쓸했다. 언제나 그랬듯이 후회
도 자책도 없이 자신의 운명을 가여워하며 개들을 데리
고 원시림으로 들어가 바오바브나무에 대고 원한을 쏟
아 냈다. 숲이 웅얼대고 노래하지만 귀담아 듣지 않았
다. 숲속의 빈터에 도착한 그는 나무 둥치에 앉아 머리
를 두 손으로 감싸고 아우슈비츠에 배속됐던 스무 명의
동료 나치 의사들을 생각했다. 호르스트 슈만은 사람들
에게 엑스선을 방출해 불임 상태로 만든 후 남자는 거
세하고 여자는 난소를 절제했다. 카를 클라우베르크는
동물의 태아를 사람의 복부에 이식한 후 포르말린 성분
의 물질을 생식기에 주사함으로써 불임 상태로 만드는
실험을 했다. 약사 빅토어 카페지우스는 살해된 수감자
들에게서 아직도 피가 흐르는 인공 보철기들을 훔쳐내
어 수용소 바깥으로 팔아넘겼다. 프리드리히 엔트레스
는 수감자들에게 티푸스를 감염시키고 페놀 심장 주사
를 놓아 죽였다. 아우구스트 히르트는 동성애자에게 호
르몬을 주사하고, 유대인의 골조 유형학을 확립하기 위
해 그들을 살해했다. 그리고 수용소에서 횡행했던 안락

사 T4 프로그램에 참여한 모든 사람들(350명의 대학교수들, 생물학자들, 의사들)은 어떻게 되었나? 몇몇은 자살했거나 전후 뉘른베르크 재판에서 형을 선고받았지만 대부분은 법망 사이로 빠져나가 가족과 시민사회에 통합되었고 이내 자신들의 경력을 되찾았다. 멩겔레는 이 모든 사실을 알고 있었기에 울화병이 날 지경이었다.

농장으로 돌아온 그는 망루로 올라갔다. 자신의 멘토들인 오이겐 피셔와 오트마어 폰 페르슈어가 놀라울 정도로 용케 궁지를 벗어난 것을 생각하며 울음을 터뜨렸다. 노련한 실력자이자 인종 위생학 이론가인 피셔는 히틀러의 인도자로서 나미비아의 헤레로족과 나마족 말살에 참여한 후, 은퇴하여 프라이부르크임브라이스가우에서 절친한 친구 마르틴 하이데거 곁에서 평온하게 지냈다. 독일 인류학회와 해부학회의 명예 회원인 피셔는 회고록 『죽은 자들과의 만남』을 출간하여 성공을 거두기까지 했다. 멩겔레의 아버지 카를은 죽기 얼마 전에 그 책을 멩겔레에게 보내 주었다. 폰 페르슈어는 베를린 카이저 빌헬름 연구소의 소장이었고 멩겔레는 그에게 혈액 샘플, 홍채의 색깔이 서로 다른 안구, 아우슈비츠 아동들의 골격을 보내 주었다. 히틀러의 열렬한 찬미자인 폰 페르슈어는 〈생물학적 유전과 인종 위생학의 중요성을 최초로 고려한 국가적 인물〉이라며 찬사를 아끼지 않았다. 폰 페르슈어는 뮌스터 대학교의 인간 유전학 교수로 임명되고 곧이어 학장이 되어 서독 최대의 유전학 연구소를 운영하게 되었다. 멩겔레는 러시아 전선에서 보냈던 휴가를 떠올렸다. 폰 페르슈어와 함께 「영원한 유대인」을 보러 갔던 것이다. 사람들로 꽉 찬 영화관에서 그들은 옆 사람들처럼 철십자가 새겨진 딸기맛 사탕을 씹어 가며 화면에 악마 같은 유대인이 등장할 때마다 관객들과 함께 야유했다. 두 의사는 나치즘에 열광했다. 멩겔레는 아르헨티나에서 그에게 여러 차례 편지를 보냈으나 그 남작은 위험한 편지나 문서들을 전쟁 말기에 다 파기해 버렸고 멩겔레에게는 한 번도 답장하지 않았다. 피셔도 폰 페르슈어도 사법 기관의 추적을 받은 적이 없다.

빌어먹을! 빌어먹을! 멩겔레는 자신의 탑 안에서 두 주먹을 불끈 쥐고 저주를 쏟아 내고 신음을 내질렀다.

피셔는 1967년 아흔세 살의 나이로 자신의 침상에서 죽음을 맞이했고, 폰 페르슈어는 2년 후에 자동차 사고로 죽었다.

56

　자기 아내의 속임수와 거짓말을 의심하고 있는 것일까? 아내와 까다로운 나치의 혼란한 관계를 의심하나? 게자 슈타머는 멩겔레에게 치욕을 안겼다. 술과 노래와 담배를 좋아하는, 무사태평하고 쾌활하고 게으른 이 헝가리인은 호흐비힐러의 존재 자체를 즐기고 있었다. 멩겔레의 짜증을 돋우려고 호흐비힐러 의사라고 칭하며 그를 난처하게 만들었다. 슈타머 가족이 오로지 게자의 수입에만 의존해야 했다면 사바나의 하류층 생활에서 벗어나지 못하고 허덕였을 것이다. 멩겔레의 돈 덕분에 이사도 했고 농기구를 사들여 수익을 증대시킬 수 있었다. 기타는 이전이라면 감히 꿈도 꾸지 못했을 옷이며 침구며 그릇들을 장만했다. 심지어 이 의사에게 푹 빠져 있다. 멩겔레는 자신이 무능력한 게자에게 충고를 해줄 자격이 된다고 생각했다. 뻔뻔스럽게 자신을 착취하고 있는 사장에게 월급 인상을 요구할 수도 있었다. 이 부부는 학업 수준이 형편없는 자식들을 좀 더 엄격하게 다루어야 할 것이다. 단정치 못한 머리를 한 로베르투는 규칙적으로 이발소에 보내야 한다. 가장의 권위가 결여되어 있어서 집안에 규율과 질서가 없다. 게자가 담배를 피우거나 플럼주를 마시면 멩겔레는 훈계를 늘어놓았다. 암에 대한 나치의 전쟁, 담배와 마약에 대한 예방 캠페인, 공공장소 금연 정책, 독일에서 최초로 실시한 금연 열차 정책 등을 들먹이면서. 뭔가 음모를 꾸미거나 자신에 대한 험담을 할 거라 확신하고는 식탁에서 헝가리어를 사용하지 못하게 했다. 장내 소화 및 흡수가 용이한 밀기울 빵을 내오라 요구하고 게자와 아이들이 열광하는 헝가리 특별 요리인 토마토와 후추를 곁들인 생선 수프, 거위 간을 다져 넣은 송아지 갈비 요리를 두고도 불평했다. 리스트의 음악이 마음에 들긴 하지만 헝가리인들을 〈저급한 문화〉의 수혜를 입은 〈저열한 민족〉으로 깎아내렸다. 게자는 그러한 헝가리 민족의 결함을 구현하는 사람이라고, 멩겔레는 이 오쟁이 진 측량 기사가 주말을 보내러 가족에게 돌아올 때면 신나게 그런 점을 들추어냈다. 독일 남부 지방 태생으로 명예가 실추된 이 의사는 헝가리의 파산에 이르는 기나긴 역사적 이탈 과정을 식사 시간마다 일장 연설로 주워섬겼다. 〈정직하고 근면한〉 독일에 비해 모든 점에서 열등한 헝가리는 동맹이라면서 전쟁 동안 모호한 태도로 일관했고, 그래서 국토의 3분의 2가 동강나서 소련에 점령당했으며, 이는 〈집시 민족이 살라미 소시지와 파프리카밖에 산출하지 못할 때 맞이할 수밖에 없는 정당한 징벌〉이라는 것이었다.

궁지에 몰린 게자는 멩겔레를 회피했다. 아내와 자식 앞에서 쭈그러진 그는 결코 멩겔레에게 대놓고 맞서지는 않았다. 이 권위적인 독일인은 지나치게 냉랭했다. 하지만 게자는 인종에 대한 멩겔레의 이론과 독일 민족의 우월성 담론을 조롱하면서 유머러스하고 교활하게 도발하며 즐거워한다. 「독일도 점령당했어요, 호호비힐러 박사님.」 그리고 히틀러 총통을 〈무기력한 채식주의자〉 취급하며 희화화했다. 아이들과 아내를 웃기려고 거름받이 양푼을 독일군 헬멧처럼 머리에 뒤집어쓰고 두 주먹을 불끈 쥐고 격노한 전사의 억지 미소를 지으면서 히틀러 흉내를 내기도 했다. 여전히 히틀러를 〈알렉산드로스 대왕과 나폴레옹의 뒤를 잇는 역사의 거인이며 세기적인 인물〉로 추앙하는 멩겔레의 면전에서 게자는 번번이 승리를 거두었다. 격분한 멩겔레는 식당 문을 거칠게 닫고 나가 자신의 망루로 숨어 버렸다. 끊임없이 멩겔레에 대한 불만을 호소하는 아이들과 일꾼들에게서 힘을 얻은 게자는 그를 괴롭히기 위한 묘수를 고안해 냈다. 어느 일요일, 그는 새로 장만한 니콘 카메라로 멩겔레의 사진을 찍으려 했다. 마을에서 이스라엘 관광객들로 보이는 수상한 무리를 보았다고 떠벌리기도 했다. 또 한번은 멩겔레의 무성한 콧수염이 희극배우 그루초 막스와 닮았다고 놀리기도 했다. 그는 멩겔레의 범죄, 나치의 체포, 서독에서 열린 전범 재판 혹은 유대인 학살 전범 연구자인 시몬 비젠탈의 공적을 전하는 신문들을 한 번도 빠짐없이 멩겔레에게 가져다주었다. 둘이 싸울 때마다 기타가 중재에 나서야 했고 그제야 사태가 진정되었다. 그렇게도 안 되면 구원 요청을 받은 게르하르트가 마침내 그 집에 평화를, 즉 초콜릿 상자와 달러 뭉치를 들고 나타났다. 그러면 게자는 다시 출장길에 나서고 멩겔레는 농장에서 악의에 찬 행동을 일삼았다.

그런데 1964년 부활절 월요일, 멩겔레가 학위를 몰수당한 몇 주일 후에 두 남자는 마침내 육탄전을 벌이고 말았다. 라디오에서는 몇 달 전부터 진행되고 있는 아우슈비츠 재판을 보도하고 있었다. 멩겔레의 이름이 꾸준히 거론되었고 생존자들이 그의 만행과 잔혹함을 증언했다. 게자가 허세를 떨었다. 「호호비힐러 박사님, 당신도 법의 심판에 맞서는 용기를 가져야 해요. 죽음에 대해 그토록 긍정적인 가치를 부여하시는 분이니 두려워할 게 하나도 없죠! 임무를 다했을 뿐이니 자책할 게 전혀 없잖아요? 그러니 군인답게 처신하세요. 당신은 아우슈비츠에서 독일 종족의 퇴화를 막기 위해, 독일 인종의 건강을 지키기 위해 싸웠던 거라고 동포들에게 가서 설명하세요.」

멩겔레가 슈타머 가족에게 부과했던 수많은 규칙 중에서 타협하지 않은 한 가지 규칙이 있었으니, 바로 아우슈비츠를 언급하면 안 된다는 것이다. 수용소라는 말조차도 금기시된다. 그날 멩겔레는 게자의 멱살을 잡고죽여 버릴 태세로 힘껏 목을 조르고 헝가리인은 고함을 치며 버둥거렸다. 기타와 아이들이 달려와 그들을 떼어놓았다. 미클로시는 나치의 머리채를 잡아당기고 기타는 그의 넓적다리에 발길질을 하고 로베르투는 정원으로 달려가 갈퀴를 가져와 그를 위협했다. 마침내 멩겔레는 움켜쥐었던 멱살을 풀어 주었다. 게자는 얼굴이 시뻘게져 비틀거리면서 너무한다고, 이번에는 진짜 끝이라고, 호호비힐러에게 〈꺼져〉 하고 소리친다. 「꺼져,

내 앞에서 당장 사라져, 여기서 나가 버려, 아니면 경찰을 부를 거야.」

멩겔레는 입가에 사악한 미소를 띠며 거만하게 슈타머 일가를 뚫어져라 바라보았다. 게자에게 네 아내가 나쁜 여자라고, 아이들에게 네 엄마가 타락한 창녀라고 말하고 싶어 안달이 난다. 하지만 그는 턱수염을 잘근 잘근 씹으면서 생각을 바꾸었다. 전쟁 동안 소련 붉은 군대의 손아귀를 벗어나고, 지금까지 미국인과 모사드의 추적에서 벗어날 수 있었는데, 그깟 얼마 안 되는 자유를 위해 목숨을 내걸지는 않을 것이다. 자기를 증오하는 데다 강한 완력으로 슈타머 가족을 도와줄 태세가 되어 있는 바깥의 노동자들을 고려하지 않더라도 이들은 벌써 네 명이다. 멩겔레는 차분하게 팔짱을 끼었다. 여기는 자기 집이고, 농장의 반은 자기 소유였다. 만일 그가 가방을 꾸린다면 이들도 떠나야 한다. 〈원만한〉 이혼의 종지부를 찍기 위해 게르하르트가 급하게 소환되었다. 기타조차 페터가 너무했다며 단호하다. 그의 정신 건강과 자기 가족의 생존을 위해 그는 이 집에서 나가야 한다.

제들마이어의 동의를 구하고 루델의 도움을 받아 가

며 게르하르트는 해결책을 찾았다. 그는 슈타머 부부에게 아랍 쪽, 즉 이집트나 시리아 혹은 모로코로 이주하는 것은 어떠냐고 이야기했다. 하지만 그들은 묵살해 버렸다. 절차가 너무 복잡한 데다 나치 서클 내의 명성이 대서양 너머로 퍼진 거추장스러운 호흐비힐러를 누구도 원하지 않았던 것이다. 멩겔레 일가는 슈타머 부부가 이 애물단지를 좀 더 데리고 있도록 뭔가 승부수를 던져야 했다. 요제프 멩겔레가 체포되면 독일과 전 세계로 미친듯이 확장해 나아가는 가족 기업의 전설적인 신뢰도와 명성이 퇴색될 우려가 있었다. 그들은 게자에게 새 자동차를 마련해 주겠다고 제안했다. 헝가리인은 시간을 벌며 버티다가 기사 딸린 세단 자동차와 두둑한 돈다발을 거머쥐었다. 〈차량 유지에 필수적인〉 돈이라고 게르하르트에게 설명하면서.

세 사람의 구역질 나는 동거는 계속 이어지게 된다.

57

1965년 2월에 헤르베르트 쿠쿠르스의 시체가 몬테

비데오의 여행용 가방 안에서 발견되었다. 〈리가의 사형 집행인〉, 〈라트비아의 아이히만〉으로 불리던 비행사 쿠쿠르스는 유대인들을 산 채로 불태워 죽인 후 시나고그에 매장했다. 그는 〈결코 잊지 않는 사람들〉로 불리는 모사드의 한 특공대에 의해 처형되었다. 그의 유해 위에는 타자로 친 다음과 같은 글귀가 꽂혀 있었다. 〈쿠쿠르스가 저지른 범죄의 중대성을 감안해, 특히 3만 명의 남녀와 아동 살해에 관여한 그의 책임과 범행 과정에서 보여 준 끔찍한 잔혹성을 감안해 우리는 쿠쿠르스를 사형에 처한다.〉

멩겔레는 자기 하수인의 소식을 전해 듣고는 경계를 더 강화했다. 더 많은 개들을 풀어 주변을 에워싸고 좀 더 완벽한 성능의 망원경을 구입하고 망루에서 더 오랜 시간 머무르며 망을 보았다. 어느 날 저녁, 높은 곳에 앉아 있던 그는 멀리서 다가오는 빛 무리를 알아보았다. 차량 전조등이 꺼졌다가 다시 켜지면서 가까워지자 멩겔레의 심장이 두근거렸다. 자동차가 기어 올라오자 개들이 짖어 대고 그는 벌벌 떨면서 권총으로 무장하고 어둠 속을 향해 총을 겨누었다. 망루에서 내려가고 싶지만 두 다리가 말을 듣지 않았다. 이제 자동차는 문 앞에서 멈춘다. 차 문이 닫히는 소리, 젊은 남자들이 중얼거리는 소리가 들리고 문에 어른거리는 그림자들이 보였다. 개들이 컹컹대며 뛰어오르는 순간 어떤 외침이 울려 퍼졌다. 나예요, 나예요! 로베르투가 소리쳤다. 슈타머의 아들이 친구들과 파티를 하러 나갔다가 돌아오는 길이었다.

멩겔레는 독일에 있는 지인들과 편지를 교환할 때도 더욱더 주의를 기울인다. 애들이 장난삼아 그러듯이 이니셜만 쓰기로 한 것이다. P는 자신을 지칭하고, R는 롤프……. 봉인된 그의 편지들은 스위스의 사서함으로 보내지거나 드물게는 아우크스부르크에 거주하는 가족의 지인에게 보내졌다. 그러면 제들마이어가 편지들을 수거하여 나누어 주었다. 그가 받는 편지는 브라질의 사서함에 게르하르트 이름 앞으로 도착했다. 알아보기 어려운 자잘한 그의 필적은 쉽게 눈에 뜨이므로 그는 곧 타자기를 사용하게 된다.

1964년 중반, 쿠쿠르스가 처형되기 몇 달 전에 멩겔레는 매우 중대한 고비를 가까스로 모면했다. 귄츠부르크와의 통신 체계가 들통날 뻔했던 것이다. 프랑크푸르트의 바우어 검사가, 제들마이어가 멩겔레와 일가의 중개인이라 확신하고는 제들마이어의 집에 대한 수색 영장을 발부했던 것이다. 하지만 경찰은 그의 집에서 어떤 편지도, 어떤 흔적도, 위협적인 어떤 증거도 찾지 못했다. 이번에도 경찰에 있는 비밀 정보원이 직전에 전화를 걸어 기습 작전 정보를 흘린 것이다.

서독 사법 기관은 수색 영장을 발부한 이래 별 열의 없이 멩겔레를 추적하고 있었다. 남미의 자국 대사관들에 멩겔레의 지문(指紋)을 전달하기까지 1년의 시간이 더 필요했다. 파라과이의 외판 사원이었던 시절 멩겔레는 독일 이주민 집단에서 대사관의 어느 타이피스트를 만난 적이 있었다. 발이 접질린 그 여자를 치료해 주었던 것이다. 타이피스트는 멩겔레의 이름은 알았지만 그의 과거는 몰랐다. 아순시온에 돌아온 여자는 그 의사가 영사관 명부에 등록되어 있지 않다는 데에 놀라서 외교부에 이 사실을 알렸다. 서둘러 조사가 시작되었고 사건 담당자는 결국 크루크까지 찾아냈다. 그러나 크루크의 거짓말에 간단히 속아 넘어갔다.

서독 정부는 멩겔레 추적에 특별한 자원을 할애하지도 않고 비밀요원이나 특공대원을 현지에 파견하지도 않았다. 그렇지만 옛 나치들이 들끓고 있는 서독의 첩보기관은 제3제국에 대한 충성심을 결코 숨기지 않았던 루델, 사선, 폰 엑슈타인과 접촉하는 데 어떤 어려움도 없었을 것이다. 서독은 소송을 번거롭게 하면서 반인륜적 범죄자의 머리에 현상금을 거는 데 만족하고는, 외교부로부터 멩겔레가 파라과이 시민권을 얻었음을 입증하는 서류의 복사본을 받아 내고 파라과이에서 멩겔레의 행적을 추적하는 데 집중하고 있었다. 서독인들은 멩겔레가 아순시온이나 알토파라나 지역에 살고 있다고 확신했다. 1962년, 서독은 파라과이에 범죄인 인도를 요구했다. 멩겔레가 브라질로 떠났다는 정보를 루델로부터 입수한 스트로에스네르 장군은 협조를 거부했다. 그는 추적에 혼선을 일으키면서 악의적인 쾌감을 느끼고 있었다. 멩겔레가 파라과이를 떠났다는 사실을 알고 있으면서도, 자국민을 보호한다며 범죄인 인도 요청을 거절한 것이다. 이듬해 아데나워는 파라과이가 그 의사를 넘겨준다면 1천만 달러의 개발 원조를 해주겠다고 약속했다. 독재자는 아무 말도 듣고 싶어 하지 않았다. 그러자 서독 정부는 파라과이의 고위 당국자들이 도망자를 보호하고 있다는 결론을 내렸다. 1964년, 전세계의 이목이 아우슈비츠 재판이 열리는 프랑크푸르트에 쏠리고 있을 때, 서독의 압박은 더욱더 강화되었다. 외무 장관은 멩겔레가 파라과이 시민이고 그가 세 나라의 국경이 맞닿은 지역에 살고 있으며 브라질에 자주 방문한다는 사실을 공개적으로 발표했다. 아순시온의 서독 대사관은 멩겔레가 시민권을 불법 취득하기 위해 거짓말을 했다는 이유를 들어 그의 시민권을 박탈할 것을 스트로에스네르에게 요구했다. 파라과이 대통령은 멩겔레가 오래전에 그곳을 떠났으며 서독의 간섭은 용납할 수 없다는 말을 대사관에 되풀이했다. 서독 대사가 계속해서 절차를 추진하면 주재국의 승인을 얻지 못한 외교관이 될 것이고, 외세는 파라과이의 주권을 침해할 수 없다고 강변했다. 몇 달 후, 프리츠 바우어는 제들마이어의 가택을 수색했을 때 언론을 소집하여 멩겔레를 넘겨주는 사람에게 보상금 5만 마르크를 제공한다고 발표했다. 또한 운신이 자유로운 이 나치 의사가 파라과이에서 진짜 신분을 드러낸 채로 살고 있고 돈이 많으며 그를 보호하는 고위층 친구들이 있다고 덧붙였다. 파라과이의 내무 장관은 검사의 주장을 부인하고, 멩겔레는 오히려 브라질이나 페루에 숨어 있다고 반박했다. 이듬해, 파라과이에서 체포된 나치의 옛 장교가 그곳에서 멩겔레를 여러 차례 마주쳤다고 주장하자 누구도 이제는 스트로에스네르 정부의 반박을 믿지 않게 되었다.

서독인들은 벽에 부딪히고 있었다. 1965년에 아순시온에 신임 서독 대사가 부임했다. 그는 두 나라의 관계를 개선해야 한다고 믿었다. 파라과이는 독일인들과 독일인 후손들이 많고, 소련과 쿠바가 원격 조종하고 있는 남미 마르크스주의 게릴라 운동을 저지하려는 서방의 정책에서 중요한 포석이 되는 국가였다. 결국 멩겔레에 관한 서독의 압박은 중단되었다.

이스라엘인들은 더 이상 멩겔레를 추적하고 있지 않았다. 자신들을 종말로 몰아 넣을 수도 있는 시리아-이집트 연합의 위협이 분명해지고 있었기 때문이다. 모사드는 브라질에 관련된 정보를 독일 비밀 정보부에 넘겨주지 않았다. 그거야 이해할 수 있지만, 모사드는 어째서 바우어와 직접 접촉하지 않았을까? 바우어는 모사드에 아이히만의 정보를 넘겨줬는데 말이다.

미스터리다.

58

현실 정치는 우발 사태로 인해 궤도를 수정하곤 한다. 국가 차원의 움직임에 제동이 걸리자 이제 신문 기자들과 나치 사냥꾼들이 무대에 등장했다. 그들은 영광의 단맛, 일생의 특종 그리고 돈에 이끌린다. 그들 역시 파라과이를 뒤지고, 부와 술수를 겸비한 불굴의 인간, 대중에게 널리 알려진 악의 전형, 추적자들을 떨쳐 버리고 가장 위협적인 상황에서도 흠집 하나 남기지 않고 빠져나가는, 골드 핑거만큼이나 포착하기 힘든 초특급 악당의 전설을 만들어 갔다. 1960년대 한복판 제임스 본드가 영화관에서 승리를 거두고 있듯이, 의사 멩겔레는 하나의 상표가 되어 이름만으로도 피를 얼어붙게 하고 여러 책과 잡지의 판매 부수를 올려 버렸다. 냉정하고 가학적인 나치의 원형, 괴물의 모습으로.

체코의 기록 영화 팀에 제공한, 어느 브라질 사람이 찍은 몇 초짜리 영상에 반팔 셔츠를 입은 멩겔레가 나온다. 그 브라질 사람은 멩겔레가 엥발트란 이름으로 불렸으며 파라과이와 아르헨티나 경계 지역에 살고 있었고 〈바이킹〉호를 타고 파라나강을 항해했다고 주장했다. 한 아르헨티나 기자는 그가 파라과이 알토스의 도시 근처 농장에서 어느 고상한 여인의 팔짱을 끼고 숨어 살고 있다고 폭로했다. 멩겔레는 거부할 수 없는 매력을 지닌 호색한이라는 거다. 나이가 무색하게 아주 건장한 사람으로 춤을 좋아하고 사교계를 쫓아다닌다. 옛 나치 한 사람은 멩겔레가 친구 마르틴 보르만처럼 성형 수술의 도움을 받았을 거라고 추측했다. 보르만 (1945년 베를린에서 사망)과 그는 아순시온과 라파스의 고급 식당에서 규칙적으로 저녁을 먹었단다. 어떤 뱃사공은 멩겔레가 과묵하고 무례했으며 수염을 기르고 정기적으로 파라나강을 건넜다고 털어놓았다. 보르만의 옛 경호원은 『선데이 타임스』에 그가 파라과이 북부 지방의 어느 부대에서 의사로 복무하고 사령관 계급으로 파라과이 군대에 합류했다고 폭로했다. 브라질 경찰은 1966년 5월 멩겔레가 체포되었다는 소식을 언론을 통해 발표했다. 사실을 확인해 보니 체포된 사람은 독일 관광객이었다. 2년 뒤, 어느 왕년의 헌병은 파라나강을 내려오는 소형 보트 뱃전에서 멩겔레와 격투를 벌여 그를 쓰러트렸다고 주장한다. 가슴과 목을 맞은 죽음의 천사는 강물에 빠져 익사했다는 것이다.

잡히지 않는 살인자에 대한 신화는 상당 부분 시몬 비젠탈에게서 비롯되었다. 비젠탈은 갈리치아 출신의 수용소 수감자였으며, 그의 가족은 홀로코스트로 살해되었다. 비젠탈은 전쟁 직후 나치의 범죄에 관한 정보를 모으기 시작했고 린츠와 빈에 소박한 문헌 센터를 세웠다. 자서전인 『나는 아이히만을 추적했다』를 발간함으로써 국제 스타가 되었다. 이 책에서 비젠탈은 아이히만 체포 작전에서 기껏해야 단역에 불과했던 자신이 결정적 역할을 수행한 것으로 서술했다. 바우어의 작업은 비밀로 남았고 모사드의 요원들은 가장 엄격한 정보 보안 지침을 준수했다. 대중에게는, 특히 미국의 대중에게는 트위드 재킷을 입고 이디시 억양의 영어와 독일어로 이야기하는 능란하고 매혹적인 남자가 고독한 정의의 사도로 보였다. 나치의 절멸 계획과 수용소를 표시한 지도가 걸린, 빈에 있는 그의 사무실은 언제나 테러 위협을 받고 있다. 그는 중앙 유럽과 동부 유럽에서 사라져 버린 유대인들의 세계에서 최후의 모히칸 같은 존재이다. 비젠탈이 수많은 나치들의 위치를 파악하는 데 도움을 주고 독일에서 전범자들의 공소시효 연장과 말소에 기여했다면, 이는 무엇보다 일찌감치 미디어를 길들일 줄 알았던 천부적인 이야기꾼 소질 덕분이었다. 아이히만은 재판을 받고 처형되었으니 이제 비젠탈은 결코 소진되지 않을 에너지를 멩겔레 추적에 쏟아붓게 된다. 자신의 정보망을 완전 가동했음에도 불구하고 멩겔레가 어디에 은신하고 있는지 알 수 없던 비젠탈은 일어날 법하지 않은 이야기를 꾸며 냄으로써 세계의 여론을 경계하게 만든다. 흰 장갑을 낀 아우슈비츠 의사의 악행을 어디에서도 잊지 않게 하고, 죄인이 어디에 있든 안전하지 않다고 느끼게 하려는 것이었다.

비젠탈은 1967년 7월에 『살인자들은 우리들 사이에 있다』라는 책을 펴내고 한 챕터를 〈파란 눈을 수집하던 남자〉에게 할애했다.

비젠탈은 나치가 바릴로체에서 모사드의 여성 요원을 암살한 전설을 다채롭고 화려하게 채색하여 재구성했다. 짐작대로, 금발의 매력적인 여성 스파이는 아우슈비츠에서 멩겔레에 의해 불임 수술을 당한 여자이다. 멩겔레는 바릴로체에서 그녀를 알아보고 함께 춤을 추다가 상대 팔뚝의 문신을 해독하게 된다. 그는 산속 오솔길을 산책하고 있는 여자를 낭떠러지로 밀어 버린다.

멩겔레는 동에 번쩍 서에 번쩍 출몰하는 제트족이 된

다. 비젠탈은 페루에서 칠레와 브라질을 거쳐 파라과이 군대의 철통같은 요새에 이르기까지 멩겔레의 동선을 그려 낸다. 경호원들에 둘러싸여 아순시온 최고의 식당을 들락거리고 성능 좋은 검은색 메르세데스를 몰고 다닌다. 이집트에 입국하려 했으나 나세르가 거절하자 멩겔레는 마르타와 요트에 머물다가 그리스의 키트노스섬에 닿는다. 소식을 전해 들은 비젠탈은 급히 기자를 보내 도망자들을 추적하게 한다. 키클라데스 제도의 카이유 호텔 지배인은 한 독일인과 그의 부인이 전날 호텔을 떠났으며 요트에 올라 미지의 행선지를 향해 떠났다고 알려 준다. 〈멩겔레가 또 한 판 승리했다〉라고 비젠탈은 적고 있다. 1964년 3월, 〈무덥고 캄캄한 어느 날 밤에〉 파라과이의 엔카르나시온에 있는 티롤 호텔로 그를 납치하러 갔던, 아우슈비츠 생존자들로 구성된 〈12인 위원회〉의 특공대를 따돌린 둘째 판 역시 멩겔레의 승리였다. 제6의 감각 기관을 지닌 멩겔레는 마법사이다. 〈새벽 1시, 대원들은 계단을 올라 2층 26호실의 문을 때려 부순다. 그러나 방은 비어 있다.〉 침대는 아직 따뜻했다. 복수자들이 들이닥친다는 전화 연락을 받은 멩겔레는 10분 전에 잠옷 바람으로 정글로 피신했다.

비젠탈은 범죄자가 1967년에 숨어 있던 곳을 구체적
으로 서술하고 있다. 〈멩겔레는 아순시온과 상파울루를
연결하는 대로인 푸에르토산비센테와 파나마강의 경
계인 카를로스안토니오로페스 사이에 위치한 군사 지
역에 살고 있다. 그는 독일 이민자들이 개간한 정글 지
역 내의 흰색 작은 막사에 거주한다. 이 구석진 집에 이
르는 단 두 개의 도로는 파라과이 군인과 경찰이 순찰
을 맡아 모든 차량을 통제하고 이를 어기는 자는 누구
든 총살하라는 지시를 받고 있다. 그리고 경찰이 실수
를 저지를 경우를 대비하여 무전기와 워키토키를 장착
하고 중무장한 네 명의 경호원이 멩겔레를 보위한다.
이들의 보수는 모두 멩겔레의 돈으로 지급되고 있다.〉

59

사람들이 그를 무서운 절대 권력을 가진 환상 속 인
물로 만들어 가는 동안 5년이 넘도록 세라네그라를 벗
어나지 못하고 있는 멩겔레는 침대에서 극도의 불안에

시달리고 있었다. 1967년 9월의 어느 밤, 불안이 또다시 그를 옥죄었다. 게르하르트가 주유소에서 주워 온 낡은 『슈피겔』을 읽지 말았어야 했다. 20년간 베를린 슈판다우 형무소에 수감된 후 최근에 출옥한 알베르트 슈페어의 인터뷰를 읽고 낙심한 것이다. 히틀러의 건축가이며, 자기가 보기에 〈죄인〉인 그자가 회개하는 모습에 질식할 뻔했다. 그자가 유대인 말살에 대해 아무것도 몰랐을까? 히틀러의 총애를 받았으며, 전쟁을 수행하기 위한 군수 및 산업 부문 장관을 역임하며 수용소 노동력을 활용했던 그자가? 하이델베르크의 육중한 빌라 앞에서 어쩔 줄 모르는 표정을 짓고서 포즈를 취한 슈페어를 보고 멩겔레는 분노를 터뜨리며 잡지를 내던졌다. 그는 잠을 이루지 못하고 자리에서 일어나 망루로 올라갔다.

어둠 속에 잠겨, 밤낮으로 열대 지방을 맴도는 벌레 소리의 방해에도 불구하고 그는 슈만의 바이올린 협주곡을 들었다. 나뭇잎 사이로 바람이 불어오고 멩겔레는 빵나무의 부패한 과실이 풍기는 썩은 내를 맡으며 청각 환청으로 고통받던 슈만의 때 이른 죽음에 대해, 그리고 누에바 게르마니아의 실패 후에 호텔 방에서 자살한 베른하르트 푀르스터에 대해 골똘히 생각했다. 베른하르트는 자기 아내 엘리자베트 니체와 함께 누에바 게르마니아를 건설했었다. 이 변함없는 계절들이 빚어내는 풍경과 흘러가는 시간 속에서 향수병과 분노가 깊어져만 갔다. 가을의 안개, 11월의 첫눈이 그리웠고 봄에 꽃봉오리들이 피어나는 들판 그리고 사라져 간 젊은 날의 반짝이는 은빛 호수들이 그리웠다. 멩겔레는 하늘로 뻥 뚫린 이 감옥을 벗어날 수 없음을 알고 있다. 그는 이 숨막히는 유배 생활의 고문에 적응하거나, 동지들이 자꾸 배신하고 적들은 늘어 가는 한 필패할 수밖에 없는 이 어리석은 놀이에 적응하느니 차라리 삶에 종지부를 찍어야 하는 게 아닐까 자문한다.

소비보르와 트레블링카의 절멸 수용소 책임자였던 프란츠 슈탕글이 2월에 상파울루의 거처에서 브라질 당국에 의해 체포되어 곧장 서독으로 송환되었다. 그의 체포 소식이 공식 발표되자 분노한 게르하르트는 세라네그라의 멩겔레에게 달려와 슈탕글을 단호히 변호하겠다고 밝혔다. 수백만 명의 죽음에 책임이 있는 나치 친위대 장교를 〈모범적인 사람이고 폴란드 수용소의 책임자 중 최고〉였다고 알리겠다는 것이다. 멩겔레는 그냥 가만히 있으라고 게르하르트를 설득했고, 상파울루 지역의 네오 나치와 관련된 그의 활동에 제동을 걸었다. 게르하르트의 계획은 경찰의 이목을 끌어 자신까지 위험하게 만들 수 있기 때문이었다. 슈탕글이 체포되어 고통스러운 참인데 6일 전쟁이 상처에 소금을 뿌렸다. 멩겔레는 그 소식을 게자가 아들들에게 몇 주 전에 사준 텔레비전 수상기 앞에서 지켜보았다. 나세르는 과대망상가이고 페론보다 더 나을 것도 없었다. 이집트를 비롯한 아랍 동맹국들의 군대는 예루살렘, 골란, 시나이 등 팔레스타인 전역에 흩어져 있던 보잘것없는 유대인들에게 박살이 났다. 멩겔레는 어처구니가 없었다.

하찮은 망루에서 추위와 무력감에 이를 갈던 그는 비를 잔뜩 머금은 먹구름에 가려진 붉은 달에 시선을 고정했다. 1967년 9월의 그날 밤 멩겔레는 패배를 예감했다. 자신을 벗어나고 있는, 더는 자기가 속해 있지 않은, 〈악마가 뱉은 침〉인 자신을 배설해 낸 세상을 조금도 이해할 수 없었다. 남반구의 겨울 내내 텔레비전을 통해 젊은 독일인들이 조상의 질서와 규율과 위계와 권위를 부정하고 선조들이 일군 역사의 청산을 요구하는 것을, 정신 나간 장발 히피들이 샌프란시스코의 〈서머 오브

러브〉축제에서 춤을 추고 카트만두 대로를 탈취하는 모습을, 백인들이 미국의 흑인을 옹호하는 모습을 지켜보았다. 그는 또 독일 현대 예술가들의 행태에 격분했다. 쾰른, 뮌헨, 서베를린에서 발달한 초기 공동체들, 요제프 보이스와 목탄, 동판, 산화 강철로 제작한 그의 사회성 짙은 조각들, 제로 무브먼트, 리히터, 키퍼, 빈 행동주의자들, 피부를 옭아매고 화폭을 피로 물들이는 브루스, 뮐, 니치. 사이키델릭 음악가들의 반체제 신시사이저, 욕망의 배출구 같은 플루트와 타악기 소리들은 바그너의 서정성을 매장해 버리고 있었다. 우주적이고 단조로운 선율은 독일 영혼의 가장 깊은 곳을 탐색해 들어가 과거를 짓밟고 절망을 토해 낸다. 전쟁의 망령에 사로잡힌 조형 예술가, 화가, 음악가들은 독일의 맨얼굴을 직시하게 한다. 독일의 위선과 거짓, 포식자였던 그들 부모의 경멸스러운 과거를, 독일과 우상 파괴적 분노를, 고문실, 인간 죄악의 수렁을. 그들은 보스의 3면화 「쾌락의 정원」오른쪽 패널에 묘사된 지옥과 악마, 유럽을 황폐하게 만든 흑사병에 독일을 연결한다. 아우슈비츠에, 트레블링카 강제 수용소에, 즉 멩겔레에게.

60

  텔레비전 앞에서 저녁 시간을 보내는 것은 슈타머 집
안의 의례가 되었다. 실내화를 끌고 가서 담요로 몸을
감싼 멩겔레는 무릎 위에 웅크린 개와 함께 텔레비전 뉴
스를 되풀이해서 보았다. 그는 기타와 아이들에게 뉴스
를 보라고, 브라질 군대의 〈용감한〉 독재와 프라하에 대
한 소련의 〈결정적〉 개입을 찬양하는 자기 말을 귀담아
들으라고 강요한다. 베트남에서 미군이 진퇴양난에 빠
진 것에 기뻐하고 〈전후 미국에서 수입된 온갖 추잡한
풍조와 물질주의와 개인주의에 곪아 버린〉 서구의 쇠퇴
를 한탄하고, 1968년 학생들의 시위를 〈자유와 무정부
상태를 혼돈한 국적 없는 멍청한 젊은이들의 망동〉이라
며 경멸한다. 독일 소식은 그의 화를 돋울 뿐이다. 〈나
치 키징거와 변절자 브란트〉가 이끌어 낸 위대한 동맹,
〈지도자들의 유약함과 태만〉. 슈타머의 아들들은 페터
아저씨가 욕설을 뱉어 낼 때면 몰래 웃어 댄다. 그는 장
관이나 민주주의자로 개종한 나치가 화면에 나올 때마
다 혹은 멀리 있는 조국을 〈퇴폐에 빠뜨린 원흉〉인 구약
과 기독교에 대한 증오심이 뻗칠 때면 소파에서 벌떡

237

일어나 큰 걸음으로 거실을 가로지르며 〈배신자, 쥐새끼, 분리주의자, 거짓말쟁이, 똥멍청이〉 따위의 욕설을 퍼부었다. 그런 와중에 제들마이어가 고무적인 소식을 전해 왔다. 그의 가장 위험한 적이었던 바우어 검사가 1968년 7월 1일 알 수 없는 이유로 사망했다는 것이다.

멩겔레와 게자의 관계는 최악의 상태에 머물러 나아지지 않았다. 두 남자는 자주 부딪치며 서로 욕설을 퍼부었다. 헝가리인은 상파울루에 애인을 두고 있다는 아내의 의심을 받은 다음부터 아내의 애정을 되찾았다. 멩겔레는 농장의 여자 노동자들과 공공연하게 잠자리를 함께함으로써 복수했다. 기타는 게자의 품에 안겨 신음하고 페터 앞에서 남편의 목덜미를 애무했다. 게르하르트는 이들의 마음을 진정시키기 위해 규칙적으로 개입해야만 했다. 하지만 1968년 10월, 수습하기 어려운 상황이 닥쳤다. 슈타머 부부가 세라네그라에서 농사를 접고 그들의 농장을 팔고 이주하기를 원한 것이다. 회사에서 승진한 게자는 직장 근처로 이사를 하고 싶어 하는 반면, 호흐비힐러는 자신의 작은 망루를 포기하고 싶지 않았다. 당황한 멩겔레 가족은 파라과이에서 그들을 대변해 주던 루델과 접촉했다.

몇 주일 후에 이 왕년의 조종사는 게르하르트에게 밝은 소식을 전했다. 클라우스 바르비가 멩겔레를 맞아들일 준비가 되어 있다는 것이다. 그 〈리옹의 도살자〉는 독일 내 프랑스 점령 지역과 군대 내 공산주의자들의 활동에 관한 정보를 미국의 정보기관에 제공한 후, 볼리비아에서 만족스럽게 살아가고 있었다. 리옹 군사 법정에서 궐석 재판으로 두 차례나 사형 선고를 받은 바르비는 볼리비아의 라파스에서 클라우스 알트만이라는 이름으로 목재 개발 사업을 벌였고 루델과 함께 마약과 무기를 밀매했다. 왕년의 게슈타포인 그는 CIA와 독일 정보부의 비호를 받아 가며 볼리비아에서 군대가 권력을 잡은 1964년 이래 강압적인 심문 기법을 가르치며 그 나라 장교들을 양성하고 있었다.

어린애 같은 게르하르트는 볼리비아라는 선택지가 매력적이라고 생각했다. 챙 달린 체크무늬 모자를 쓰고, 저명한 의사를 대동하고, 정글과 국경을 넘나들며 감동적인 경력을 쌓은 바르비를 만나는 자신의 모습을 상상해 보았다. 멩겔레는 그따위 이야기는 듣고 싶어 하지도 않았다. 그 오스트리아인의 비좁은 자동차에 올라탄다는 생각만으로도 소름이 끼치는데, 예순이 다 되

어 가는 나이에 또 거주하는 나라를 바꿔야 한다니 말
도 안 된다. 그는 바르비를 모르지만 한 가지 분명한 사
실은 슈타머 부부 다루듯이 그자를 조종할 수 없으리라
는 것이다. 그는 세라네그라에서 공간과 사람들과 가축
들을 지배해 왔다. 여기 있으면 전혀 위험하지 않을 것
이다. 게다가 루델은 믿음직한 사람이 아니라 오히려
그를 실망시켰다. 멩겔레가 브라질에 살게 된 이래 한
번도 찾아오지 않았고 지난 생일에 축하 인사도 보내지
않았다. 멩겔레 집안에서 받아 파라과이에 판매하는 외
바퀴 손수레에서 건지는 넉넉한 수수료만이 관심사일
뿐이다. 〈자신에게 굴복하는 자만이 패배한다〉라는 그
의 빌어먹을 금과옥조만이 적어도 이 점에서는 멩겔레
를 배반하지 않은 셈이다. 루델과 그의 캐시미어 재킷
과 볼리비아 계획은 다 헛소리고 개수작이다. 그 소식
을 들은 바르비는 몹시 화를 냈고 루델은 원한을 품었
다. 루델은 〈멩겔레는 최악의 골칫덩어리〉라고 게르하
르트에게 말했다. 「혼자 알아서 앞날에 대처하도록 하
시오. 더 이상 그 사람 이야기는 듣고 싶지 않소.」

　멩겔레는 거주지를 옮기긴 싫었지만 혼자 살 생각은
아니었다. 슈타머 부부가 갈망하는, 숲이 우거진 언덕

위에 세워진 웅장한 저택을 구입하려면 세라네그라를 매각해야 했다. 그곳은 상파울루에서 30킬로미터 떨어진 카이에이라스 근방에 위치한, 8천 제곱미터가 넘는 토지에 세워진 방 네 개짜리 건물이다.

멩겔레는 그들을 따라갈 각오를, 슈타머 부부는 그를 데려갈 각오를 해야 했다. 그들은 1969년 초에 이사했다.

61

새로 이사한 집에는 망루는 없으나 담장이 있었다. 멩겔레는 즉시 요새화 작업을 서둘렀다. 말뚝을 박아 철사로 연결하고, 구멍을 파서 2미터 높이의 큰 기둥을 박아 넣었다. 땅이 굳어서 잘 안 파이자 곡괭이와 착암기를 들고 힘겹게 작업하는 모습을 게자는 빈정대며 지켜보았다. 등을 구부려 가며 구멍을 파느라 몇 주일을 기진맥진했지만 직각자를 손에 들고 작업을 계속해야 했다. 경사진 땅이라 기둥이 비스듬하게 박히자, 구멍에 자갈, 시멘트, 물 그리고 주변의 흙을 쏟아 붓고, 지지대를 만들어 못으로 박고, 마지막으로 수직 판자로 고정했다. 판자는 나무가 썩지 않도록 옻칠과 페인트칠을 해서 세 겹으로 만든 것이었다. 튼튼한 울타리 뒤로는 소관목과 레몬나무가 버티고 있어서 배후를 완벽하게 가려 주었다.

한가해진 멩겔레는 새로운 환경에 어렵게 적응해 갔다. 자신의 개들과 헤어져야만 했고 이 지역은 세라네그라 주변보다 인구 밀도가 더 높아서 새벽이나 황혼녘에만 산책할 수 있었다. 자질구레한 일을 하고 문과 마룻바닥을 손질하고 책꽂이를 만들고, 슈타머 부부와 함께하는 일은 피했다. 게자는 주중 2~3일만 자리를 비웠다. 멩겔레는 기꺼이 기타와 관계를 가질 수 있었지만 상대가 더는 그를 원치 않았다. 까탈스러운 성질에 신물이 난 것이다. 멩겔레는 자주 부엌에서, 혹은 텔레비전을 보며 혼자 저녁을 먹는다. 빼곡하게 일기를 적어 가거나 비탄조의 시를 써나가고 야생 동물과 꽃에 대한 탐구를 이어 나갔다. 멩겔레는 바나나거미와 풍뎅이를 관찰하고, 슈타머 부부가 다른 사람들처럼 바퀴벌레라고 부르는 〈블라토데아〉[31]에 열정을 쏟았다. 멩겔

31 곤충강 바퀴목의 학명.

레는 이 벌레들이 1초에 스물다섯 번이나 방향을 바꿀 수 있다는 걸 책에서 읽고 알았다. 이놈들을 맨손으로는 잡을 수 없어서 설탕 조각이나 고깃덩이를 목욕탕 바닥에 놓아 유인하여 잡은 다음 상처 난 흉곽에서 흘러내리는 흰 피를 관찰했다. 그는 공책에 균형 잡힌 큰 눈들, 생생한 빛깔과 사이키델릭한 무늬가 인상적인 바퀴벌레를 크로키한다. 다리 하나를 떼어 내면 곧장 다른 다리가 자라났다. 다리는 여섯인데 열여덟 개의 관절이 있으며, 기다란 더듬이들이 달려 있고 솜털이 허리를 감싸고 있어서 포식자의 조그만 움직임도 감지할 수 있었다. 멩겔레는 그토록 경쾌하게 움직이는 곤충들을 부러워했다. 놈들은 십계명도 형법도 모르고, 원자폭탄도 견뎌 낼 거라고 한다. 그는 독일 바퀴벌레가 가장 해롭다는 사실을 발견하고는 만족스러워했다. 세균을 포함하고 있어서 인간에게 알레르기를 불러일으킬 수 있다. 바퀴벌레를 짓이겨 상처에 대면 고통을 진정시킬 수 있다고 한다. 다음에 기타가 샐러드를 준비하다 손을 베기라도 하면 아픈 부위에 바퀴벌레 연고를 바르게 할 것이다. 아니면 축구를 하다 자주 다치는 반항적인 로베르투의 발목에 바르게 하든지. 그런 생각을 하자 즐거워진다. 좆같은 인생.

좆같은 인생, 지루한 일상. 출입구의 벽지에 대해, 식단에 대해, 전기료 고지서에 대해, 곧 고등학교를 졸업하게 될 아이들의 진학 문제에 대해 게자와 기타가 벌이는 언쟁. 걱정과 불면. 이스라엘 사람들은 무얼 하고 비젠탈은 무슨 음모를 꾸미고 있나? 그는 멩겔레가 파라과이에 숨어 있다는 소문을 퍼뜨렸다. 멩겔레는 신문 기사들을 읽었다. 혹시 나의 방어 태세를 느슨하게 하려는 교란 작전 아닐까? 미디어는 모사드가 아르헨티나에서 아이히만 납치를 준비하고 있는 동안 그가 쿠웨이트에 숨어 있다고 확언했다. 전날 숲에서 마주쳤던 두 명의 건장한 사내들은 누구였나? 그리고 루델과 바르비가 배반하면? 멩겔레는 점점 더 미쳐 가는 듯한 편지를 귄츠부르크에 보냈다. 알로이스는 더 많은 돈을 슈타머 부부에게 보내야만 했다. 멩겔레는 계산을 해보았고, 5만 마르크의 현상금은 새로 산 집값을 넘어서는 금액이었다. 게자가 그를 고발하면 더 큰 보상을 받는 것이다! 멩겔레는 기타에게 자기 가족이 관대하지 않다고 한탄했다. 1969년 소방관 제들마이어가 서둘러 개입했다. 카이에이라스에 들러 슈타머 부부에게 물을 뿌리고 멩겔레를 진정시켰다.

62

멩겔레가 상파울루 가까이에 살게 된 이래 게르하르트는 그를 좀 더 자주 방문했다. 어느 오후 게르하르트는 오스트리아 억양이 심한 50대의 마른 남자와 함께 나타났다. 머리를 짧게 깎고 구레나룻을 면도한 볼프람 보세르트는 순백의 반팔 셔츠에 짙은 색 넥타이를 매고 검은 구두를 신고 있었다. 슈타머 부부에게 과자를 건네고, 게르하르트가 호흐비힐러로 소개한 멩겔레에게는 악수와 우아한 미소를 건넨다. 그는 자신의 동향인이 입이 마르게 칭찬한 스위스 농업인을 알게 된 것을 영광으로 여겼다.

두 오스트리아인은 몇 년 전 상파울루의 독일인 클럽에서 우연히 만났다. 독일 국방군 하사였던 보세르트 역시 독일 제국 패망 후 엘도라도를 찾아 브라질에 왔다. 제지 회사의 관리자이니 크게 성공했다고 할 수는 없으나 동향인인 게르하르트보다는 나은 편이다. 음악

가라는 뜻의 〈무지쿠스〉라는 별명이 붙을 정도로 고전 음악 애호가로서 지적이고 예술적인 욕구가 강하고 이를 주변과 공유하고 싶어 했다. 그는 음울한 일상을 보내는 멩겔레의 기분을 달래 줄 수 있을 것이다.

게르하르트가 하도 졸라 대는 통에 멩겔레는 보세르트를 만나기로 했는데, 단 자신이 누구인지를 밝히지 않는다는 조건을 달았다. 차를 마시는 동안 멩겔레는 미지의 오스트리아인을 관찰하고 시험한다. 출신과 전력은 보잘것없지만 상당한 교양과 흠잡을 데 없는 신념이 부족한 점을 보충할 듯하다. 인종주의자, 반유대주의자, 반동주의자인 보세르트는 자신의 증오 목록을 일관성 있게 읊조렸다. 그는 광적인 나치이자 히틀러의 패잔병으로 〈위대한 독일은 모든 역사에서 가장 빛난다〉라고 기꺼이 확언했다. 사파리 모자를 쓴 과묵한 스위스인에게 호기심이 생겨 그는 이후 몇 주 동안 여러 차례, 언제나 게르하르트와 함께 카이에이라스에 왔다. 상대방의 언어, 쉽게 숨기지 못하는 독일 남부 지방의 억양, 역사와 생물학에 관한 엄격한 성찰로 미루어 보건대 호호비힐러가 평범한 사람이 아닐 거라고 짐작했다.

무지쿠스와 함께하는 일이 불쾌하지는 않았지만 멩

겔레는 경계를 늦추지 않았다. 그자가 어쩌면 이스라엘의 첩자로, 뛰어난 연기를 하는 스파이일지도 모르니까. 게르하르트는 그렇지 않다며 무지쿠스의 〈매력적인〉 아내 리젤로테를 알고 있으며 그녀는 〈우리끼리 얘기지만 엉덩이가 예쁘고〉 그들의 어린 두 자녀 자비네와 안드레아스도 알고 있으니 하나도 두려워할 것이 없다고, 보세르트에게는 신분을 밝혀도 될 거라고 말했다. 게르하르트는 제들마이어에게 벌써 그런 사실을 공개했고, 지난번 제들마이어가 브라질에 들렀을 때 잠깐 만난 후 그의 동의를 얻어 놓았다.

멩겔레는 내키지 않는 마음으로 자신의 정체를 드러냈다. 보세르트는 게르하르트 앞에서 자기 아이들의 이름을 걸고 누구에게도 비밀을 발설하지 않겠노라 맹세해야 했다.

63

멩겔레는 브라질에 도착한 이래 처음으로 위험을 무릅쓰고 바깥나들이를 하기로 결심했다. 수요일마다 매우 흥분하며 머리를 뒤로 넘겨 빗고 세심하게 옷을 차려입고 코트 주머니에 권총을 감춘 후에 보세르트의 집에 저녁을 먹으러 갔다. 혹시나 어떤 함정이 있지 않을까 늘 두려워했기에 초반에는 게르하르트가 함께 따라가야 했다. 나중에는 보세르트가 저녁 7시 정각에 카이 에이라스에 멩겔레를 데리러 오고, 교통이 원활하면 20분 안에 상파울루 교외에 있는 독일인 거주 지역에 있는 보세르트 집안의 이름 모를 작은 건물에 도착했다. 가문의 근엄한 초상화들, 알프스의 자잘한 실내 장식품들과 그문덴의 도자기들이 에워싸고 있는 집에서는 잘 차려입은 그의 아내와 아이들이 페터 아저씨를 반갑게 맞이했다. 모두의 관심 대상이 된 멩겔레는 오아시스를 발견했다. 거기 머무는 몇 시간 동안은 자신의 비참한 삶, 슈타머 일가 그리고 나날의 두려움을 잊어버렸다. 그는 자비네와 안드레아스에게 모노폴리 게임을 가르쳐 주고 고기 완자 수프를 거리낌 없이 몇 그릇이나 먹고 무지쿠스가 살짝 긴장하며 잘라 낸 돼지고기 구이를 먹었다. 파란 눈을 모아들였던 남자, 지구상에 생존하는 가장 유명한 나치를 자주 만난다는 일이 보세르트 부부에게는 대단한 영광이다. 식사가 끝나면 리젤로테는 설거지를 하러 부엌으로 가고 두 남자는 거실에 틀어박혀 고전 음악을 감상했다.

그들은 열심히 토론을 했다. 방문객이 자신의 운명을 한탄하며 분노를 토로하는 동안 보세르트는 브랜디를 홀짝거리며 도자기 파이프에서 연기를 뿜어 댔다. 아리아 인종, 비굴한 유대인, 생물학의 탁월함, 자랑스럽고 영웅적인 독일 민족……. 멩겔레는 자신의 구닥다리 서사와 고정관념들과 포식성 비전을 끝없이 펼쳐 내고, 〈변절자 브란트와 유대인 크라이스키〉가 주도하는 독일과 오스트리아의 퇴보와 그것을 중심으로 돌아가는 세상을 걱정했다. 「비생산적 인간들의 강제 불임 수술과 말살은 미개한 인종의 수를 줄이기 위해, 그리고 천년이나 지속된 유대 기독교인들의 비정상 상태에서 벗어나 순수 무구한 자연을 되찾기 위해 필요 불가결한 조치입니다.」 오스트리아 하사는 동의하면서도 자신이 비굴하게 아첨하고 있는 이 인종 기술자의 말에 대한 평가에는 주저했다. 그는 한 번도 이만한 역량을 가진 학자를 만날 기회가 없었던 것이다. 멩겔레는 10년 전 부에노스아이레스에서 아세가 죽은 이래로 자신이 찾고 있던 제자를 발견했다. 크루크나 지금의 게르하르트는 수용소의 하찮은 보조자들 정도에 불과하다. 뢰리케, 노발리스, 슈펭글러…… 무지쿠스는 멩겔레의 독서 목록을 충실히 따랐으며 그가 권하는 음반을 듣고 헬레니즘과 생물학 공부에 투신했다. 심지어 바퀴벌레에 대한 매혹까지 덮어놓고 추종했다. 무지쿠스는 왕년의 나치를 얼빠지게 찬미한다. 멩겔레는 이 온순하고 성실한 남자에게 강한 영향력을 미치는 것이 즐거웠다. 자신의 엉뚱한 생각을 조롱하고 자신의 재산이나 탕진하는 슈타머 부부와는 너무나 달랐던 것이다. 미개한 것들. 그는 수요일 저녁마다 헝가리 가족에게 침을 뱉었다. 그의 말을 가로막거나 반박해 봐야 소용없다. 보세르트는 멩겔레의 이해관계를 위해 슈타머 일가의 소원을 들어줄 것을 소심하게 제안했다가 호된 경험을 했다. 멩겔레가 광기 어린 눈빛으로 대화를 중단해 버렸던 것이다.

무지쿠스는 자정 직전에 그를 다시 데려다주곤 했는데, 떠날 준비를 할 무렵이면 급격하게 변하는 손님의 외모를 보고 놀랐다. 거만한 수다쟁이가 침묵에 갇히고 챙이 넓은 모자를 푹 눌러쓰고 위축된 표정으로 몸을 떨며 코트 깃을 올렸다. 경찰을 보면 땀에 흠뻑 젖었고,

빨간 신호등에 걸린 다른 차가 옆에 멈춰 설 때면 얼굴을 두 손으로 가리고 머리와 몸을 숙여 구두끈을 고쳐 맸다. 보세르트의 집을 나서는 즉시 멩겔레는 추적당하는 짐승의 옷으로 갈아입었다.

하지만 멩겔레는 친구들과 함께 정글에서 주말을 함께 보내기로 하고 무지쿠스에게 자기 사진을 찍도록 허락했다. 1950년 말 이래 처음 있는 일이었다. 보세르트는 사람들이 알아보지 못할 거라며 그를 설득하여 고립된 구역을 벗어나 보라고 충고했다. 그렇지 않으면 아주 좋지 않은 결말에 이를 거라면서. 「그 사람 자살할지도 몰라.」 언젠가 멩겔레를 사람들이 많은 곳에 데려간 후에 자기 아내에게 말했다. 튀어나온 이마는? 앞니 사이의 틈은? 보세르트는 전혀 위험하지 않다고, 누구의 관심도 끌지 않을 거라고 주장했다. 게르하르트와 보세르트에게 에워싸여 멩겔레는 짧은 외출을 시도했다. 슈타머 집안에서 멀어져서. 기온이 올라가면 모자도 안 쓰고 코트도 안 입고. 추방자는 도시 속으로 몰래 스며들었다. 보세르트의 아이들이 그를 버스와 슈퍼마켓과 극장에서 호위했다. 그는 아우슈비츠의 생존자나 자기 얼굴을 잘 알아보는 사람에게 재수 없이 들킬까 두려워

땀을 흘리며 벌벌 떨었다. 하지만 이를 악물고 (조금은) 안심을 되찾으면서 노년에는 덜 망가진 삶을 누릴 수 있기를 이따금 꿈꾸었다. 멩겔레의 가족은 숱한 변덕을 일일이 받아 주면서 상파울루에 원룸을 하나 얻어 멩겔레가 월세를 받게 해주었다. 하지만 일은 제대로 처리해야 했기에 미클로시 슈타머의 명의로 계약을 했다.

64

예순 번째 생일을 맞이한 다음 날 멩겔레는 복통을 앓았다. 리젤로테가 만든 치즈 파이가 날이 더워 상한 탓인지, 아니면 스트레스 때문인지는 알 수 없었다. 게다가 게르하르트가 조그만 생일 파티에서 떨리는 목소리로 자신이 곧 브라질을 영원히 떠날 거라는 소식을 전했다. 재정적 어려움에서 벗어나지 못하고 있는 데다 아내와 아들이 심각한 건강 문제로 고통받고 있다고 했다. 그들은 일련의 검사를, 즉 채혈, 엑스선 촬영, 골수 채취 등의 검사를 받아야 하는데, 오스트리아에서 하는 편이 낫고 치료도 더 잘 받을 수 있다는 것이다. 「그럼

나는? 나는 어쩌라고?」 멩겔레가 묻는다. 보세르트가 새 돌보미가 되어 귄츠부르크와 슈타머 부부 사이에서 중재자 역할을 해주고 편지를 전해 주고 물품도 사다 줄 것이다. 게르하르트는 자신의 신분증을 이별의 선물로 주었다. 멩겔레가 사진만 바꿔 붙이면 될 것이니 아이들 장난처럼 쉬운 일이다. 보세르트가 서류를 수월하게 처리하도록 도울 테고, 행정 절차를 매끄럽게 밟아 가자면 그렇게 하는 편이 나을 것이다. 호흐비힐러라는 이름의 신분증은 조잡해서가 아니라 가짜이기 때문에 결국에는 화를 부를 수 있다.

복통은 몇 달 후에 다시 찾아왔다. 이번에는 좀 더 고통스럽고 위험했다. 멩겔레는 심한 복통으로 괴로워했다. 복부에 얼음주머니를 붙이고, 온수에 희석한 녹색 점토를 펴 바르고 온종일 굶었다. 하지만 아무 효과가 없고 산사나무 달인 물도, 보세르트가 사온 약과 항생제도 소용이 없었다. 고통이 더 심해지고 설사에 뒤이어 고창과 구토, 극심한 변비 증세가 나타났다. 장이 막혀 버리고 신체 기관이 약해지고 신경절들이 부풀어 오르더니 열이 올랐다. 어느 날 아침 깨어나 배를 만져 본 멩겔레는 위 근처에 있는 혹 같은 걸 발견하고는 바로 종양을 떠올린다. 아니면, 슈타머 부부가 자기에게 독을 먹인 거라고 생각했다. 그러면 그들은 집과 원룸을 손에 넣고 자신의 비망록을 출판사에 팔아 한 재산 챙길 것이다. 그는 고통에 온몸을 뒤틀면서도 카이에이라스로 의사를 부르는 것은 거부한다. 「그건 너무 위험해.」 그는 침대 맡으로 달려온 보세르트에게 중얼거렸다. 게자 역시 반대한다. 누가 오면 자기들도 공모자로 몰릴까 두려웠거니와, 이 우울하고 늙은 여우 같은 동거인이 상태를 과장하고 있으며 언제나 그랬듯이 결국에는 회복될 거라고 생각한 것이다. 하지만 이번에는 심각하다. 멩겔레는 계속해서 여러 날 동안 음식을 먹지 못했다. 힘겹게 수분을 공급하는데 지독한 똥 냄새에 마비될 지경이다. 아직 정신은 명료해서 코에 마치 똥 냄새 나는 토사물을 매단 것 같은 그 증상이 복막염임을 짐작할 수 있었다. 그는 죽을 것이다. 다급하게 전문가를 찾아가야 한다. 보세르트는 그를 상파울루의 병원에 데려갔다.

의사는 신음하는 환자의 배를 진찰하고 대리석 같은 얼굴, 희끄무레한 수염, 이마의 고랑들을 관찰하고, 보세르트가 원무과에 제출한 신분증을 토대로 작성된 서류를 확인한다. 엑스선 촬영이 오래지 않아 결과를 알려 주었다. 의사는 당혹스러웠다. 20년을 의사로 일해 왔지만 46~47세에 몸과 기관이 이토록 망가진 백인 환자는 진찰해 본 적이 없다는 것이다. 게르하르트 씨는 고된 삶을 살아왔을 거라고 했다. 무지쿠스는 퍼뜩 멩 겔레의 가짜 신분증에 적힌 출생 연도가 1911년이 아니라 1925년이라는 사실을 기억해 냈다. 그는 병원 기록부가 잘못됐다고, 의사 선생님 말이 맞다고, 환자 나이는 열 살이 더 많다고, 훌륭하신 혜안이라고 둘러댔다. 때마침 간호사가 엑스선 사진을 가지고 들어왔다. 「괜찮을 겁니다, 괜찮을 거예요.」 보세르트는 창백한 낯빛의 스승에게 그렇게 말한다.

실제로 당구공처럼 두툼하고 칙칙한 무언가가 그의 창자를 가로막고 있었다. 암인가? 아니다. 오히려 장폐색에 가깝다. 이상한 물체를 삼켰나? 아니다. 며칠 전부터 아무것도 먹지 않았고, 처음 통증을 느낀 시기는 작년으로 거슬러 올라간다. 그럼 뭔가? 알 수 없다. 하지만 당장 수술을 해야 한다.

의사는 멩겔레의 배에서 놀랍게도 실 뭉치를 끄집어 냈다. 평소에 잘근잘근 씹어 삼킨 수염이 장기 내의 다른 것들과 뭉쳐 장을 막아 버린 것이다. 모든 면에서 볼 때 실로 구사일생이었다. 〈볼프강 게르하르트〉는 입원 비용을 현금으로 계산하고 자연 속으로 사라졌다.

65

멩겔레는 위태로운 상태에서 벗어났다. 하지만 상처는 아물어도 기력은 떨어지고, 노화된 신체는 불안한 신호들을 내보냈다. 무겁지도 않은 통나무를 들어 올리다 척추가 삐끗하고, 이따금 찾아드는 죽을 듯한 두통은 너무도 심해서 몇 날이고 자리에 누워 어둠 속에서 지내야 했다. 전립선이 붓고 시력은 떨어지고 치통이 심해 고통스러웠다. 1972년 말, 그는 아래쪽 잇몸을 감염시킬 위험이 있던 썩은 어금니를 실과 칼을 이용해 스스로 뽑아냈다. 통증이 어찌나 지독한지 견딜 수 없을 정도였다. 자기 살을 망치로 쫓은 대장장이처럼 온 신경이 고함을 쳤다. 멩겔레는 병원 진찰을 극도로 회피했다. 지난번에 병원에서 의사가 출생 연도를 지적한 것이 또 하나의 트라우마가 되었다. 게르하르트가 준 신분증은 독이 든 선물인 셈이었다. 그는 스트레스와 지난 10년 동안 시달린 불면의 밤과 한낮 땡볕 아래서의 육체노동, 치욕과 언쟁, 이별, 열기, 우울과 습기로 인한 대가를 톡톡히 치르고 있음을 깨달았다. 메마른 가슴과 위축된 마음. 병적인 생각들과 실존적 고뇌가 불쑥 솟구치고 죽음의 그림자가 드리웠다. 자신의 고통에 무관심한 슈타머 가족에게 그는 절망했다.

그는 마지막 지지자인 무지쿠스에게만 의존했다. 하지만 보세르트는 게르하르트가 아니다. 사소한 상처가 생겨도 차를 타고 달려오는 정성은 보이지 않으며 자기 동족만큼 헌신적이거나 광적이지 않다. 도망자의 완강함을 경탄하긴 해도 거리를 두고 보살필 뿐이지 그를 위해 자기 경력이나 가족을 희생할 생각은 없다. 멩겔레는 자기중심적인 조종자다. 보세르트는 멩겔레가 게르하르트에게 파렴치한 짓을 저지르는 것을 목격한 적이 있다. 게르하르트의 운명은 재난의 연속이었다. 오스트리아에서 건강 검진을 한 결과 아내는 위암, 아들 아돌프는 골수암으로 판명되었고 치료비가 엄청났다. 게르하르트는 자신이 10년간 충성스럽게 보호해 주었으면서도 돈은 한 푼도 요구하지 않았던 멩겔레에게 도움을 요청했다. 하지만 멩겔레는 게르하르트가 병원비를 부풀려 자기 돈을 갈취하려 든다고 생각하고는 싫은 내색을 했다. 다른 사람의 돈까지 빌려 낭비하느니 불가피한 아내의 죽음을 빨리 받아들이는 편이 좋을 거라면서! 보세르트가 강하게 요구하지 않았다면 멩겔레는 자기 동생에게 게르하르트를 도와주라고 부탁하지 않았을 것이다. 게다가 절망에 빠진 옛 집사가 신문사나 경찰에 자신에 대한 몇몇 비밀을 털어놓지 않을까 걱정하지 않았다면 절대 도와주려 하지 않았을 거라고 보세르트는 짐작했다. 멩겔레는 그답게, 자기 가족의 인색함에 자기도 충격을 받았노라는 가증스러운 편지를 게르하르트에게 써 보냈다.

늙은 나치는 주변 사람들을 짜증 나게 했다. 1970년대 초반, 그는 얼마 안 남은 지지자들을 낙담시켰다. 자신의 운명을 한탄하고 가까운 사람들의 사생활을 간섭하고 충고를 남발하고 아이처럼 그들의 꾸준한 관심(돈과 편지)을 구걸한 탓이다. 마르타는 어쩌다 한번씩 편지를 보냈다. 알로이스는 멩겔레가 자신의 기업 경영과, 얼굴 한번 본 적 없는 아들 디터의 교육을 두고 비난하는 것을 견딜 수가 없었다. 심지어 디터가 결혼하려

할 경우에 귄츠부르크에서 피해야 할 집안들의 블랙리스트를 보내오기까지 했다. 알로이스는 또한 조카인 카를하인츠에게 더는 긴 편지를 보내지 말라고 멩겔레에게 요구했다. 편지에서 멩겔레는 자신의 불만을 곱씹고 히틀러와 우생학을 칭송하고, 사실상 그들에게 너무나 관대한 서독 정부를 맹비난했다. 세상의 질서는 변했다. 디터는 1974년에 아버지 알로이스가 사망한 이후부터는 아메리카에 있는 아저씨의 충고에 따르기를 거부했다. 충실한 제들마이어조차 뻔질나게 브라질을 오가는 일에, 멩겔레의 푸념과 고집불통에, 슈타머 부부와의 끝없는 언쟁에, 감사할 줄 모르는 태도에 지쳐 갔다. 도피 중인 어떤 나치도 그처럼 전폭적인 지원을 받지 못했다! 멩겔레는 거추장스러운 짐이 되었지만 귄츠부르크 일족은 그를 저버릴 수 없었다. 그가 체포되면 죽음의 천사와 질기게 얽혀 있는 관계들이 폭로될 테고, 다국적 기업으로 성장하여 수백만 마르크의 사업 규모를 자랑하며 2천 명의 직원을 거느린 회사가 치명상을 입을 터이니 말이다. 1971년 제들마이어는 선서를 하고 나선 법정에서 검사에게 또 한 번 위증을 했다. 멩겔레는 자기 집안과 아무런 관계를 맺지 않았고 자신은 결코 그들 기업을 위해 일한 적이 없으며 그는 분명 파라과이에 살고 있을 거라고 했다. 다른 사람들처럼 자신도 신문을 통해서나 그런 사실을 알고 있으며 멩겔레는 십 몇 년 전에 부에노스아이레스의 공항에서 마주친 후 본 적이 없다고 주장했다.

66

젊은 롤프 멩겔레는 고통받고 있었다. 그가 모습을 드러낼 때면 거북스러운 침묵과 불편한 시선들이 그를 맞았다. 멩겔레라고요? 그 멩겔레인가요……? 네, 그 멩겔레입니다. 사탄의 아들이죠. 저주받은 성, 그의 십자가와 깃발. 아이히만이 납치된 직후 신문을 읽다가, 엥겔 호텔에서 남미의 목동들과 인디언들에 대한 이야기를 들려주던 익살맞은 아저씨가 자기 아버지이며 아우슈비츠의 잔인한 의사라는 사실을 알게 되었던 날의 당혹과 슬픔은 절대 잊을 수 없을 것이다. 불길한 가문. 어머니 손에 자라나 프라이부르크의 변호사가 된 롤프는 귄츠부르크 일족을 피해 다녔다. 그는 아버지의 범죄에 대해 멩겔레 가문이 침묵하고 희생자들을 무시하는 행태를 경멸했다. 그들의 부족적인 유대, 그들의 탐욕, 그들의 비겁함에 구역질이 났다. 롤프는 자본주의와 파시즘에 대항하고, 메르세데스와 위선과 온건한 서독 사회의 태평스러움에 맞선 투쟁에서 좌파 진영에 가담했다. 전후 반체제의 후예인 롤프에게 사촌들인 디터와 카를하인츠는 〈공산주의자〉라는 별명을 붙였다. 반항자이긴 하지만 연약한 반항자이다. 몹시 거추장스럽고 악에 물든 아버지로 인해 고통받으며 출생 신분에 따른 자기모순에 얽매인.

뮌헨의 피나코테크 미술관에서 루벤스의 「저주받은 자들의 몰락」에 그려진 뒤엉킨 시체들을 마주한 롤프는 아버지 멩겔레를 생각하지 않을 수 없었다. 티끌 하나 없는 깨끗한 군복 차림으로 죽음의 무도를 지휘하던 그 악마는 선별대 위에 서서 사람들을 죽음으로 내모는 일을 담당했다. 오랫동안 전해져 온 가족의 전설처럼, 그가 러시아에서 사망했더라면……. 롤프가 그를 가차 없이 쳐낼 용기만 있었다면, 독일의 좋은 집안 여자가 아닌 폴란드 유대인 여자 혹은 자이르[32] 여자와의 결혼을

32 콩고의 옛 이름.

알리고 그의 착한 친구들처럼 키부츠에 정착할 거라는 사실을 통보할 용기가 있었다면, 혹은 그를 사법기관에 밀고할 용기만 냈다면…… 그랬더라면 부모 살해범이 되어 또 다른 고통에 시달리고 새로운 드라마가 생겼을 것이다. 그의 아버지는 요제프 멩겔레이다. 그는 요제프 멩겔레의 아들이다. 롤프는 왜, 어떻게 그랬는지를 알아야 하고, 선별과 실험의 진상과 아우슈비츠의 비극을 알아야 한다. 노친네는 어떤 후회도 뉘우침도 없는 걸까? 신문들이 묘사한 대로 잔인한 짐승인가? 그 정도로 악랄하고 사악한가? 자신이 그의 영혼을 구제하도록 도울 수 있을까? 그리고 사악한 아버지를 두었다는 이유로 롤프 자신도 나쁜 존재인 걸까?

1970년대 초반에 아버지와 아들은 활발하게 편지를 주고받았다. 멩겔레는 아들이 이레네의 치마폭에 감싸여 있다는 이유로 롤프를 오랫동안 소홀히 했으며 사실 카를하인츠를 더 좋아했다. 그 정신적인 아들은 아르헨티나에 있을 때 곁에 두고 자기 뜻대로 빚어낼 수 있었던 것이다. 하지만 죽음이 가까워지자 멩겔레는 15년 전에 스위스에서 단 열흘 정도만 함께했던 생물학적 아들과 다시 관계를 맺어야겠다는 생각이 들었다. 그는 아들에게서 다른 사람들이 거부한 동정심을 기대했다. 아들에게는 일상의 근심들, 각종 염증 증상과 아마도 관절 질환 초기인 듯한 척추 디스크 따위의 건강 걱정을 주저 없이 늘어놓으며 멩겔레 일족의 나머지 사람들보다 유약하고 예민한 롤프의 동정심을 기대했다. 죄의식을 느끼게 하고 자존심을 부추겨 뭔가 술책을 꾸미려는 것이다. 아버지는 일부러 아들에게 사촌인 카를하인츠의 장점들을 늘어놓았다. 카를하인츠는 〈뛰어난 독일인〉이고 성실하고 겸손하며 다정하여 알로이스와 디터 몰래 자신에게 규칙적으로 돈을 보내 준다면서 롤프가 사촌을 따라 하도록 꾸몄다. 그는 〈돈의 힘에 넘어가 유대화된 미디어들에 의해〉 그리고 이레네와 프라이부르크 구두 장수의 방임 교육에 의해 길을 잃고 헤매는 풋내기 아들을 단련시키고 싶어 했다. 〈권위가 없다면 세상은 잡다 해질 테고, 인생을 이해할 수 없게 된다〉라고 편지에 적었다. 멩겔레는 아들의 삶의 방식, 며느리의 용모를 비난하고, 아들의 좌절감에 안타까워하는 기색조차 보이지 않았다. 롤프는 결혼 후 1년 만에 이혼했던 것이다. 이 젊은이가 논문을 마치지 못하고 포기하자 야심이 없다며 경멸을 드러냈다. 「요즘 변호사는 누구나 한다. 내가 너를 자랑스러워하길 바란다면, 법학 박사 학위를 받아라.」 그런 다음 유순해진 멩겔레는 약간의 애정을 구걸하고 뮌헨과 슈바르츠발트의 사진과 우편엽서를 보내달라고 부탁했다. 자신은 너무도 불행하고 〈세상 끝으로 쫓겨나 정글 속에서〉 너무나 고독하다면서.

롤프는 논쟁하고 양보하고 거부하고 질문한다. 그런데 아빠, 아우슈비츠에 대해서는 어떻게 생각하세요? 멩겔레는 일련의 범죄로 기소되었으나 자기는 결백하다고 선언했다. 자신은 〈반박할 수 없는 전통적 가치들〉을 수호하기 위해 싸웠으며 결코 누구도 죽이지 않았다고 했다. 오히려 어떤 사람이 노동에 적합한가를 결정해 줌으로써 목숨을 살렸다는 것이다. 그는 어떤 죄의식도 느끼지 않았다. 롤프는 잘못된 정보를 접했으며, 고통스러운 어떤 사건들은 깨끗이 잊어버리는 법을 배워야 한다. 끊임없이 과거를 되씹는 일은 건강하지 않다. 독일은 죽음의 위기에 처해 있다. 그리고 아버지와 아들은 어떤 상황에서든 서로 사랑해야 한다. 그는 아들에게 〈열린 마음으로 편견 없이〉 자기를 보러 브라질로 오라고 요구했다.

롤프는 자문했다. 자신의 유전자와 대면해야만, 아우

슈비츠에서 웃고 있었던 사람, 선별대 위에서 오페라의 곡조를 흥얼거렸던 자를 마주해야만 평화를 찾으리란 사실을 절감하고 있었다. 인간 대 인간으로, 멩겔레와 또 다른 멩겔레가 서로 얼굴을 마주해야 한다. 한데 두 사람이 여행 계획을 짜던 시점에서 슈타머 부부와 나치 의사가 맞부딪쳐 새로운 위기가 폭발했다.

67

멩겔레가 기타를 때렸다. 어이없는 언쟁이 폭력으로 비화한 것이었다. 초콜릿 한 조각, 깨진 잼 단지, 왕년의 댄서의 엉덩이를 스친 일, 분쟁의 원인은 모호하지만 어쨌거나 기타가 고래고래 소리를 질렀고 멩겔레가 그녀의 뺨을 때렸다. 게자는 망가진 나치의 멱살을 잡았고 즉시 보세르트에게 전화를 했다. 멩겔레는 제들마이어가 대서양을 건너올 때까지 며칠 동안 친구들 집에 임시로 머물러야 했다. 이번에는 슈타머 부부가 단호하게 나왔다. 그들 코앞에 5천 달러를 흔들어 대도 아랑곳하지 않았다. 13년의 공동 생활 후에 찾아온 이혼은 완벽했다.

잘 가요 페터, 잘 가요 호호비힐러. 속 시원하게 잘 치워 버렸다. 멩겔레를 어찌할 것인가? 무지쿠스는 게르하르 트 같은 인맥이 없었다. 결국 루델이 날아왔다. 한데 루델 의 유일한 대안이 손아귀를 빠져나갔다. 무지쿠스가 가 까운 친구한테 부탁했는데 처음엔 승낙하더니 얼마 못 가 거절했단다. 무지쿠스가 자신의 계획을 털어놓은 이 래로 낯모르는 수상한 사람들에게 미행당하고 있다고 확신해 밤잠을 이루지 못한다는 것이다. 무지쿠스의 아 내 리젤로테는 무지쿠스가 자리를 비우는 즉시 자기의 뒤태와 다리를 감상하는 멩겔레를 싫어했다. 보세르트는 자기 집 안에 불화의 씨를 뿌리지 않겠다고 아내에게 약 속했다. 시간이 촉박했다. 슈타머 부부는 벌써 카이에이 라스의 땅을 팔고 상파울루에 있는 2천 제곱미터의 화려 한 빌라로 이사했다. 멩겔레와 그의 개 시가누는 두 달 안 에 집을 비워 줘야 했다. 그러지 않으면 1975년 1월 길바 닥에 나앉게 될 것이다. 빠져나갈 구멍이 없는 60대 남 자는 생각할 수 없었던 일을 벌이기로 한다. 부에노스아 이레스를 떠난 이후 처음으로 혼자 사는 것이다. 게자는 멩겔레와 기타 사이에 있던 일이 폭로되자 그에게 비싼 대가를 치르게 하기로 결심하고 마지막 모욕을 안겼다.

카이에이라스의 땅을 팔고 나서 자기 몫의 돈으로 사들인 방갈로를 그에게 임대한 것이다. 상파울루의 척박한 교외 엘도라도, 회반죽을 바른 오막살이를.

추락. 보세르트가 그를 새로운 거처에 마치 짐짝처럼 내려놓고 말도 없이 거북한 미소를 지으며 줄행랑치자 그는 현기증을 느꼈다. 문이 다시 닫히자 시가누가 낑낑대고 멩겔레는 자신을 깊은 바다 밑까지 데려갈 듯한, 축축한 지하실을 연상케 하는 마룻바닥의 뚜껑 달린 문을 발견하고는 슬픔에 비틀거렸다. 다음 추락 예정지는 묘지나 감옥이 될 것을 직감했다. 엘도라도! 알바렝가 거리에 세워진 음산한 건물, 녹회색 벽, 곰팡이 핀 비좁은 욕실, 부탄가스 화덕, 물이 새는 지붕. 이게 엘도라도라니! 혼돈스러운 잡종의 섬 같은 땅에 세워진, 좋은 집안 출신 우생학자의 마지막 정거장. 브라질의 깊은 오지가 그를 삼켜 버릴 준비를 한다.

처음 몇 달 동안은 오두막을 손질하고 안전하게 만들고 싶었을 것이다. 하지만 고독이 에너지를 갉아먹었다. 그는 욕실의 타일과 부엌을 수선하기 시작했으나 끝마치지 못했다. 권총을 손 닿는 곳에 두고 콘크리트 바닥에 맨몸으로 길게 누워, 설치 중이던 창문의 창살이 아니라

선풍기 날개를 몇 시간이나 뚫어져라 바라보았다. 어린 시절부터 아침형 인간이었지만 이제는 침대에서 느지막하게 일어난다. 어떤 때는 목이 메어 다시 자리에 누워버리기도 한다. 이게 다 무슨 소용이냐? 충격적인 사건이 앞으로 몇 번이나 더 일어날까? 이렇게 시가누에게 중얼거린다. 계획한 모든 일이 물거품이 돼버렸다. 지붕 위에 설치한 기구 때문에 흘러내리는 물에서는 여전히 쇠붙이 냄새가 났다. 방을 환기해도 소용이 없고 곰팡이 냄새는 사라지지 않았다. 자꾸만 번식해 가는 바퀴벌레들에도 더는 관심을 쏟을 수 없다. 해가 지면 슬픔이 솟구쳐올랐다. 이레네, 마르타, 위로의 몸짓, 때로는 슈타머 부부조차 그리웠다. 그는 집세를 낼 때만 그들을 만난다. 안녕하쇼, 자기 소유의 원룸보다 싼 방갈로의 집세, 잘 있어요, 고마워요. 게자가 정산을 하는 동안 기타는 차 안에서 기다렸다. 보세르트만이 약간의 휴식을 가져다주었다. 그는 매주 수요일 저녁에 밥을 먹으러 와서 바흐의 음악을 듣고 멩겔레의 탄식과 독일, 히틀러, 가족, 건강으로 이어지는 변함없는 하소연을 들어 주었다. 혈압은 너무 높았다. 류머티즘과 불면으로 고통스러워하고 전립선 수술을 앞두고 불안해했다. 짓눌린 척추가 너무 망가져 걷기가 힘들었다. 〈롤프는 물러 터지고 제들마이어는 이기적이고 루델은 물질주의 변절자고 디터는 제 아버지처럼 개새끼고, 알로이스 그 개자식〉은 충분한 돈을 보내 주지 않는다고 불평을 했다. 다행히 카를하인츠가 그의 빈약한 주머니를 조금 채워 주었다. 그럼에도 월말이 되면 생활이 어려워지고 카세트테이프를 사기 전에 망설이게 되었다. 이제 멩겔레는 새로 생겨난 강박관념을 토로했다. 신의 섭리가 자기를 내던져 버린 이불법 구역에 대한 강박 관념을. 여기는 〈흑인들과 타락한 혼혈 여자들, 강도들과 마약 중독자들의 소굴〉이며 〈오물이 쌓여 있고 쥐들이 번식하는 곳〉이다. 〈저번 날 저녁에는 못된 녀석들이 한밤중에 내 집 문을 두드려 대서 다시 잠을 이룰 수 없었다.〉 아직도 귄츠부르크의 어린애 같은 남자는 매주 방문하는 무지쿠스에게 〈악몽〉이라고 되풀이해서 말한다. 끔찍한 교통량, 단전, 연달아 들려오는 폭발음, 불결함, 잡동사니 오두막집들, 불안, 매음굴, 주말이면 활개치는 술주정뱅이들, 운동 경기와 마쿰바[33] 의식이 있는 저녁나절의 집단 흥분 상태……. 「이

---

33 브라질, 아르헨티나 등지에 전해지는 토속 신앙으로 아프리카 원시 종교에서 유래했다.

런 타락이 없네……. 내가 이렇게 저속한 곳으로 떨어졌다는 걸 믿을 수가 없어.」

이웃에게 멩겔레는 페드루라는 이름의 허약하고 머리가 살짝 돈 노인이었다. 언젠가 전철에서 어느 부부가 그의 얼굴을 뚫어지게 쳐다본 이래로 동네 밖으로 더는 나가지 않았다. 어떤 남자가 자기를 줄곧 응시하면서 옆의 아내에게 귓속말을 했다는데 사실은 그의 착각이다. 멩겔레는 여전히 편집증 속으로 빠져들고 돌출한 이마와 앞니 사이의 틈은 그를 끊임없이 괴롭히고 속을 갉아먹었다. 고개를 숙이고 식료품 가게까지 걸어갈 때마다 시가누가 꽁무니를 따르고 멩겔레는 정체가 들통 날까 봐, 누군가 갑자기 불러 세울까 봐, 체포되어 두들겨 맞을까 봐 벌벌 떨었다. 매일 사들이는 신문에서는 계속해서 자기 이야기를 하고 사람들은 도무지 놔줄 생각을 하지 않는다. 멩겔레는 어처구니가 없어 아연실색한다. 그를 파라과이 페드로후엔카바예로 정글의 전능한 사람 혹은 페루의 엄청난 부자로 설명하고 있는 우화들, 스페인에서 자기를 한 끗 차이로 놓쳤다고 주장하는 망할 비젠탈의 이야기, 자신의 체포에 붙은 수만 달러 현상금, 게다가 지금 찍고 있는 할리우드 영화 「마라톤 맨」에서는 로런스 올리비에가 흰옷을 입고 〈여전히 도피 중인 아우슈비츠의 죽음의 천사, 가공할 인물인 멩겔레 의사를 모델로〉 한 나치 치과 의사를 연기한다는 기사들을 읽었다. 자신은 난파선의 잔해에 불과하고 자신을 사랑했던 여자들의 얼굴조차 기억해 내지 못하며, 집구석에 틀어박혀 불안에 휩싸인 채 고양이 소리에도 소스라치게 놀라는 존재로 위축되어 버렸는데 말이다. 누구의 눈에도 띄지 않게 죽음을 향해 사라져 가고 있는 멩겔레는 세상에 대고 고함치고 싶었다. 나는 병든 개처럼 혼자 아프다고, 쓰러져 가는 판자촌의 부스러기 사이에서 혼자 죽어 가고 있다고. 사람들은 그를 피했다. 모두들 피했다. 열여섯 살 난 동네 정원사인 어린 루이스조차 그를 피했다. 멩겔레는 그 애와 함께 꽃을 돌보길 좋아했다. 둘이 방갈로 뒤편 작은 공원의 쿠루피타나무 아래서 아이스크림을 먹으며 식물학에 대해 토론하길 좋아했다. 페드루는 루이스가 자기를 꽤 좋아한다고 믿었다. 그래서 자기 오두막의 문을 열어 주었고 초콜릿과 사탕을 주었으며 고전 음악의 세계에 아이를 입문시켰다. 그는 아이를 기쁘게 해주려고 텔레비전도 사 주었다.

하지만 아이는 수염이 성성한 노인이 혼자서 왈츠를 추기 시작하고 자기 집에서 자고 가라고, 다음 날 함께 연속극을 보고 작은 오두막을 짓자고 제안하자 덜컥 겁이 났다.

루이스는 다시는 오지 않았다.

68

1975년 가을, 보세르트는 제들마이어에게 위험 신호를 보냈다. 브라질 당국이 신분증 형식을 변경할 준비를 하고 있다는 것이다. 게르하르트가 상파울루에 돌아와야 했다. 그만이 새로운 행정법에 적합한 신분증을 다시 만들 수 있기 때문이다. 당연히 멩겔레는 관청에 출두할 수 없다. 제들마이어는 오스트리아인에게 브라질에 돌아가서 옛 친구를 마지막으로 도와주라고 설득했다. 꽤 까다로운 임무다. 게르하르트는 멩겔레가 자기 아내와 아들의 치료비 지불을 달가워하지 않았고 오스트리아에 사진 재료 상점을 열려고 했을 때 재정 지원도 거절했던 터라 단단히 화가 나 있었다. 3만 마르크를 요구했으나 신랄한 협상 후에 고작 1천 마르크만을 얻어 냈을 뿐이다. 그러는 동안 아내는 사망했고 어린 아들 아돌프의 병은 완치되지 못했다.

그러니까 게르하르트로서는 돈도 필요하지만 자기를 좀 배려해 주길 바랐던 것이다. 제들마이어는 돈만으로는 충분하지 않음을 깨닫고 메르세데스로 그를 데려와 이 모든 일이 시작된 브라우나우암인의 최고급 레스토랑에서 함께 식사를 했다. 히틀러는 그 도시의 잘츠부르거 포어슈타트 거리의 어느 집에서 태어났다. 두 사람은 푸짐한 식사와 굵은 시가를 피운 후에 그 집을 방문했다. 광신도 게르하르트는 눈물을 흘리며 감동했고, 제들마이어는 그 틈을 이용하여 자신의 계획을 풀어놓았다. 히틀러 총통을 기억하여 브라질로 돌아가 신분증을 갱신해 주고 전 나치 친위대의 대위를 구해 주는 일이었다.

게르하르트는 1976년 초에 상파울루에 도착했다.

서류를 갈아 치우는 일은 형식 절차일 뿐이고, 그것을 암거래하고 다시 바꾸는 일도 마찬가지다. 하지만 멩겔레가 최근 들어 수척해졌기 때문에 전보다는 게르하르트와 훨씬 덜 닮아 보였다. 해쓱한 얼굴에 면도도

제대로 안 한 모습이라 보기에 딱할 정도였다. 오스트
리아인은 거실을 다시 칠하는 작업을 도와주고 그의 방
에 박제된 멧돼지를 걸어 주기도 했다. 하지만 병든 아
들이 아버지에게 유럽으로 돌아와 달라고 애원했다. 게
르하르트는 보세르트에게 자기 친구에게 좀 더 많은 시
간을 할애해 달라고 혹은 이따금 그의 기분을 전환해
줄 다른 가족을 소개해 달라고 부탁했다. 그러자 무지
쿠스는 독일 출신 아르헨티나 섬유 기술자인 에르네스
토 글라베를 떠올리고, 게르하르트에게 그를 한번 만나
살펴보라고 했다. 「착한 사람이군요, 일을 잘하겠어요.」
두 공모자는 합의에 이른다. 두말할 나위도 없는 얘기
지만, 그자에게 페드루 게르하르트의 정체는 절대 밝히
지 말아야 한다. 페드루는 러시아 전선의 군의관이었고
볼프강 게르하르트의 먼 친척이라고 소개했다. 글라베
를 노인에게 소개해 준 게르하르트는 떠나기 전에 은밀
하게 마지막 임무를 완수했다. 제들마이어가 부탁하고
보세르트도 알고 있던 일로, 병든 〈아저씨〉를 위해 엥부
의 시립 묘지에 자기 어머니의 묘지 곁 한 자리를 예약
해 놓은 것이다. 게르하르트는 그 후 다시는 멩겔레를
보지 못했다. 1978년 자신의 승용차 앞에서 쉰셋의 나

이로 쓰러진 것이다.

69

1976년 5월 16일 일요일을 멩겔레는 글라베 가족과 함께 보내고 있었다. 아르헨티나식 대형 바비큐인 아사도를 함께 먹기 위해 그 집을 처음으로 방문한 것이다. 보통은 에르네스토와 그의 아들 노르베르투가 과자와 정성 들여 준비한 요리를 바구니에 담아 들고 멩겔레를 방문했다. 보세르트가 페드루 아저씨는 식욕을 잃었고 요리를 할 줄 모른다고 일러 주었던 것이다. 정원의 정자 아래 앉아 있는데도 불구하고 멩겔레는 불타오르는 더위에 숨이 막혀 노르베르투에게 커피를 마시기 전에 자기를 집으로 도로 데려다 달라고 부탁한다. 실례인 줄은 알지만 끔찍한 두통이 몰려오고 있다고, 그러나 여기서 눕고 싶지는 않으니 그저 빨리 집으로 돌아가고 싶다고 한다. 「고맙다, 얘야.」 집의 문 앞에 도착했지만 문을 열 수가 없었다. 이상하다. 열쇠를 돌릴 힘이 없고 마비된 오른팔이 뇌의 명령에 더는 대응하지 못하고 갑자기 머리가 지독하게 아팠다. 마치 수문이 활짝 열려 머리에 홍수가 난 듯하고 수압이 폭발하여 도와 달라는 말을 하려는 것도 사태를 분명히 보는 일도 가로막는다. 그는 절뚝거리며 노르베르투의 차까지 다시 걸어갔는데, 그런 모습에 노르베르투는 공포에 사로잡혔다. 노인은 차 문에다 구토를 했다. 아랫입술이 오른쪽으로 치우쳐 대롱대롱 매달려 있는 듯했다.

뇌졸중으로 2주간 병원에 입원한 멩겔레는 서서히 회복해 갔다. 보세르트 집안과 글라베 집안이 번갈아 가며 병상을 지켰고, 퇴원 후에는 노르베르투가 그의 집에 머물렀다. 의사들에 따르면, 아주 운이 좋아 뇌졸중 후유증은 거의 겪지 않는다지만 페드루 아저씨는 혼자 살 수 있는 상태가 아니었다.

남미의 청년과 지쳐 빠진 나치의 동거 상태는 금세 악화된다. 노르베르투는 가라앉을 줄 모르는 페드루의 심리적 불안 증세를 다스릴 인내심도 간병인으로서의 능력도 없다. 가끔 기억력이 발동할 때면 멩겔레는 미친 듯한 분노로 치달았다. 흔들거리는 오른손이 자제력을 잃으면 드라이버나 책을 내동댕이치고 스파게티가 잘 안 익었다고 불평을 했다. 어느 날 밤, 노인이 악몽을

꾸고 나서 독일어로 고함을 쳐댄 다음 날 노르베르투는
그를 포기하기로 했다. 글라베 가족은 다시는 그를 보
고 싶어 하지 않았다.

〈노인을 돌봐 줄 요리 잘하고 인내심 있고 헌신적인
가정부 구함. 신상 정보 필수. 성실하지 않은 분은 사
양……〉 보세르트 부부가 낸 광고에 각진 얼굴의 30대
여자가 지원했다. 1976년 말 엘사 굴피앙 지 올리베이
라가 페드루의 시중을 들러 왔다.

70

매사 정확하고 상냥한 엘사는 오두막을 환기하고 바
닥부터 천장까지 때를 벗기고 먼지를 털어 냈다. 노인
은 그녀에게 동정심을 불러일으켰다. 늘 혼자 있으면서
투덜대고 손톱을 신경질적으로 물어뜯거나 기억력을
잃지 않으려고 독일 시를 암송하는 노인이 가여웠다.
「페드루 씨, 그렇게 계시면 안 돼요.」 그녀는 자기와 함
께 장을 보자고 격려하고 걸어 보라고 부추긴다. 멩겔
레는 그녀의 말에 복종하여 활달하고 체구가 작은 가정

부의 팔을 붙잡았다. 게다가 그녀는 요리도 잘했다. 노인은 그녀와 저녁 식사를 하고 극장에도 데려갔다. 보세르트를 제외하면 그의 삶에는 이제 엘사밖에 없다. 시가누가 죽던 날, 엘사는 친절하게 그리고 본능적으로 그를 안으며 위로해 주었다. 마르타 이후로는 누구도 그를 이렇게 안아 주지 않았다. 엘사가 있으면 안심이 되었다. 얼마간 활기를 되찾은 그는 이제 몇 년이나 지난, 자신이 했던 약속을 지킬 수 있으리라는 희망을 갖는다. 아들을 브라질에 오게 하는 일.

롤프가 새로 내세운 핑계들에 멩겔레는 협박과 한탄이 뒤섞인 비장한 편지들로 응수했다. 그는 너무나 고독하고 사랑받지 못하고 있어 만일 롤프가 찾아오지 않으면 자살할 거라고, 건강이 파멸 지경이라 두 번이나 죽을 뻔했다고, 이스라엘 사람들이 곧 자기를 암살할 거라고. 「롤프, 난 네가 필요하다. 우리는 되도록 빨리 만나야 한다.」

고뇌하던 젊은 변호사는 마침내 결심했다. 아버지는 아들의 여행에 대비해 마치 중요한 전투에 임하는 장군처럼 명령을 내린다. 무엇 하나 소홀하지 않을 터이고, 롤프는 그에게 당도하기 위해 이 모든 명령을 준수해야 할 것이다. 거짓 행선지를 여러 개 만들고, 호텔 방도 여러 개 예약하고, 군중 속에 섞여 들어가 모습을 감추는 법을 배우고, 〈선글라스와 모자는 필수〉이고, 미행을 알아보고 추적자를 따돌리는 법을 배우라며 자세히 설명한다. 「롤프, 나는 네 몸이 건강하길 바라는데, 만일 그렇지 않다면 이 원정에 대비하여 운동을 해라.」원한다면, 상파울루 도착에 맞춰 보세르트가 무기를 건네줄 것이다. 무엇보다 가짜 여권이 필요하다. 멩겔레의 아들은 진짜 이름으로 남미를 여행해선 안 된다. 1970년대 중반에는 누구도 멩겔레를 진지하게 추적하지 않았으니 사실 다 쓸데없는 짓이었다. 서독인들은 그가 여전히 파라과이에 있다고 믿었다. 이스라엘인들은 최신 정보를 갖고 있지 않았으며 더 이상 그를 납치할 계획도 없었다. 6일 전쟁 이후 모든 나라의 발언권이 UN 안보리에서 중요해졌고, 마찬가지로 남미 여러 나라의 발언권도 그러했다. 그렇기 때문에 어쩌면 죽었을지도 모르는 늙은 나치 때문에 타국 정부를 성가시게 하거나, 하물며 남미 국가의 주권을 침해하는 짓은 하지 않아야 했다.

제들마이어가 준비 상황을 총괄 감독했다. 롤프가 반

대 의견을 제시하면 불행이 닥친다. 멩겔레가 통렬히 비난하는 편지를 잔뜩 보내기 때문이다. 롤프는 자신이 전적으로 신임하는 친구와 함께 가기를 바라지만 멩겔레는 그를 모르기에 아들 혼자 오길 바랐다. 〈아빠는 내 친구를 전혀 모르잖아요〉 등등, 10여 통의 편지가 대서양을 오가고 시간은 흐르는데 롤프는 독일에서 사랑에 빠져서 출발을 늦추고 초조해진 멩겔레는 제들마이어를 증오하고 제들마이어는 머리카락을 쥐어뜯었다. 드디어 비행기표를 예약했다. 롤프는 1977년 10월 10일 비행기를 타기로 했다. 멩겔레는 보세르트 집안에 〈좋은 선물〉을 가져와야 한다고 주장했다. 멩겔레는 자기 집안이 인색하게 굴어 그와 슈타머 부부가 결별에 이르렀다고 확신했다. 그리고 면도기의 충전 부품, 슈프레발트의 소금 들어간 오이 피클, 엘사를 위한 레이스 달린 앞치마도 가져오라고 부탁했다. 그리고 엘사에게는 아들이 곧 도착한다고 알렸다. 출발하기 전에 카를하인츠와 롤프는 제들마이어 집의 정원에서 만났다. 카를하인츠는 사촌에게 수천 달러를 건네주면서 자기 엄마의 남편이자 사랑하는 〈프리츠 아저씨〉인 멩겔레에게 전해 달라고 했다.

롤프와 그의 친구는 무사히 리우데자네이루에 도착했다. 롤프는 다른 친구에게서 가로챈 여권을 세관에 내밀었고, 그와 함께 온 공모자는 만약의 경우를 대비해 롤프의 진짜 여권을 가지고 있었다. 하지만 세관원은 미소를 보내며 브라질 입국을 환영해 주었다. 리우에서 하룻밤을 머물고 롤프 혼자 상파울루로 날아갔다. 예정대로 첫째 택시가 그를 A 지점에 내려 주고, 둘째 택시가 B 지점에, 셋째 택시가 보세르트의 집에 내려 주었다. 말 한 마디 나누지 않고 두 남자는 즉시 엘도라도를 향해 갔다. 이제 그들은 알바렝가에 이르렀다. 거리에서는 고기 타는 냄새가 진동하고 전봇대에는 전깃줄들이 매달려 있고 개들은 쓰레기통을 뒤지고 있었다. 롤프는 초라한 집들, 남루한 차림새의 남자들, 하역 일을 하는 살진 흑인 여자들을 관찰했다. 심장이 요란하게 쿵쾅댔다. 심하게 흔들리던 자동차가 5555번지 앞에 멈추었다. 반소매 셔츠를 입고 수염을 덥수룩하게 기른 노인이 두 주먹을 허리춤에 얹고 문턱에 서 있었다.

그의 아버지, 요제프 멩겔레였다.

71

롤프는 무엇보다 오두막에서 풍기는 악취와 아버지의 떨리는 음성에 놀랐다. 어린 시절 산에서 함께 휴가를 보낼 때 아버지는 남성적이고 위압적인 목소리로 깊은 인상을 주었다. 그러나 롤프는 노인이 자신을 맞아 쏟아 내는 눈물이나 불구가 된 오른손 그리고 쫓기는 짐승 같은 시선에 동요하지 않았다. 제들마이어가 〈요제프는 가공할 배우〉라고 미리 경고했던 것이다. 롤프는 아버지를 자리에 앉히고는 본론으로 들어간다. 그토록 오랜 세월이 흐른 후에, 막연한 편지를 보내고 불면의 밤을 지새운 후에, 아버지는 마침내 진실을 알려 줘야 한다. 어째서 그는 아우슈비츠에 갔는가? 거기서 무엇을 했나? 기소된 범죄를 과연 저질렀는가?

처음으로 멩겔레는 자신이 저지른 전대미문의 중죄를 마주하게 되었다. 그는 아들의 얼굴을 탐색하면서 제 어미의 숨겨진 모습을 찾아내고 기침을 했다. 아들이 사진에서 보던 것보다 더 잘생겼다고, 미국 배우 같은 장발은 브라질에 있는 동안 잘라야 한다고, 통 넓은 바지는 흉측하다고 생각했다. 그냥 물만 마셔도 되겠어? 멩겔레는 아들을 위해 맥주와 포도주를 사놓았다. 그리고 뭘 먹고 싶지는 않니? 「아빠, 아빠, 그건 나중에요.」 그 낡아 빠진 얘기들? 멩겔레가 한숨을 쉰다.

네, 그 낡아 빠진 얘기들이요.

인류는 이제 더 이상 난초나 나비보다 더 큰 목표나 계획을 가진 종족이 아니다. 전나무와 소나무와 꽃들 중에 어리거나 노쇠한 것이 있듯이, 민족들과 언어들도 융성과 쇠락을 거친다. 모든 문화는 새로운 표현 가능성을 가지고 있고 그것은 싹이 트고 자랐다가 시들어 돌아올 길 없이 사라진다. 아들의 취조에 대비했던 아버지가 말했다. 제1차 세계 대전 후에 서구는 위기에 봉착했고 독일은 문명의 가혹한 단계에 도달하여, 기술적이고 자본주의적인 현대성, 대중, 개인주의와 범세계주의로 인해 타락했다. 죽느냐 행동할 것이냐 하는 두 개의 선택지가 제시되었다. 「우수한 종족인 우리 독일인은 행동해야 했다. 우리는 새로운 생명력을 전파하여 자연 공동체를 보호해야 했고 아리아 인종의 영속성을 보장해야 했다.」 멩겔레는 주장했다. 히틀러는 1억 게르만 민족을 구상했고, 중기에 2억 5천만 명을 그리고 2200년에 10억 명을 예상했다. 「10억이다, 롤프! 총통

은 우리의 카이사르였고 그의 기술자들인 우리들은 인
종적으로 만족할 만한 건강한 독일인 가족의 수를 늘리
고 감시하는 임무를 맡았던 거지……」

롤프는 손가락으로 탁자를 두드렸다. 서구의 몰락에
대한 슈펭글러의 이론은 이미 알고 있었으며 나치 교리
문답에 관한 신어를 술술 읊어 대는 아버지 이야기를
들으려고 브라질까지 찾아오는 모험을 강행한 것은 아
니었다. 「아빠, 아우슈비츠에서 뭘 했어요?」

멩겔레는 짜증 섞인 몸짓을 했다. 누군가 그의 말을
끊는 일은 좀처럼 드물기 때문이다. 「내 임무는, 독일
과학의 첨병으로서 내 임무는 생물학적이고 유기적인
공동체를 보호하고 혈통을 순화하고 피에서 이물질들
을 제거하는 일이었다.」 그는 아들의 눈을 똑바로 바라
보며 말했다. 그는 부적격자들을 분류하고 골라내고 제
거해야 했고, 수용소에 보내지는 이들은 매일 수천 명
에 이르렀다. 「나는 최대한 많은 목숨을 살려 주기 위해
되도록 많은 노동자들을 노역장으로 보내려고 노력했
다. 내 실험을 통해 의학을 발전시키는 데 쓰였던 쌍둥
이들 또한 나에게 생명을 빚진 것이다.」 그는 감히 말한
다. 하지만 롤프는 그를 삐딱하게 바라본다. 멩겔레는

자신의 선별 원칙을 설명하려 들었다. 군 병원에서는 모든 환자들을 수술할 수 있는 게 아니다. 전쟁 중이니 어떤 환자들은 죽을 수밖에 없다. 생명의 법칙은 그렇게 관철되고, 오직 가장 강한 자들만이 살아남는다. 호송차에 실려 온 죄수 중에는 곧 죽을 사람들이 너무나 많고, 때로는 살 사람보다 죽을 사람 수가 더 많다. 그 사람들을 어쩌겠냐? 아우슈비츠는 요양원이 아니라 노동 수용소야. 그들에게는 차라리 수많은 고통을 얼른 제거해 주는 편이 낫다. 「내 말을 믿으렴. 그게 매일같이 쉬운 일은 아니다. 이해하겠니?」 아니, 롤프는 이해하지 못한다, 절대로. 하지만 아버지의 말을 반박하지 않았다. 이대로 계속 말하게 내버려 두면 멩겔레는 어쩌면 고백을, 후회를 쏟아 낼지도 모른다. 「내가 명령에 복종했던 이유는 독일을 사랑했기 때문이고 바로 그것이 히틀러의 정책이었기 때문이다. 우리의 총통 히틀러 말이다. 합법적으로 그리고 도덕적으로 나는 내 임무를 완수해야 했다. 나로서는 선택의 여지가 없었다. 아우슈비츠나 가스실이나 소각로는 내가 만들어 내지 않았다. 나는 톱니바퀴에 불과했어. 〈만일〉 어떤 과도한 일이 저질러졌다 해도, 그건 내 책임이 아니고, 나로서

는…… 나는…….」 롤프는 일어나서 아버지에게 등을
돌리고 더 이상 듣지 않는다. 그는 정원에서 뛰어 노는
아이들을 창문 너머로 바라보며 머리를 주무른다.

72

「그러면 유대인들은요? 유대인들이 아빠한테 뭘 했
죠?」 다시 자리에 앉아 멩겔레를 마주한 아들이 물었다.
멩겔레는 생물학, 간균, 세균, 박멸해야 할 유충에 대해
말한다. 그는 벽을 타고 날아다니는 모기 한 마리를 가
리키며 말한다. 「우리는 저놈을 죽여야 한다. 왜냐하면
모기는 우리의 환경을 위협하고 모기에게 물리면 우리
도 병에 걸릴 위험이 있기 때문이다. 유대인들도 마찬
가지다.」 롤프는 두 눈을 감는다. 아버지는 도망치고 싶
을 테지만 그는 움직이지 말라고 윽박지른다. 이야기가
아직 다 끝나지 않았다. 벌레는 기다릴 것이다. 「아빠가
가스실로 보냈던 아이들과 여자들, 노인들에 대해 한
번도 동정심을 느낀 적이 없나요?」 멩겔레는 아들을 칩
떠본다. 내 아들은 정말로 아무것도 이해하지 못하고

있구나. 「연민이란 인간 부류에 속하지 않는 유대인들에게는 유효하지 않는 범주의 감정이다. 그들은 우리에게 전쟁을 선포했어. 수세기 전부터 아리아 인종의 패망을 바라고 있었지. 그들을 모조리 제거해야만 한다. 훗날 유대의 소년들과 소녀들은 복수심 가득한 부모들이 될 거다. 그때의 생존자들이 오늘날의 독일을 오염시키고, 이스라엘은 세계 평화를 위협하고 있지. 롤프, 양심이란 행동을 구속하고 행위자들을 마비시키려고 병적인 존재들이 고안해 낸 병든 의식이란 걸 알아야 한다.」 그는 사법권에도 굴복하지 않았다. 그가 보기에 법원의 판관들은 심판을 내리는 자들과 복수를 하려는 자들에 불과하기 때문이다.

엘도라도에 밤이 내렸다. 멩겔레 부자는 말없이 저녁을 먹었다. 아들은 자기 아버지라는 낯선 인간이 계란 노른자를 깨뜨려 거기에 빵을 적셔 탐욕스럽게 먹는 모습을 지켜보았다. 삶은 시금치를 씹어 대는 턱관절을 따라 그의 턱수염이 씰룩거린다. 「아빠가 죽였어요? 갓난애들을 고문하고 불에 던졌나요?」 갑자기 롤프가 물었다. 멩겔레는 자리에서 벌떡 일어나 아들을 무섭게 쏘아보았다. 자신은 누구에게도 나쁜 짓을 하지 않았으며, 오직 군인과 과학자의 의무를 다했을 뿐이라고 맹세했다. 조종사가 적지에서 도시 위에 폭탄을 투하할 때, 해당 집단에서는 그를 단죄하지 않으며 오히려 영웅 대접한다. 그런데 어째서 사람들은 악착같이 나를 적대시하는가? 게다가 독일인들은 한 번도 항의하지 않았고, 교황도 그렇게 하지 않았다. 이건 부당할 뿐만 아니라 모욕적이다! 멩겔레가 말했다. 민족의 외과의로서 나는 아리안 종족 공동체의 영속과 행복을 증진하는 일에 복무했다. 개개인은 중요하지 않았다.

얼굴이 빨개진 노인은 불쑥 자리에서 일어나 버럭 소리쳤다. 「내 하나뿐인 아들인 네가, 사람들이 나에 대해 퍼뜨린 온갖 추잡한 이야기들을 믿고 있구나! 너는 어리석은 계부의 영향을 받은 소시민에 불과하다. 네가 한 법학 공부와 미디어들은 개똥 같은 너희 세대와 다를 게 없어. 그따위 이야기들은 가당치도 않다. 그러니 네 선배들한테 돌아가서 그자들이나 존경하고 여기서 꺼져 버려. 나는 어떤 잘못도 하지 않았다. 롤프, 알겠냐?」

끝났다. 쉼 없이 이어진 이틀 밤낮의 논쟁 끝에 롤프는 포기했다. 그의 아버지는 고집불통에 치유 불능인

악의적인 전범, 회개하지 않는 반인륜적 범죄자이다. 그래, 이제 끝났다, 라고 롤프는 생각했다. 이후의 일정은 더 이상 중요하지 않다. 산책, 보세르트 일가와 사진 찍기, 베르티오가 해변에서의 소풍은 모두 위선이다. 그는 예정보다 일찍 출발했다. 공항에서 아버지는 다시 만나고 싶다는 말을 흘렸다.

롤프는 탑승 구역을 향해 멀어졌다.

73

멩겔레는 아들의 방문을 일종의 승리로, 그즈음의 평온을 파란 많은 초창기를 보낸 후에 맞이한 무죄 석방처럼 받아들였다. 롤프는 그에게 약간의 활력을 되찾아주었다. 하지만 아들이 떠나고 나흘과 닷새가 지났는데도 잘 돌아갔다는 전갈이 오지 않았다. 리우에서 체포된 걸까? 독일 도착 후에 체포되었나? 그렇지만 유럽으로 돌아갈 때 자신의 진짜 여권을 제시하지 말라고 멩겔레는 아들에게 신신당부했었다. 그는 아들에게 몹시 불안하다는 편지를 보내고 신문을 샅샅이 훑어보고 겁정에 휩싸여 라디오와 텔레비전 뉴스를 주시했다. 죽음의 천사의 아들이 브라질에서 돌아오다 체포된 것은 아닌지. 제들마이어가 한 달이 지나서야 그를 안심시킬 때까지 멩겔레는 손톱을 물어뜯으며 피가 마르는 심정으로 괴로워했다. 그러니까 롤프가 먼 길을 왔다 갔지만 아무 소득도 없었던 것이다. 나쁜 자식. 멩겔레는 속이 쓰렸다. 다시금 공허와 우울이 그를 사로잡았다. 보세르트는 좀 더 쾌적한 동네로 이사할 것을 제안하지만 그는 지구상에서 가장 위험한 범죄자를 누구도 결코 찾아내지 못할 이 엘도라도를 떠나고 싶지 않았다. 또한 새로운 환경에 다시 적응할 힘도 의욕도 없었다.

게다가 엘도라도에는 엘사가 있다. 그를 애지중지하고 엄마처럼 매일같이 돌봐 주는 엘사, 멩겔레가 고전음악과 라틴어와 그리스어를 가르쳐 주고 있는 엘사, 카를하인츠가 보내 주는 돈과 상파울루의 원룸 매각 대금으로 그가 숄과 팔찌를 비롯한 너그러운 선물들을 주는 엘사. 가정부가 하루 일과를 마치고, 다른 남자들과 데이트를 하려고 목욕탕 거울 앞에서 루주를 바르고 하이힐을 신고 퇴근할 때면 그는 괴로웠다. 아침마다 엘사가 커피를 준비하면 그는 이레네를 다시 본 듯한 착각을 일으켰다. 뒤에서 보면 두 여자는 서로 닮은 모습이다. 날씬한 엉덩이, 곱슬거리는 베네치아 블론드의 머리카락을 틀어 올린 모습. 엘사는 페드루 씨에 대한 애정이 있다. 페드루 씨는 그녀 나이 열다섯에 사라진 아버지를 떠올리게 한다. 그녀에게 친절하고 고상한 사람으로, 동네에서 주위를 어슬렁거리는 술에 취한 무식쟁이들과는 사뭇 다르다.

페드루는 그녀 동생의 결혼식에 참석했다. 가족사진을 함께 찍는 것은 거절하지만 젊은 여인과 왈츠를 추는 일은 흔쾌히 승낙한다. 그녀의 가느다란 몸에 바짝 붙어 라임과 카샤사[34] 향이 나는 그녀의 숨결을 들이마시면서. 노인은 그녀를 욕망한다. 자정 직전 멩겔레는 갑작스럽게 등이 아프고 다리에 통증이 와서 불편하다며 그녀에게 집까지 데려다 달라고 부탁했다.

엘사는 말라붙은 페드루의 몸을 마사지했다. 그는 오른쪽 둔부가 아프다고 했다. 순진한 여인이 당황해하면서도 손을 대자 멩겔레는 손을 자신의 성기 쪽으로 이끈다. 엘사는 불만을 드러내지만 노인은 그게 〈나름의 원칙〉일 거라 생각하며 그녀의 손목을 꽉 쥐었다. 언제

34 사탕수수 즙으로 만드는 증류주.

나 페드루를 만족시키는 데 골몰하는 엘사는 그의 성기를 가볍게 건드리고 섬세하게 비위를 맞추고 좀 더 세차게 흔들어 대기 시작한다. 하지만 성기는 부풀지 않고 오히려 달팽이처럼 움츠러들었다. 멩겔레는 〈천천히〉 혹은 〈좀 더 빨리〉라고 끈질기게 간청하지만 발기는 되지 않는다. 재난이다. 가정부는 그의 머리를 쓰다듬어 주고, 있지도 않은 자기 아들을 달래듯 그를 다독였다. 그렇다. 그녀는 그날 밤 페드루의 침대에서 자고 싶어 한다.

다음 날 아침, 그는 엘사에게 자기 집에서 함께 살자고 했다. 그녀는 거절했다. 「그렇게는 안 돼요. 이웃 사람들이 뭐라 하겠어요? 그리고 저희 어머니는 뭐라 하시겠어요?」 결혼한다는 조건이라면 몰라도.

74

「아니, 그럴 수 없어, 불가능해.」 멩겔레가 어쩔 줄 몰라 눈물을 쏟으며 더듬거렸다. 아, 이렇게 온순하고 친절한 여자를 아내로 삼아 여생을 함께한다면 너무 좋아

더 바랄 게 없을 것이다. 하지만 그는 엘도라도의 구청 직원에게 게르하르트의 이름으로 된 가짜 서류를 제시하는 것은 죽을 만큼 두려운 일이라는 사실을 설명할 수 없다. 엘사 또한 눈물을 흘리며 성호를 세 번 긋고 두 손으로 얼굴을 감싼다. 그가 아무 말도 덧붙이지 않고 설명도 해주지 않는다면 그녀는 떠나 버릴 것이다. 엘사는 창녀가 아니다. 페드루 씨는 훌륭한 분이지만 다른 가정부를 구해야 할 것이다.

늙은 나치는 자신의 마지막 보호자를 그냥 도망치게 놔두지 않을 것이다. 그녀의 모친을 찾아가 엘사의 급여를 올려 줄 뿐만 아니라 최상의 환경을 제공하겠노라 맹세하고 헐떡이는 가슴에 두 손을 올리고 무릎을 꿇었다. 그는 모친에게 딸을 설득시켜 다시 자기 집에 일하러 오게 해달라고 애원한다. 「그럼 그 애와 결혼하세요.」 빌어먹을 관습! 망할 놈의 가톨릭! 멩겔레는 절망했다. 그들을 집요하게 괴롭히고, 그들의 오막살이 앞에 죽치고 기다리고 꽃을 보내고 눈물을 흘리고 한탄하고 괴로워했다. 페드루는 정말이지 괴상한 노인이다. 모친은 그자가 머리가 돌았다며 딸에게 거리를 두라고 충고한다. 1978년 10월 엘사는 멩겔레에게 자신이 곧 결혼해야 하니 더 이상 귀찮게 하지 말라고 선포했다. 그는 털썩 주저앉아 제발 결혼을 단념해 달라고 간청했다. 어느 누구도 자기만큼 그녀를 잘 돌봐 주지 못할 거라면서. 하지만 그녀는 아무 말도 들으려 하지 않는다. 「그럼 난 곧 죽을 거요.」 페드루가 중얼거렸다.

엘사가 떠난 일은 최후의 일격이었다.

새 가정부 이네스가 들어와 정원 구석 오두막에 거처했음에도 불구하고 멩겔레의 불안정한 건강 상태는 급격히 악화되었다. 두드러기, 대상 포진, 간 기능 장애 등으로 몸이 만신창이가 되었다. 더는 식욕도 없고 눈에 띄게 살이 빠졌다. 삶이 의미가 없어지고 고독은 고문이 되고 자신은 전투에서 패배했다고, 그리고 모두들 자기를 저버리고 있으니 이제 자살을 준비한다고 제들마이어에게 편지를 썼다. 밤 시간은 끔찍했다. 흉곽을 압박하는 고통들, 쓰라린 통증들로 괴로워서 곧 질식할 것만 같았다. 잠자리에 들기 전 무릎을 꿇고 두 눈을 감고 어린 시절 아버지가 암송해 주던 라틴어 기도문을 소리 내어 외웠다. *Procul recedant somnia, et noctium phantasmata*(밤의 환상과 몽상들이 우리로부터 물러나 있게 해주소서). 하지만 그 무엇도 그의 영혼을 구제하고 고통을 진정시킬 수는 없다. 멩겔레는 더 이상 잠을 이루지 못했다. 아이처럼 이네스에게 거실에 불을 켜놓으라고 부탁하고 오두막에 와서 자신의 숙면을 기원해 달라고 애원한다. 이네스가 자기 집에 와서 자준다면 어쨌든 몇 시간이나마 휴식을 취할 수 있을 테니까. 이따금 그는 마치 유령을 쫓아가는 몽유병자처럼 사람들 소리와 방갈로를 서성이는 소리를 듣는다. 정신이 오락가락한다. 낮이면 가구들에 부딪혀 혼자 궁시렁거렸다. 롤프, 이레네, 아빠. 그는 보세르트 집에서 열릴 크리스마스이브 파티에 참석할 힘도 없었다. 크리스마스 날 아침, 무지쿠스가 전날 먹다 남은 고기와 케이크를 가지고 들러 보니, 멩겔레는 창백한 얼굴로 똥오줌이 흥건한 채 주저앉아 있었다. 침대 옆 탁자에는 좌약과 손톱 부스러기와 새해 카드가 있었다. 제들마이어가 1979년 새해맞이 인사로 보낸 카드는 멩겔레가 몇 달 전에 할아버지가 되었음을 알려 주고 있었다. 롤프는 아버지에게 손자가 태어났다는 기별조차 하지 않았다.

1월에 상파울루에는 맹렬한 더위가 몰아쳤다. 보세르트는 그에게 오두막을 잠시 떠나 베르티오가 해변에 있는 별장에 와서 몸을 식힐 것을 제안했다. 자기 아이들도 아저씨를 보면 좋아할 거라면서. 1979년 2월 7일 새벽, 멩겔레는 상투스 항구로 향하는 버스에 몸을 실었다. 무지쿠스가 버스터미널로 그를 데리러 갔다. 극도로 쇠약한 데다 기분도 최악인 그는 너무나 지쳐서 도착하자마자 점심도 거르고 자기 방에 틀어박혀 낮잠을 잤다.

멩겔레는 꿈을 꾸었다. 실로 수많은 밤과 낮을 보낸 이래 처음으로 꿈을 꾸었다.

75

안개 속 외딴 숲, 캄캄한 시골, 울음소리와 한숨, 갖가지 언어들로 이루어진 혐오스러운 횡설수설. 파리와 말벌에 물리고 뜯긴 맨몸의 수많은 아이들과 여자들과 남자들이 검은 악마들에 의해 호송된다. 죄수들 사이에 아이히만, 루델, 기타와 게자 슈타머, 비양심적인 유전학자 폰 페르슈어 그리고 귄츠부르크 일족, 그 성스러운 가족이 모여 있다. 아버지, 어머니, 형제, 아내, 아들과 조카들이 각자 욕설을 퍼부으며 무거운 화강암 덩어리를 밀고 있다. 거대한 화로(火爐)가 준비된다. 염소와 원숭이들이 나무 실은 수레를 끌고, 오케스트라는 악기를 조율한다. 연단에 올라 하늘의 별과 눈구름을 향해 두 팔을 들어 올린 헝클어진 머리칼의 마녀가 그들 일행에게 연설한다. 사육제 전날이고 게르마니아 여신이 제물로 바쳐질 것이다.

〈멩겔레!〉 쇠약해진 두 개의 목소리가 고함쳤다. 〈멩겔레!〉 그는 뒤를 돌아보았다. 누더기를 걸친 두 남자가 그를 불 속에 넣었다. 그는 자신이 아우슈비츠에서 뼈를 발라내 끓여 버렸던 아버지와 아들, 꼽추와 절름발이였던 우치 출신의 보잘것없는 두 유대인을 알아보았다. 그들은 앞으로 나서더니 순백의 셔츠를 입은 늙은 의사의 관자놀이에 권총을 겨눈다. 멩겔레는 벌벌 떨며 무릎을 꿇고 애원했다. 꼽추는 웃음을 터뜨리고 절름발이는 「토스카」의 곡조를 휘파람으로 읊조린다.

76

그는 기진맥진하여 땀에 흠뻑 젖고 심장이 요동치는

가운데 잠에서 깨어나 머리부터 발끝까지 온몸을 떨었다. 그날, 1979년 2월 7일, 그는 죽음에 이르는 자신의 여정이 끝에 다다랐음을 직감했다.

등의 통증에도 불구하고 멩겔레는 몸을 일으켜 수영복을 입고 그 위에 옷을 걸친 후 아무것도 먹거나 마시지 않은 채 밖으로 나섰다. 그는 별장 아래쪽 해변에 이르렀다. 보세르트가 소리쳐 불렀다. 파라솔 아래 누우실래요? 레모네이드 한 잔이나 대구 튀김 한 조각 드려요? 멩겔레는 그에게 차라리 해변을 따라 걷자고 제안했다. 모자도 안 쓰고 수영 바지 차림으로 보세르트가 늘어놓는 상투적인 말에는 주의를 기울이지 않은 채, 그는 작열하는 햇빛 속을 얼이 빠진 모습으로 나아갔다. 숨이 차오르고 머리가 빙빙 돈다. 바위에 앉아야 한다. 침묵. 허공에 떠도는 아이들의 외침, 날아가는 새, 되밀려 오는 파도, 불타오르는 금빛 모래를 횃불처럼 일으켜 세우는 소금기 머금은 해풍. 멩겔레는 돌연 시선을 수평선에 고정하고 잿더미와 그의 부모와 귄츠부르크에 대해 횡설수설하기 시작한다. 고향에 돌아가 생을 마치고 싶은 거라고 보세르트에게 말한다. 그는 더위와 갈증으로 죽어 간다.

그는 그저 죽어 가고 있는 중이다. 그때, 모호한 힘에 이끌려 혼자 고개를 숙이고 청록색 바다로 들어가 자기 몸을 떠내려가게 하여 고통에 시달리는 육체도 망가진 내장도 더는 느끼지 않게 되고 난바다와 해저로 이끌리는 물살에 휩쓸려 나아간다. 그 순간 갑자기 여윈 뒷목이 뻣뻣해지고 턱뼈가 조여 들고 사지와 생기가 굳어져 간다. 멩겔레는 숨을 헐떡이고 갈매기들은 날개를 파닥이며 기쁨의 소리를 내지르면서 하늘을 날고 그는 물속으로 가라앉는다. 보세르트가 파도를 헤치고 나아가 그를 해변으로 끌어내 오는 동안 멩겔레는 아직 숨을 쉬고 있지만 바다에서 건져 낸 것은 시체이다.

「페드루 아저씨가 죽었어!」 리젤로테와 아이들이 소리친다. 페드루 아저씨는 거대한 바다에서, 브라질의 태양 아래에서, 아무도 몰래, 자신이 저지른 무수한 죄들에 대해 인간들의 심판도 희생자들의 심판도 직면하지 않은 채 죽었다.

다음 날, 멩겔레는 가짜 이름으로 엥부에서 화장되었다. 보세르트는 입원 중이라 장례식에 불참했다. 보세르트의 아내와 묘지 관리소장과 직원 하나만이 〈볼프강 게르하르트〉의 묘역에 서 있었다.

에필로그

유령

77

1985년 1월 27일, 아우슈비츠에는 눈이 내렸다. 그날, 수용소 해방 40주년 기념식에 참석한 생존자들 사이에는 몸이 불편한 50~60대의 사람들, 쌍둥이들, 난쟁이들 그리고 불구자들이 있었다. 멩겔레가 만든 인간 동물원의 생존자들은 오늘도 전 세계의 카메라 앞에서 정의를 요구하고 각국 정부가 고문자를 찾아내 체포할 것을 요구한다. 「우리는 그가 살아 있다는 걸 안다. 그는 대가를 치러야 한다.」

대부분의 참석자들은 폴란드에서 바로 이스라엘로 향했다. 2월 4일 반인류적 범죄에 대한 모의재판이 예루살렘의 야드바셈 홀로코스트 기념관에서 시작되었다. 재판장은 아이히만 소송에서 검사로 활약했던 인물이었다. 멩겔레의 모르모트였던 사람들이 사흘 밤 동안 연이어 증언했다. 보헤미아의 쌍둥이 거주 구역 수위였던 사람이 기억을 펼쳐 냈다. 남자 쌍둥이의 정액을 여자 쌍둥이의 자궁에 주사한 뒤, 당연히 쌍둥이를 낳을 거라고 기대했다가 아이를 한 명만 낳았음을 확인한 멩겔레가 그녀의 자궁에서 아기를 긁어내어 불에 던져 버렸다. 또 다른 여자는 생후 일주일 된 어린 딸을 죽여야 했던 이야기를 했다. 멩겔레가 아이의 젖을 떼게 하기 위해 그녀의 가슴을 붕대로 싸매라고 명령했다. 양분을 공급하지 않았을 경우 영아의 생존 기간을 알아보기 위한 실험이었다. 어머니는 자기 아기가 쉴 새 없이 울어 대는 소리를 들었고 결국은 유대인 의사가 가져다준 모르핀을 아기에게 주사했다. 여자들은 나치 친위대가 개머리판으로 살아 있는 아기들의 머리를 부수고 눈알을 마치 나비처럼 멩겔레 사무실의 벽에 핀으로 꽂아 놓았다고 이야기했다. 증언들은 텔레비전으로 위성 중계되고 파장이 엄청났다. 재판이 끝나기도 전에 미국의 법무 장관은 멩겔레에 관한 서류의 전면 재검토와 체포를 강력히 요구했다. 최근 로스앤젤레스의 시몬 비젠탈 센터는 미국이 1947년 멩겔레를 억류하고 있었다고 명시한, 기밀 해제를 지정받은 문서를 공표해 압력을 가했다. 그것은 잘못된 정보였지만 큰 파장을 일으켰다. 미국인들이 죽음의 천사의 도주를 방관했다는 얘기니 말이다. 미국이 전후 수많은 나치의 도움을 받았듯이 멩겔레의 도움도 받았다는 것인가? 카터 행정부가 만든 특별 조사반은 미국 내 나치 범죄자를 추적 조사하는 임무를 통괄했다. CIA, NSA, 국무부, 국방부, 초강대국 미국의 무제한 자원이 총동원되었다. 이틀 후인 2월 8일, 이스라엘은 추적을 재개한다고 발표하면서 멩겔레에 관해 제보하는 사람들에게 1백만 달러를 주겠다고 선언했다. 멩겔레 체포 현상금은 터무니없는 액수에 이르렀다. 시몬 비젠탈 센터와 『워싱턴 타임스』가 각각 1백만 달러를 더하고, 서독은 1백만 마르크를 보탰다. 전쟁이 끝난 후 40년 만에 멩겔레의 목숨 값은 이제 340만 달러에 이르렀다. 미국인, 이스라엘인, 서독인이 서로 협조하고 정보를 공유하기로 약속했다. 기자들과 모험가들이 귄츠부르크와 남미로 몰려들었다. 미디어에서는 20세기 말 최대의 인간 사냥 이야기를 연재했다. 유령을 추적하는 셈인데 모두들 아직 그 사실을 모르고 있다.

홀로코스트의 물결이 서구에 밀려들었다. 1970년대
말, 메릴 스트립과 제임스 우즈가 주연을 맡은 연속극
을 본 수백만의 가족들이 유대인의 파멸에 관심을 갖게
되었다. 엄청난 충격과 대단한 감동을 안긴 연속극 덕
분에 홀로코스트가 일종의 공용어가 되었고, 수용소 생
존자들은 마침내 입을 열게 되었다. 독일은 나치 간부
와 실무자였던 세대가 은퇴한 후에야 홀로코스트를 공
식 추모하는 고통스러운 작업을 시작할 수 있었다. 미
국에서는 홀로코스트가 도덕적 준거점이 되었다. 미국
의회는 워싱턴에 박물관을 설립하기로 했고 연이어 미
국 전역에서 스물두 개의 박물관이 세워지게 됐다. 클
로드 란즈만은 「쇼아」[35]를 마무리하는 중이었다.

이번만은 그 괴물을 잡아 〈잔혹한 나치의 상징〉을 법
정에 넘겨야 한다고 야드바셈 재판장이자 아이히만 소
송의 검사가 말했다. 최근 몇 년 동안 기괴한 정보들이
계속해서 돌아다녔고 그에 관한 신화는 더욱 부풀려졌
다. *Herr Doktor*(의사 선생)는 체포할 수 없다고들 했
다. 파라과이가 결국 1979년 여름에 멩겔레의 시민권

35 유대인 학살을 다룬 다큐멘터리 영화.

을 취소했음에도 불구하고 많은 사람들은 그가 스트로
에스네르 대통령과 하수인들의 보호를 받으며 여전히
그곳에 살고 있다고 생각했다. 1985년 5월, 베아테 클
라르스펠트는 아순시온의 대통령궁 창문 아래서 이 문
제와 관련해 항의했다. 시몬 비젠탈은 그가 칠레, 볼리
비아, 파라과이 사이를 돌아다니고 있다고 주장했다.
이스라엘은 그가 우루과이에 숨어 있다고 주장했다.
『뉴욕 포스트』는 뉴욕 시내에서 멀지 않고 정통파 유대
학교 바로 옆인 웨스트체스터의 한 구역에서 그를 쫓은
이야기를 실었다. 멩겔레는 엔리케 볼만이라는 가명을
쓰며 남미와 미국을 오가는 마약 밀매 거물 중 하나로
마이애미에서 체포될 뻔했다 한다. 그레고리 펙이 요제
프 멩겔레로 분한 영화 「브라질에서 온 소년」은 전설에
부합하게, 즉 네오 나치의 우두머리가 된 멩겔레가 아
흔네 명의 어린 아돌프 히틀러를 복제하여 독일 제4제
국을 수립하려 한다는 이야기다. 이 영화의 성공에 힘
입어 그가 브라질 남부 촌락인 칸디두고도이에서 금발
의 쌍둥이들을 증식해 가며 숨어 있을 거라는 이야기까
지 나왔다.

78

권츠부르크에서 카를하인츠와 디터는 초조해하고 있었다. 언론과 법정의 폭풍이 가업을 위협하고, 공장과 집 앞에 기자들이 진을 치고 있었다. 멩겔레에게 걸린 현상금이 거액이라 남미에 있는 탐욕스러운 매수자들이 입을 놀릴 수 있었다. 그들의 침묵의 규약은 6년 전부터 지켜지고 있었다. 아버지가 죽자 롤프는 브라질로 돌아가 멩겔레가 남긴 옷가지, 편지, 공책 들을 수습해 왔다. 그는 보세르트의 충실한 봉사에 대해 두둑하게 보상했고 엘도라도 방갈로의 반을 그에게 넘겼다. 나머지 반은 슈타머 부부에게 주었는데 그들은 즉시 보세르트에게 되팔았다. 두 집안은 페드루 아저씨 죽음의 비밀을 절대 폭로하지 않겠다고 맹세했다. 권츠부르크 일족 또한 한 몸이 되어 굳게 입을 닫았다. 이 사실이 밝혀지면 거북한 문제가 생길 테고, 도망자를 계속해서 도와줬던 일이 폭로되면 다국적 기업에 재난이나 다름없는 악영향을 끼칠 것이다. 멩겔레 일가는 도망자를 추적하기 위해 생존자들과 각국 정부와 나치 사냥꾼들이 벌이는 헛된 노력을 실컷 구경했다. 자기모순에 빠진 롤프는 아버지의 지지자들을 고려하여 입을 닫았다. 사촌들을 증오하긴 했지만, 롤프 역시 그들처럼 유해가 결코 발견되지 않기를 그리고 시간이 멩겔레를 쓸어가 버리기를 희망했다. 위협적인 증인은 하나둘 사라지고 있었다. 게르하르트는 벌써 오래전에, 루델과 크루크는 1982년에 세상을 떠났다.

그러나 1985년 겨울 끝자락에 멩겔레 일가는 전략을 수정해야 했다. 온갖 압박이 너무 심하고, 기자들은 그들 기업이 도망 중인 범죄자의 스위스 계좌에 송금하고 있다고 의심하며 강력히 비난했다. 3월에 디터는 미국의 주요 텔레비전 방송과 인터뷰를 했다. 그는 자기 삼촌이 아르헨티나로 도주한 이후 일절 접촉하지 않았다고 주장하며 자기 범죄를 축소하는 동시에 그가 죽었을 거라고 말했다. 〈우리 집안 남자들은 일찍 죽는다〉라면서 아마도 멩겔레가 살았다면 일흔넷일 거라고 말했다. 하지만 사람들은 믿어 주지 않았다. 디터는 어떤 정보도 갖고 있지 않았다. 그의 발언은 의혹을 더욱 부채질할 뿐이었다. 다들 멩겔레는 살아 있다고 보았고, 그의 조카는 지금 음모를 꾸미고 있으니 모든 비밀 정보기관과 경찰들은 그를 계속 추적하고 조사를 강화해야 한다고 요구했다. 롤프는 텔레비전 인터뷰에 대해 미리 알려 주지 않은 디터에게 분노했다. 3월 말, 세 명의 사촌들이 귄츠부르크에서 만났는데 디터는 엥부의 묘지에서 유해를 파올 것을 제안했다. 독일로 유해를 가져와 멩겔레 추적을 담당하는 검사의 문 앞에 익명으로 〈이것이 요제프 멩겔레의 유해다〉라고 쓴 메모와 함께 내려놓자는 것이다. 롤프는 거절했다. 입을 꾹 다물고 있으면 된다고 주장했다. 조금만 운이 따른다면 유골은 절대 발견되지 않을 것이다.

하지만 운이 방향을 틀었다. 1984년 가을, 충복 제들마이어는 은퇴한 후 아내와 슈바르츠발트로 휴가를 떠났고 저녁 식사를 하면서 비밀 이야기를 털어 놓았다. 매우 흥겨운 분위기에 술도 많이 마신 상태에서, 악마의 심부름꾼은 마음이 약해져 버렸다. 그는 한 친구에게 자기가 한 번도 거르지 않고 계속해서 멩겔레에게 돈을 보냈다고 했다. 친구는 경찰에 그 이야기를 했고, 경찰은 영장을 청구하고 집행했다. 1985년 5월 10일 프랑크푸르트에서 독일 검사는 미국과 이스라엘의 관련 기관들에 제들마이어에 대한 즉각적인 가택 수사를 실시했다고 알린다. 이번만은 귄츠부르크의 경찰도 관련 당사자와 거리를 둘 것이고 제들마이어에게 미리 알려 주지 않을 작정이었다.

그달 말, 경찰은 제들마이어의 호화 저택을 수색했다. 제들마이어 아내의 옷가지 속에서 경찰은 비밀 주소와 전화번호가 쓰인 수첩, 멩겔레와 보세르트와 슈타머의 편지 복사본들을 찾아냈다. 보세르트의 편지 중 하나는 멩겔레의 사망이 멀지 않았다고 알렸다. 제들마이어는 공모를 부인했지만, 경찰이 수첩 내용을 해독하는 동안 거주지 제한 명령을 받았다. 경찰은 수첩 내용을 토대로 수사망을 브라질로 넓히고, 상파울루 경찰은 나흘 밤낮을 꼬박 보세르트 집과 슈타머 집 앞을 지키며 드나드는 사람들을 감시했다. 멩겔레의 흔적은 어디에서도 나타나지 않았다. 그리하여 경찰은 6월 5일 새벽 보세르트의 집으로 들어갔다.

옷장에서 찾아낸 수염 난 늙은이의 잔해들, 하잘것없는 물건들, 최근의 사진들이 이들 가족과 멩겔레의 관계를 확인해 주었다. 보세르트 부부는 신속하게 실토했다. 멩겔레는 죽었고 엥부의 묘지에 볼프강 게르하르트라는 이름으로 매장되었다고. 이튿날, 기타 슈타머는 좀 더 질기게 대응했다. 그래요, 그녀는 사진 속의 그 사

람을 알아본다. 네, 페터 호흐비힐러예요, 자기네 농장
에서 오랫동안 일을 봐줬던 스위스 사람이고, 게르하르
트가 소개해 줬다고 말했다. 하지만 요제프 멩겔레는
누군지 모른다고 했다. 배를 타고 아시아를 유람하던
게자는 심문을 받지 않았다.

　같은 날, 지구 반대쪽에서 깜짝 놀랄 만한 소식이 언
론을 탔다. 『디 벨트』가 1면의 5단 기사로 멩겔레의 시
신이 브라질에서 발견되었다고 발표한 것이다. 6일, 구
름떼처럼 몰려든 여러 매체의 촬영 기자들과 보도 기자
들이 게르하르트의 무덤을 파내려는 경찰과 보세르트
부부를 에워쌌다. 땅을 파헤치고 관을 들어 올리고 뚜
껑을 부수자 마침내 유골이 드러났다. 상파울루 법의학
연구소 소장은 마치 몇 세기 전부터 추적해 오던 신비
로운 파충류 화석을 파낸 것처럼 두개골을 흔들어 댔
다. 이것이 벌레가 우글거리고 진흙빛이 된 괴물의 진
면목, 덧없음과 죽음의 승리라고.

　최고의 법의학자들이 브라질로 날아가 유골의 신원
을 확인했다. 이스라엘인들과 클라르스펠트 부부는 회
의적이었다. 왜 가족은 6년 동안 침묵을 지켰을까? 어
째서 이렇게까지 일을 어렵게 만들었나? 그리고 왜 지

금 발각되었는가? 분명 멩겔레가 여생을 평온하게 보낼 수 있게 하려는 또 다른 연막일 것이다. 비젠탈도 그 범죄자가 벌써 일곱 번째나 죽고 있다면서 더는 믿지 않았다. 한 번은 러시아 전선에서, 두 번은 파라과이에서, 또 한 번은 브라질에서, 다시 볼리비아에서 그리고 얼마 전에는 그가 자살했다는 포르투갈에서도 죽었다는 것이다.

그러는 동안 전문가들은 유골 주인의 혈액형을 조사하고 머리카락, 수염, 지문 등을 채취하고, 뼈의 치수와 윗 앞니 사이의 틈을 재고, 척추, 대퇴골, 볼우물, 돌출 이마를 확인하고, 젊은 시절과 노인 시절 멩겔레의 사진들을 겹쳐서 보고, 나치 친위대의 서류에서 그가 아우슈비츠에서 오토바이 사고를 당해 골반이 골절되었다는 사실을 확인한다. 롤프는 다 털어놓기로 했다. 그는 처음에는 『슈테른』에 자신이 브라질에 갔을 때 가져온 아버지의 수첩들과 네거티브 사진들을 팔려고 했다. 그러다 나중에는 『분테』라는 상당한 발행 부수를 자랑하는 사진 전문 잡지에 공짜로 넘겼다. 수익금은 수용소 생존자 단체로 돌아갈 것이다. 6월 18일자 표지에서, 서독인들은 깃 넓은 셔츠를 입고 밀짚모자를 쓴 주름진 얼굴의 멩겔레를 발견했다. 특집 기사를 통해 멩겔레 가족이 그가 어디에 숨어 있었는지 알고 있었고 죽을 때까지 그를 재정 지원 했다는 사실이 밝혀졌다. 롤프 는 짧막한 공식 성명에서 자신의 아버지가 1979년에 브라질에서 사망했음을 확인해 주었고, 희생자들과 유족에게 깊이 사죄하는 마음을 내비쳤다. 아버지를 도와 줬던 사람들 입장을 고려하여 사망 소식을 밝히지 않았다고 했다. 그는 잘못된 행위에 대해서는 한 마디도 언급하지 않았다. 디터, 카를하인츠, 그리고 제들마이어는 침묵 속으로 숨어 버렸다.

6월 21일, 경찰은 상파울루 본부에서 기자들을 불러모아 법의학자들이 합리적이고 과학적인 검시 과정을 거쳐 엥부에서 발견된 유해가 요제프 멩겔레의 것임을 정확히 확인했다고 공표했다.

79

1992년, DNA 검사로 전문가들의 견해가 다시 한번 확인되었다.

같은 해, 독일, 이스라엘, 미국은 멩겔레 사건이 종결됐다고 결론 내렸다.

그의 유골은 상파울루 법의학 연구소의 한 선반에 보관되었다. 가족은 추적자들의 전리품을 요구하지 않았다. 멩겔레는 묘지를 박탈당할 것이다.

디터, 카를하인츠, 제들마이어는 한 번도 법적인 소추를 당하지 않았고, 롤프도 마찬가지였다. 독일에서 수배범을 도운 범죄는 5년이면 시효가 만료된다.

〈멩겔레 아그라테크닉〉은 1985년 6월 진상이 폭로됨으로써 몰락했다. 1991년도에 이 기업의 직원 수는 650명을 넘지 않았다. 6년 전만 해도 두 배가 넘었다. 1991년 기업이 매각되었다. 기업의 이름은 2011년에 완전히 사라졌다.

디터와 카를하인츠 멩겔레는 2009년 귄츠부르크의 빈민들을 돕는 단체를 창설하여 〈최근 부정적인 일들에 연관된〉 가문의 명예를 약간이나마 회복시키고 싶어 한다고, 디터가 『아우크스부르크 알게마이네』 신문에 공표했다.

요제프 멩겔레의 유배 수첩과 일기는 2011년 미국 경매 시장에서 24만 5천 달러에 팔렸다. 판매자와 구매자의 이름은 익명으로 남아 있다.

롤프 멩겔레는 뮌헨에서 변호사로 근무하며 살고 있다. 그는 자신의 성을 아내의 성으로 바꾸었다.

2008년 이스라엘 신문과의 인터뷰에서 그는 아버지가 저지른 범죄들 때문에 자신을 증오하지 말아 달라고 유대인들에게 부탁했다.

80

멩겔레의 유골은 2016년 3월 브라질 의료계에 기증되었다.

81

멩겔레의 잔해들은 상파울루 대학 수련의들의 실험 실습에 쓰이게 되었다. 요제프 멩겔레의 도주는 이렇게 끝났다. 범세계적이고 문명화된 유럽을 초토화한 전쟁이 끝난 지 70년이 지난 후의 일이다. 이 이야기는 멩겔레 혹은 영혼의 빗장을 걸어 잠근 파렴치한 한 남자의 서사이자, 현대성의 난입으로 전복된 사회에서 독에 물든 죽음의 이데올로기가 격발시킨 것이다. 그 이데올로기는 젊고 야심 찬 의사를 어렵지 않게 유혹하여 자만, 질투, 탐욕을 자극했으며 급기야 비열한 범죄를 저지르고 이를 정당화하도록 부추겼다. 2세대 혹은 3세대가 지나가고, 기억이 차츰 퇴색하고, 학살의 마지막 증언자들이 사라지면 이성이 흐려지고 인간들은 다시 악을 퍼뜨리러 나타날 것이다.

밤의 환상과 몽상들이 우리로부터 물러나 있게 해주소서.

경계하라. 인간은 외부의 영향에 쉽게 변화하는 생물이다. 인간을 경계해야 한다.

참고문헌

이 책은 요제프 멩겔레가 남미에서 살았던 날들에 대해 기술하고 있다. 어둠에 가려진 몇몇 부분은 아마 영원히 밝혀지지 않을 것이다. 소설 형식으로만 나치 의사의 죽음의 궤적에 좀 더 가까이 다가설 수 있었다.

이 책을 준비하기 위해 귄츠부르크, 아르헨티나 그리고 브라질을 방문했고, 특히 브라질의 세라네그라 근처에서 산타루지아 농장을 찾을 수 있었다.

수많은 연구서들 가운데 몇몇 저서들은 이 책을 쓰는 데 매우 긴요했다. 미클로시 니슬리의 『아우슈비츠의 의사*Médecin à Auschwitz*』를 필두로 울리히 필클라인의 『요제프 멩겔레, 아우슈비츠의 의사*Josef Mengele, der Arzt von Auschwitz*』, 제럴드 애스터의 『마지막 나치*The Last Nazi*』, 스벤 켈러의 『귄츠부르크와 요제프 멩겔레 사건*Günzburg und der Fall Joesph Mengele*』
은 중요한 참고 도서가 되었다. 제럴드 L. 포즈너와 존
웨어의『멩겔레, 완전한 이야기*Mengele, The Complete
Story*』는 비할 데 없는 수많은 정보를 담고 있으며, 지
금까지 발간된 멩겔레 전기 중에서 가장 좋은 책으로
보인다. 이 책의 두 저자는 멩겔레가 쓴 일기를 1980년
대에 얻어 냈다. 페론 정권하의 아르헨티나와 나치 전
범 수용 정책에 관한 책으로는 우키 고니의『진정한 오
데사*La Autentica Odessa*』와 베티나 슈탕네트의『예루
살렘 이전의 아이히만*Eichmann before Jerusalem*』이
필독서이다. 조앙 샤푸토의『피의 법칙*La Loi du sang*』
은 나치 세계를 이해하는 데 귀중한 도움을 주었다.

157쪽부터 162쪽에 인용한 문장은 미클로시 니슬리
의『아우슈비츠의 의사』(티베르 크레메르가 헝가리어
원서를 프랑스어로 번역하여 쥘리아르 출판사에서
1961년에 출간)에서 발췌하였다.

Dante Alighieri, *La Divine Comédie : l'Enfer*, Flammarion, 2004. (단테 알리기에리, 김운찬 옮김, 『신곡: 지옥』, 열린책들, 2009.)

Hannah Arendt, *Responsabilité et jugement*, Payot, 2005. (한나 아렌트, 서유경 옮김, 『책임과 판단』, 필로소픽, 2019.)

Gerald Astor, *The Last Nazi,* Sphere Books, 1986.

Michel Bar-Zohar, *Les Vengeurs*, Fayard, 1968.

Neal Bascomb, *La Traque d'Eichmann*, Perrin, 2010.

Carmen Bernand, *Histoire de Buenos Aires*, Fayard, 1997.

_____, *Buenos Aires 1880-1936, Un mythe des confins*, Autrement, 2001.

Laurence Bertrand Dorléac, *Contre-déclin*, Gallimard, 2012.

Laurent Binet, *HHhH*, Grasset, 2010. (로랑 비네, 이주영 옮김, 『HHhH』, 황금가지, 2016.)

Esteban Buch, *El pintor de la Suiza argentina*, Editorial Sudamericana, Buenos Aires, 1991.

Jorge Camarasa, *Le Mystère Mengele*, Robert Laffont, 2009.

Johann Chapoutot, *La Loi du sang*, Gallimard, 2014.

Bruce Chatwin, *En Patagonie*, Grasset, 2002. (브루스 채트윈, 김훈 옮김, 『파타고니아』, 현암사, 2012.)

Jean Clair, *La Barbarie ordinaire, Music à Dachau*, Gallimard, 2001.

_____, *Hubris*, Gallimard, 2012.

Joseph Conrad, *Au coeur des ténèbres*, Flammarion, 1989. (조지프 콘래드, 『어둠의 심연』 등 다수의 제목으로 국역 출간.)

Eckart Conze, Norbert Frei, Peter Hayes, Moshe Zimmermann, *Das Amt und die Vergangenheit*, Blessing, 2010.

Tania Crasnianski, *Enfants de nazis*, Grasset, 2016. (타냐 크라스냔스키, 이현웅 옮김, 『나치의 아이들』, 갈라파고스, 2017.)

Michel Cymes, *Hippocrate aux enfers*, Stock, 2015. (미셸 시메스, 최고나 옮김, 『나쁜 의사들』, 책담, 2015.)

Erri De Luca, *Le Tort du soldat*, Gallimard, 2014.

Eric Deshayes, *Au-delà du rock, la vague planante électronique et expérimentale allemande des années 70*, Le Mot et le Reste, 2007.

_____, *Kraftwerk*, Le Mot et le Reste, 2014.

Otto Dix, *La Guerre*, Gallimard, 2015.

Tomás Eloy Martínez, *Le Roman de Perón*, Robert Laffont, 2014.

_____, *Santa Evita*, Robert Laffont, 2014. (토마스 엘로이 마르티네스, 권미선 옮김, 『산타 에비타』 1-2, 자작나무, 1997.)

Reiner Engelmann, *Der Fotograf von Auschwitz*, Random House, 2015.

Federico Finchelstein, *Transatlantic Fascism*, Duke University Press, 2010.

László F. Földényi, *Mélancolie, essai sur l'âme occidentale*, Actes Sud, 2012.

Élise Fontenaille-N'Diaye, *Blue Book*, Calmann-Lévy, 2015.

Norbert Frei, *Adenauer's Germany and the Nazi Past*, Columbia University Press, 2002.

Witold Gombrowicz, *Trans-Atlantique*, Denoël, 1976.

_____, *Pérégrinations argentines*, Christian Bourgois, 1984.

Uki Goñi, *La Autentica Odessa, La fuga nazi a la Argentina de Perón*, Paidos Iberica, 2002.

Graham Greene, *Voyages avec ma tante*, Robert Laffont, 1970.

Vassili Grossman, *Années de guerre*, Autrement, 1993.

Olivier Guez, *L'Impossible Retour, une histoire des juifs en Allemagne depuis 1945*, Flammarion, 2007.

Lise Haddad, Jean-Marc Dreyfus, *Une médecine de mort*, Vendemiaire, 2014.

Donald C. Hodges, *Argentina's «Dirty War»*, University of Texas, 1991.

Christian Ingrao, *La Promesse de l'Est*, Le Seuil, 2016.

Franz Kafka, *La Métamorphose*, Le Livre de poche, 1989. (프란츠 카프카, 홍성광 옮김, 『변신』, 열린책들, 2009.)

Jean-Paul Kauffmann, *La Chambre noire de Longwood*, La Table Ronde, 1997. (장 뽈 카우프만, 김철 옮김, 『나 폴레옹: 세인트헬레나로의 항해』, 세계사, 1998.)

Sven Keller, *Günzburg und der Fall Josef Mengele*, Oldenbourg, 2003.

Philip Kerr, *Une douce flamme*, Editions du Masque, 2010.

Ian Kershaw, *L'Europe en enfer (1914-1949)*, Seuil, 2016.

Imre Kertész, *Kaddish pour l'enfant qui ne naîtra pas*, Actes Sud, 1995. (임레 케르테스, 정진석 옮김, 『태어나지 않은 아이를 위한 기도』, 다른우리, 2003.)

Beate et Serge Klarsfeld, *Mémoires*, Fayard/Flammarion, 2015.

Alexandra Laignel-Lavastine, *Esprits d'Europe*, Calmann-Lévy, 2005.

Hermann Langbein, *Hommes et femmes à Auschwitz*, Tallandier, 2011.

Alan Levy, *Nazi Hunter, The Wiesenthal File*, Constable & Robinson Ltd, 2002.

Herbert Liebermann, *La Traque*, Seuil, 1979.

Albert Londres, *Le Chemin de Buenos Aires*, Arléa, 2009.

Ben Macintyre, *Forgotten Fatherland*, Macmillan, 1992.

Gabriel Miremont, *La Estética del Peronismo, 1945-1955*, Ediciones del Instituto Nacional de Investigaciones Historicas Eva Perón, 2013.

Miklós Molnar, *Histoire de la Hongrie*, Perrin, 2004.

Paul Morand, «*Argentine Air Indien*», *La Revue des Deux Mondes*, 1932.

Peter Novick, *L'Holocauste dans la vie américaine*, Gallimard, 2001.

Miklós Nyiszli, *Médecin à Auschwitz*, Julliard, 1961.

Alan Pauls, *Le Facteur Borges*, Christian Bourgois, 2006.

Gerald L. Posner, John Ware, *Mengele, The Complete Story*, Cooper Square Press, 2000.

Mario Praz, *La Chair, la mort et le diable dans la littérature du XIXe siècle*, Denoël, 1977.

David Rock, *Argentina 1516-1987*, I.B. Tauris & Co Ltd, 1988.

Alain Rouquié, *Amérique latine*, Seuil, 1998.

Ernesto Sábato, *Le Tunnel*, Seuil, 1978. (에르네스토 사바토, 조구호 옮김, 『터널』, 이룸, 2006.)

W. G. Sebald, *Austerlitz*, Actes Sud, 2002. (W. G. 제발트, 안미현 옮김, 『아우스터리츠』, 을유문화사, 2009.)

Tom Segev, *Simon Wiesenthal*, Liana Levi, 2010.

Gitta Sereny, *Au fond des ténèbres*, Denoël, 2007.

Thomas E. Skidmore, Peter H. Smith, *Modern Latin America*, Oxford University Press, 1997. (토머스 E. 스키드모어, 피터 H. 스미스, 제임스 N. 그린, 우석균·김동환 외 옮김, 『현대 라틴아메리카』, 그린비, 2014.)

Timothy Snyder, *Terres de sang*, Gallimard, 2012.

Oswald Spengler, *Le Déclin de l'Occident*, Gallimard,

1948. (오스발트 슈펭글러, 박광순 옮김, 『서구의 몰락』 1-3, 범우사, 1995.)

Daniel Stahl, *Nazi-Jagd*, Wallstein, 2013.

Bettina Stangneth, *Eichmann before Jerusalem*, The Bodley Head, 2014.

Gerald Steinacher, *Les Nazis en fuite*, Perrin, 2015.

Ronen Steinke, *Fritz Bauer oder Auschwitz vor Gericht*, Piper, 2013.

William Styron, *Face aux ténèbres*, Gallimard, 1990. (윌리엄 스타이런, 임옥희 옮김, 『보이는 어둠』, 문학동네, 2002.)

Abram de Swaan, *Diviser pour tuer*, Seuil, 2016.

Gordon Thomas, *Histoire secrète du Mossad*, Nouveau Monde, 2006. (고든 토마스, 이병호·서동구 옮김, 『기드온의 스파이』 1-2, 예스위캔, 2010.)

Ulrich Völklein, *Josef Mengele, der Arzt von Auschwitz*, Steidl, 2003.

Rodolfo Walsh, *Opération massacre*, Christian Bourgois, 2010.

Guy Walters, *La Traque du mal*, Flammarion, 2010.

Peter Watson, *The German Genius*, Simon & Schuster, 2010. (피터 왓슨, 박병화 옮김, 『저먼 지니어스』, 글항아리, 2015.)

Paul Weindling, *L'Hygiène de la race*, La Découverte, 1998.

Simon Wiesenthal, *Les assassins sont parmi nous*, Stock, 1967.

_____, *Justice n'est pas vengeance*, Robert Laffont, 1989.

감사의 말

쥘리에트 조스트, 크리스토프 바타유, 올리비에 노라, 마리옹 나카슈, 후안 알베르토 슐츠, 우키 고니, 세바스티앵 르폴, 라르스 크롬, 레아 살라메, 실비 게즈와 질 게즈, 다니엘 히르슈에게 감사한다.

그리고 아나벨 히르슈에게 감사한다. 아나벨.

옮긴이의 말

국내에 처음 소개되는 작가 올리비에 게즈는 1974년 프랑스 스트라스부르에서 태어났다. 부모 모두 의사인 집안에서 성장했고 외할머니의 영향으로 독서의 세계로 들어섰다고 한다. 스트라스부르 시앙스포, 런던의 정치 경제 대학교 그리고 벨기에의 유럽 대학원을 거치며 국제 정치와 경제를 공부했다. 이후 『뉴욕 타임스』, 『르 몽드』, 『프랑크푸르터 알게마이네 차이퉁』, 『르 피가로』, 『렉스프레스』, 『르 푸앵』 등에서 프리랜서 저널리스트로 활동했다.

게즈는 2000년부터 2005년까지 『라 트리뷴』의 국제 경제 리포터로 활약했는데 이때의 경험을 토대로 프레데리크 앙셀과 함께 첫 번째 책 『거대한 동맹*La Grande Alliance*』을 발표한다. 이 책은 9·11 테러 이후 반(反)

이슬람 공조를 내세우며 결성된 미국과 러시아의 동맹 체제가 석유 공급권을 둘러싸고 맺어진 체제라는 점을 밝혀내고 있다.

2014년에는 첫 소설 『자크 코스카스의 혁명들*Les Révolutions de Jacques Koskas*』을 출간한다. 밀레니엄 시대에 30대를 맞이한 주인공 자크 코스카스의 권태로운 일상과 좌절된 모험을 그려 낸 이 소설에서 저자는 스스로의 모습을 투영하며 오늘날 유럽의 젊은 세대를 보여 준다.

또 2015년에는 아돌프 아이히만 체포의 일등 공신이자 〈나치 사냥꾼〉으로 유명한 유대계 독일 검사 프리츠 바우어를 주인공으로 한 시나리오를 내놓았다. 독일에서 영화로 만들어져 각본상을 받은 이 작품은 「집념의 검사 프리츠 바우어」라는 제목으로 부산 국제 영화제에서 소개되었다.

그리고 2017년, 3년 동안의 치밀한 자료 조사를 바탕으로 실존 인물인 요제프 멩겔레의 행방을 추적한 『나치 의사 멩겔레의 실종*La Disparition de Josef Mengele*』을 발표하고, 이 작품으로 그해 르노도상을 받는다.

요제프 멩겔레가 제2차 세계 대전 당시 유대인 수용소에서 저지른 만행은 여러 매체를 통해 자주 소개되었다. 멩겔레는 1911년 독일 귄츠부르크의 사업가 집안의 세 아들 중 장남으로 태어났다. 뮌헨 대학교에서 「4개 인종 집단의 아래턱 구분에 따른 인종 형태론 연구」로 인류학 박사 학위를 취득하고, 곧이어 프랑크푸르트 대학교의 유전 생물학 및 인종 위생학 연구소에 들어가 「갈라진 입술과 구개에 대한 연구」로 1938년 의학 박사 학위를 받는다. 스무 살이던 1931년에 나치 산하 청년 조직 철모단 가입을 시작으로 1937년에 나치 당원이 되고, 나치 친위대 가입, 무장 친위대 작전 참여, 러시아 전투 참여, 철십자 훈장과 동부 전선 훈장 수상 등등의 전력을 이어간다. 1943년, 아우슈비츠와 비르케나우 강제 수용소에 의무관으로 임명되어 유대인들을 대상으로 잔인한 생체 실험과 쌍둥이 연구를 실행하며 〈죽음의 천사〉라는 별명을 얻는다. 가스실과 강제 노역으로 보내질 유대인들의 운명을 오케스트라 지휘하듯 가볍고 흥겹게 손짓으로 결정했다는 악마 같은 모습은 두고두고 회자되고 있다. 훗날 멩겔레에 대한 회고록을 발표한 헝가리 유대인 미클로시 니슬리를 조수로 발탁한 것도 바로 이 수용소에서의 일이다.

여기까지가 멩겔레에 관해 널리 알려진 사실이다. 종전 이후의 행적에 대해서는 남미로 도주했다는 것 말고는 엇갈리는 소문만 나돌았다. 그러다가 가짜 이름으로 매장된 그의 시체가 1985년 브라질에서 발굴된다. 1979년에 사망한 것으로 표기된 무덤 속 유골에서 요제프 멩겔레의 DNA가 공식적으로 확인된 것은 1990년대의 일이다. 무덤이 발견되고 신원이 확인될 때까지 수십 년 동안 멩겔레가 어디에서 어떻게 살다 죽음에 이르렀는지에 대해서는 아무것도 알려진 게 없었다. 심지어 무덤의 이름까지 가짜였으니! 『실종』은 바로 이 공백, 종전 후 남미의 여러 나라를 전전한 멩겔레의 도피 행각과 죽음에 이르는 과정을 치밀한 자료 조사와 현장 답사를 통해 공들여 추적하고 그것을 소설 형식으로 재구성하고 있다.

실존 인물에 대한 이야기이고 나름 철저한 자료를 바탕으로 했음에도 불구하고 소설 형식을 취할 수밖에 없었던 이유는 무엇일까? 우선은 모아들인 정보의 불가피한 결함과 공백 때문일 것이다. 그 빈틈은 오직 작가의 상상력으로 메울 수밖에 없다. 게다가 멩겔레를 직

간접으로 증언하는 주변인들은 사사로운 이해관계에 얽혀 있었고 저마다의 주관적 시각을 벗어날 수 없었다. 때문에 그 모든 이야기를 하나로 엮어 나갈 전체적 관점을 가지려면 소설의 형식을 취할 수밖에 없었을 것이다.

〈논픽션 소설〉, 〈전기적 소설〉 혹은 〈엑소픽션*exo-fiction*〉*으로 소개되는 이 작품을 작가인 올리비에 게즈는 공쿠르 형제의 전례를 따라 〈실제 소설*roman vrai*〉로 지칭한다. 공쿠르 형제는 1865년 출간된 『제르미니 라세르퇴*Germinie Lacerteux*』의 서문에서 달콤한 허구만을 일삼는 당시의 소설에 불만을 표명하며 이제는 소설이 미화된 허구에서 벗어날 것을 주문하고, 삶의 남루한 실상과 하층민의 구차한 모습을 있는 그대로 그려 내는 〈실제 소설〉을 제시한 바 있다. 실제의 자료들에 입각하여 멩겔레의 삶을 소설화하고 있다는 점에서 이 작품은 〈실제 소설〉에 가깝다.

명칭이야 어찌 되었든, 소설의 지향점은 분명해 보인

* 실존 인물의 삶을 다루는 소설을 지칭하는 용어인데, 그 실존 인물이 작가 자신은 아니기 때문에 인물의 내면에 바짝 다가서기 위해 대화나 내면 독백 같은 글쓰기 방식을 활용한다. 저자가 곧 주인공으로서 자기 삶을 소설화하는 〈오토픽션〉과 구별하기 위해 제창된 용어이다.

다. 그것은 한 번도 인류의 심판대에 불려 나오지 않았고, 자신의 죄를 객관적으로 직시할 기회도 없었으며 죽는 순간까지 참회할 줄 몰랐던, 자기애로 점철된 반인류적 범죄자의 실종을 추적하여 그의 도피 행각 자체가 하나의 징벌처럼 되어 가는 과정을 보여 주는 일이다.

이 작품에서 눈에 띄는 것은 남미로 도피한 나치들의 파렴치한 생존 방식이다. 제2차 세계 대전 이후 남미와 유럽은 서로의 이해관계로 맞물려 있었고 아르헨티나에 모여든 나치 잔당들은 페론 정부의 비호 아래 돈과 권력을 다시 쥘 수 있었다. 그들은 반성은커녕 호화로운 생활을 누리며 나치즘의 부활을 공상하기까지 한다. 독일에 남아 있던 나치들도 죗값을 치르기보다는 법망을 피해 가며 다시금 예전의 권력을 되찾고 평온한 일상을 즐기고 있었다. 멩겔레가 참회나 반성은커녕 억울한 심정에 빠져 분노를 키우던 모습이 이해될 지경이다.

더구나 멩겔레의 태생적 자기애는 성장 과정을 거치며 거의 병적인 수준에 이르렀고, 여기에 나치즘에 대한 무조건적인 신뢰, 과도한 민족주의와 인종주의, 의학에 대한 비윤리적 맹신 등이 겹쳐지며 자신의 잘못을 돌아볼 수 없는 상태가 되어 버린다. 독일에 있는 가족들은 가업을 위해 집안 내에서 그의 존재 자체를 숨겨야 했다. 그들은 모든 수단을 동원하여 멩겔레의 도주를 도와주었고, 죄의식을 갖지 말라고 부추겼다.

만일 요제프 멩겔레가 독일에 남아 있었더라면? 독일은 사형 제도가 폐지된 나라이니 재판을 받았더라도 멩겔레는 넉넉한 영치금으로 여유로운 수감 생활을 몇 년 하다가 석방되었을 것이다. 그리고 가업을 돌보며 평온한 말년을 보냈을 것이다. 멩겔레 본인도 그것이 충분히 가능한 시나리오임을 알았기에 남미에서의 도피 생활에 더더욱 치를 떨며 억울해했던 것이다. 그의 실종과 도피의 드라마가 홀로코스트의 희생자들과 남겨진 사람들에게 그나마 작은 위로가 될 수 있을지도 모른다는 생각은 참으로 아이러니하다.

서구인들에게 양차 대전은 끊임없이 재현하여 기억해야 할 역사이고 홀로코스트는 영원히 되새겨야 하는 낙인이다. 문제는 그것을 어떻게 재현하고 되새겨야 하는가, 라는 방식에 대한 고민일 것이다. 양차 대전을 다룬 영화들을 보면 그 같은 고민의 지점이 잘 드러나는 듯하다. 「덩케르크」와 「1917」이라는 최근의 영화 두 편은 전쟁의 서사보다는 그것을 다루는 방식과 기법의 창의적인 면이 언급되고 칭송되었다. 소설 역시 누구나 다 아는 이야기를 어떻게 새롭게 풀어 갈 것인가에 관심과 시선이 모인다. 그래야만 사람들이 흥미롭게 책을 펼쳐 들 것이고 새로운 인식의 계기로 삼을 테니까.

한 인간의 삶을 추적하는 일은 자칫 그에 대한 감정 이입으로 치달을 수 있다. 이를 경계하기 위해 저자는 오랜 시간의 자료 조사와 남미의 여러 곳을 직접 돌아다니는 수고를 통해 서사의 객관성을 확보하고, 촘촘하게 제시된 객관적 자료들을 통해 인물의 내면을 압박하는 효과적인 방식을 작동시키고 있다. 국제 정치와 경제 분야를 담당하던 기자로서의 전력 덕분에 멩겔레 추적 과정에서 인물을 둘러싼 구조로서의 정치·사회적 배경을 집요하게 파고들 수 있었고, 짧고 건조한 문체로 인물과의 거리를 지켜 나가고 있다.

『실종』이 르노도상을 받았던 해의 공쿠르상은 에리크 뷔야르의 『그날의 비밀L'Ordre du jour』에 주어졌다. 두 작품 모두 제2차 세계 대전과 나치를 소재로 삼았다는 사실에서, 끊임없이 소환되는 전쟁의 무게를 새삼 확인할 수 있다. 특히나 오늘날 유럽인들이 반추하는 전쟁의 기억은 역사 바로 알기의 차원을 넘어 현재적인 공포에 대항하기 위한 〈방역〉 차원이라는 점이 각별하다. 두 차례의 대전으로 파괴된 유럽을 수습하고자 어렵사리 유럽 연합을 출범시키고 단일 화폐의 경제 공동체로 유럽을 묶어 놓았음에도, 오늘날 유럽은 새로운 위기에 직면하고 있다. 포퓰리즘과 이슬람 포비아를 앞세운 극우 세력이 유럽 전역에서 부상하고 있기 때문이다. 브렉시트와 더불어 유럽 회의주의가 기승을 부리며 유럽 전역을 뒤숭숭하게 했던 2017년에, 나치즘을 새로운 방식으로 기억해 낸 두 편의 소설이 프랑스 문단의 유력한 상을 받았다는 사실은 결코 우연이 아닐 것이다. 올리비에 게즈의 말처럼 〈인간은 외부의 영향에 쉽게 변화하는 생물〉이므로 늘 경계를 늦추지 말아야 한다.

2020년 9월
윤정임

옮긴이 **윤정임** 1958년에 태어나 연세대학교 불어불문학과와 동대학원을 졸업했으며, 프랑스 파리 10대학에서 박사 학위를 받았다. 옮긴 책으로 장자크 상페의 『거창한 꿈』, 『겹겹의 의도』, 『아름다운 날들』, 『랑베르 씨』, 『랑베르 씨의 신분 상승』, 엠마뉘엘 카레르의 『적』, 장폴 사르트르의 『방법의 탐구』, 『시대의 초상』, 질 들뢰즈와 펠릭스 가타리의 『철학이란 무엇인가』(공역), 드니 랭동의 『소설로 읽는 그리스 로마 신화』, 마르탱 뱅클레르의 『아름다운 의사 삭스』 등이 있다.

나치 의사 멩겔레의 실종

발행일 **2020년 9월 20일 초판 1쇄**

지은이   올리비에 게즈
옮긴이   윤정임
발행인   홍지웅·홍예빈
발행처   주식회사 열린책들

경기도 파주시 문발로 253 파주출판도시
전화 **031-955-4000** 팩스 **031-955-4004**
www.openbooks.co.kr

Copyright (C) 주식회사 열린책들, 2020, *Printed in Korea.*
ISBN 978-89-329-2017-7 03860

이 도서의 국립중앙도서관 출판예정도서목록(CIP)은 서지정보유통지원시스템 홈페이지(http://seoji.nl.go.kr)와 국가자료공동목록시스템(http://www.nl.go.kr/kolisnet)에서 이용하실 수 있습니다.(CIP제어번호: CIP2020027510)